紋身師

一段由愛與痛交織而成的感情路，
使存在的意義無比鮮活

謝宏 著

一個暴力傾向，一個受虐成癮，
能相遇已經是緣分，竟然還走在了一起！

但人類生來就不安分，或許是日子太安逸了，
楊羽打壞了目前的平衡，製造了難以彌補的意外。
在昔日的戀人、今日的知己之間，他應該如何取捨？

目錄

目錄

目錄

引子

我是個紋身師。我名片上是這麼印的。楊羽。紋身師。我有個「紋」字工作室，就在深圳東門的九龍城大廈的某個樓層裡。它的名氣很響，不但深圳人知道，連香港人都知道。

東門一直是深圳最熱鬧的地方之一。在設立深圳經濟特區之初，這裡我們俗稱是東門老街，後來隨著深圳的都市化建設過程，老街逐漸冷清起來，後來經過改造後，才重新煥發出新的活力，又變得繁華喧鬧起來。

這店鋪多，貨品選擇就多，以至於人流密集。來深圳的遊客，本地居民，香港市民，都喜歡來這地方逛逛，買點便宜的東西回去。

到這的人多了，肯定與我有關，至少其中的某類人與我有關。現在我就來說說與我有關的吧。來這的人，其中有些是直接來找我的，這類人來我這裡，當然不是來買什麼東西的，我這也不是商店，這類人很多，多到絡繹不絕，我是忙不過來了。但我自有辦法，對那些有求於我的客人，我就採取先發號碼牌，然後集中競標，按價排序的辦法。

我是這樣做的，一天我只紋一個客人。一來可以減輕我的工作負擔，二來可以保證作品的品質，三來可以口口相傳。我對這樣的做法很滿意，有事做，有口碑，我滿意，我的客人也很滿意，認為是物超所值。看到他或她臉上掛著眩暈的笑意出門，我覺得自己就好像是交響樂的指揮，揮手將樂章拉完了高潮的最後一個音符。

這樣說吧，走在街道上，如果你留意到，某位男士、或者某個女人，他或她，手臂上、腳趾上、裸露的肩背上，有騰雲的青龍、怒吼的猛虎、斑斕的蝴蝶、妖冶的玫瑰、可愛的 Snoopy 小狗、輕盈的蜻蜓、調皮的兔子等等，這些可能就是我的紋身傑作。

也許你相信，更多的，是你不相信。要是你有好奇心，或者有興趣，你可以上前，鼓足勇氣問問，或許你會有個意外的收穫或奇遇呢。

就我來說吧，我能成為一個紋身師，擁有今天的成績，想來也算是遭遇了奇遇。這樣說吧，這一切都緣於兩個女人。

一個是我的前妻王悅，本來我們已經離婚了，就沒有關係了，因為財產判決清楚，又沒有小孩，該是青菜豆腐般分明的，但由於她的糾纏，我未曾預料的遭遇，使我需要尋找一種慰藉，由此發生了種種故事。

另一個就是我的女朋友朱顏。她顯得更重要了，所以我得特別提提朱顏。在我離婚後的生活中，我的生命中，我的種種變化，她發揮了決定性的作用，讓我不禁感嘆生命和生活的神奇。

簡單來說吧，她是個有自虐傾向的美麗女人，我因為結識了她，想拯救我們的愛情，才進而結緣於紋身這個行業，並在很短的時間內，迅速成為行內最出色的紋身師，讓同行嘖嘖稱奇，覺得不可思議。

其實，不要說別人疑惑，連我對此也感到困惑。夜深人靜，月朗星稀，我常常失眠，有時就會自問，我這是怎麼啦？怎會從事這行呢？成了紋身師呢？這多麼的不可思議的！這對我來說，簡直是件匪夷所思的事情。

但常常自己也無法為自己尋找到答案。我說的是我無法得到滿意的答案。我就會去問朱顏。她呢，總是溫柔地捧了我的臉，認真地看著我的眼睛，端詳好一會，甜蜜的笑了笑，說，那就讓我們一起回憶，一起尋找答案吧。

然後，我就和她一起回憶，那些已經消逝的日子。回憶對我們來說，是一件充滿了甜蜜的事。那些慾望、豁達、激情、偏執、欺騙等等，許多往事，就輪番在我們的腦子裡上演，各類人物，各色景色，都交叉糾纏在我們的心底裡。

這一切的過往，常常讓我心中百感交集，思緒萬千，心情難以平靜，以至於我動手寫下了以下的這些文字，記錄下這個關於愛與痛、仇恨與妥協、憤怒與同情、哀怨與委屈、無奈與自責、憐憫和追問，並帶有傳奇色彩的情愛故事。

引子

第1章　楊羽初識朱顏

朱顏的皮膚真白，而且還嫩，是真的白嫩。這是我第一眼看見她時的感覺。這感覺我是一輩子都無法忘記的，這也是後來我一直對朱顏感嘆的。

當然啦，朱顏也說過，她自小就對自己的膚質感到自豪。當時，我都情不自禁地朝她走過去了。我到現在還常常想起當時的情景。

進門前，我走了很長一段路。從家裡走到她辦公的地方，還很有一段路的，天氣又熱，不走都熱，何況還要走那麼長的路呢。進門後，我已經渾身冒汗，氣喘吁吁的。

大廳裡雖然開著冷氣，身體的舒適度逐步好轉起來，但我的身體還沒來得及涼快下來，額頭的汗流到了臉頰，而汗溼的衣服，像身上的另一層皮，牢牢地裹住了我的身體。我難受極了，用手拉開緊貼身上的衣服，我想讓自己鬆一口氣。我還張望著尋找辦事的窗口。今天似乎辦事的人不是很多。

我喘著氣，看見大廳裡有兩個窗口，裡面坐了兩個女的。朱顏就坐在左邊的那個窗口。她的名字我是後來才知道的。當時我只注意到，朱顏的皮膚真白，首先看見的，當然是她的臉，多好看呀，再看一眼，我看見了她的手臂，因為當時她穿的是短袖，手臂露在衣服的外面，而她的皮膚，是真的白啊，還透著紅光，拿晶瑩透亮來形容，有點誇張，但也差不多了。

以前我看過書中對某些女子皮膚的描寫，我認為是誇張，也不相信，現在我默認自己是多麼的無知啊。也許當時我有點眩暈，我沒看清窗口上寫的字，就徑直朝她走了過去。

站到了窗口前，我才看清楚，她側身對窗口坐了，和我成九十度角，她的頭髮不是黑色的，可能染了，是橘黃色的，可能也燙過，有點鬆散的捲，懶散的波浪，估計是披肩的，都朝後梳，還紮了馬尾。

這樣她那張柔美的臉，就讓我暗自驚嘆了，同時我竟然又發現，她的右耳，穿了戴耳環的耳孔，它朝向我。我要說，這個發現，是我與她發生故事的一個切入點，不誇張地說吧，這也許就是我和她穿在一起的那個洞呢。

當時距離近了，我看得仔細，我看見她的耳朵上，不是穿了一個洞，而是三個！我看見她的耳朵穿了三個耳環孔！但奇怪的是，只戴了一個耳環，一個白色的耳環。

照我的經驗，應該是鉑金的。那個耳環雖然做得精巧，鑲嵌了一顆紅寶石，但顯得粗暴，強硬地咬進她的肌膚，還發出金屬和寶石的光芒。

我移動目光看。她穿的那三個耳洞，不是在耳垂的部位，而是在上面一點的耳朵邊沿，緊貼脆弱的耳骨，最下面的兩個耳環孔是空的，沒戴耳環。

坦白說，我感到很震撼，有一種古怪的想法，像被什麼螫了一下。又像內心的懸崖，突然有轟然雪崩的感覺。

我站在窗口呆看了片刻。後來不知道過了多久，我聽到裡面她問，辦什麼事？朱顏沒有抬頭，也沒停下手中的工作。我愣了愣，才微微彎了腰，湊過去問她，在哪換扣分卡？我的駕照扣分卡到期該換了。她此時正和對面的同事說話。她聽見了，沒轉頭，手卻伸了過來，她白嫩的手伸了過來，但有點心不在焉。

我這時又注意到了，她的確穿了一件白色的短袖制服，露出白嫩的手臂。我眼前幻了一下，愣了一下，才將駕照給她。她俐落地將扣分卡抽出來，將駕照丟回給我，然後將資料登錄進電腦，打出一張新的卡，一反手丟回給我。

我想說點什麼，但一時找不到詞，而她似乎沒有正眼看過我，這讓我有點失望。我拿了新卡插進駕照裡，然後抬頭看了她一眼。她正和對面的同事說笑。

讓我回憶一下，我是怎麼出門的。當時我猶豫了一會，膠著的腳步在大廳艱難地拖著步伐，慢慢地往門口挪去。我出門的時候，扭身看了一眼大門口旁釘住的牌子，那是交警隊的辦公時間。星期一到星期五。八點到十一點三十分，兩點到五點三十分。週末休息。

※　　　※　　　※

出了大門，我站在對過馬路的樹蔭下，呆呆地朝交警辦公大樓張望了好一會，才轉身離開的。我往回走的路上，太陽很猛烈，路面也白花花的，明晃晃的陽光，刺得我眼花，我身上剛剛收斂起的汗水，又開始四處流淌，身上的衣服，也慢慢地像水淫的皮膚，裹緊我的身體。

這時是下午的三點鐘。我抬手腕看手錶，知道該去一趟郵局，寄一封快遞。剛才經過的時候，我卻沒有進去。這做法與我過往有點差異。我做事向來講究效率的。可以將做事的次序安排得妥當而高效率的。而今天，卻讓我多走了一段路了。這樣一想，我心裡有點急了，腳步變得急快起來。

在白花花的陽光下匆匆走著，心裡暫時將剛才的一幕忘記了。我可能走得有點急了，在拐彎的角落撞了一個人。一切顯得突然，驚嚇，心裡又有什麼轟然倒塌了。我不知道對方感覺如何。而我嚇出了汗，是冷汗，我感到身體涼快了一下。

喂！幹嘛滿腹心事呀？我聽見錢小男這樣笑話我。

我沒想到在這裡碰到他。緊張的情緒一下子放鬆了。還真沒想到是他呢。我辯解說，沒呀。我說這話的時候，慢慢地緩過神來了。我接著又說，沒想到是你啊。我還在喘氣呢。

錢小男呢，撿起掉在地上的墨鏡，吹了吹上面的灰塵，又急匆匆地說，有事，有點事，我回家有點事。他邊說邊轉身離開。他說，你現在舒服啦！我聽見他背對我這樣說。開始我沒明白他的意思，後來有點明白了，就嘆了口氣，哎，怎麼誰都這麼看我的啊，這是我願意的嗎？

想到這裡，我就衝著他的後背說，哪裡哪裡。這時他已經走得有點遠了，但我的話大概他聽到了，他邊走邊回頭說，那幹嘛還心事重重的？我趕忙申明，我沒有啊，我只是去郵局辦點事。我說這句話，身體已經又熱了起來。

我不敢確定他是否聽清楚了我的話。因為錢小男消失在前面的轉角處了。後來我轉身繼續走的時候，我對自己的行為不禁有點發笑，我這是幹嘛啊，這樣的解釋有什麼意義呢？

急匆匆走了一段，我拐進了郵局，冒汗的身體立刻被冷空氣罩住了，這使我鎮定下來。我站在大廳的門口處，喘著氣，小心地拉了拉身上的衣服，讓溼漉漉的衣服艱難地移動了一下位置，似乎這樣我的感覺就會好受一些。

旁邊的服務人員看我四處張望，就走過來問我，有什麼她可以幫忙的。我哦了聲，說我要寄一個快遞。她的手一翻，朝斜對面的一個窗口指去。我看見她的手，霍地想到了剛才看見的朱顏的皮膚。我愣了愣，然後才啊了聲，朝那個窗口走去，邊走邊掏了掏口袋，竟然發現是空的！這讓我感到十分尷尬，返身出門經過那個服務人員的時候，我說，對不起，我忘在家裡了。我走在路上的時候，我發覺自己忘記了要帶的是什麼！

※　　　※　　　※

我走了一段路，就掏出手機撥號，打電話給我駕訓班的教練。

李師傅問我，有事嗎？

我大概語氣有點衝，說，沒事我找你幹嘛？

李師傅大概被噎了一下，頓了頓才問，什麼事啊？

我問他，你有空嗎？

李師傅說，什麼事嘛？

我說，我想練練車。

李師傅想了一下，說只有晚上有空。

我問他，幾點？

他說，吃過晚飯吧。

我追問他，幾點？

他說，起碼要 7 點鐘。

我說，那就 7 點吧。我說不能再改時間了。這句我說得有點霸道。

※　　　※　　　※

我收好手機，莫名其妙地變得有點焦躁起來。此時我已經離開人行道，拐進公園的小路了。裡面的荔枝樹枝葉茂盛，荔枝也掛在枝條上搖曳，而低矮的樹枝，不時擋住我的視線，我伸手想拽下頭上的枝條。我是想拽的，但剛舉手，又打住了。

我看見荔枝樹幹上，釘了一個小木板，上面用紅漆寫了幾個字：偷摘荔枝，每顆罰款五十元。我只好閃過，瓜田李下的，我怕說不清楚，只好努力避嫌了。我沿著公園的小路走，就像蛇一樣在彎曲的路上遊來遊去。

我說了，太陽很猛烈，公園裡就樹蔭下有人，他們聚在石桌周圍打牌、爭吵。放眼四處，都是些閒人，老的少的，男的女的。老的我好理解，他們或她們退休了，要來公園找人消磨時間。

但我發現，來這玩耍的人當中，那些十八、十九歲二十歲的年輕人呢，他們靠什麼為生呢？他們也聚在公園裡，不是打牌就是釣魚，或者就找個樹蔭下的長椅子睡覺。對此，我真的不了解情況。或許每個人都有每個人的活法吧。

此時，只有我是遊動的，像蛇一樣沿了公園的小路遊動，氣喘吁吁，身上也是溼的，我都聽到汗水流動的聲音了，在我身體的皮膚上，後來簡直像是在我的血管裡流一樣了。真的熱。裡外一樣的熱。

後來，我還遇見了幾個懷孕的少婦，她們或一人獨行，或者幾人結伴，挺著或高或低的肚子，或緩慢地在身體兩側擺動雙手，或走幾步，伸手去摸摸肚子。她們的裙腳的下擺被吊了起來，頭髮有點散亂，臉部有點浮腫，眼神有點懶散，但個個都顯得神采飛揚、趾高氣昂，她們像我一樣遊走，只不過是腳步緩慢。

我很高興遇見遊動的人，我的腳步輕快起來了。但後來，我望著她們的蹣跚的後背，又不禁想到，要是和王悅還在一起的話，說不定現在她也走著這樣的步伐了。想到這裡，我笑了笑，說不清是什麼滋味。

※　　　　※　　　　※

我夢遊似地遊蕩了一圈後，渾身汗水回到家。你去打球去了？我媽一見我就這樣問我。自從我返回單身身分後，我媽對我的動態十分關注，夠噓寒問暖的，這讓我感到十分不自在，但又無法擺脫這感覺。

誰叫我要偷懶，過來混飯吃呢？所以我對她的問題，常常採取支吾以對的方法來敷衍。聽到她又追問我的去處，我含糊地說了句話，是什麼我也不清楚，我只聽見汗水流動的聲音。

我進了臥室，抓起一條內褲進了浴室。我聽見花灑的水流聲大起來，壓住了汗水的聲音。我仰起頭，讓涼冷的水流罩住我的頭，我的臉，還有整個身體。我感到那些汗水被涼冷的水趕了下去，流到地面下的排水口。

我長長地吐出一口氣。又張開嘴巴，讓口腔注滿了水，然後攪動一遍，再吐掉，感覺這樣連口腔裡的，腦子裡的熱氣也被清除到外面了。

這時候，我媽敲門在外面喊，你要洗熱水的呀，渾身是汗不能洗冷水。我媽總是這麼大驚小怪的。從小就教育我們，有汗是不能馬上洗冷水澡的，說容易得風溼病，還說是經驗之談呢，甚至還舉例說明她的說法正確，說誰誰就是不聽這話，現在如何受到該病的折磨。

有心事？吃晚飯的時候，我媽將飯盛好，將筷子擺在我面前，小心地探問我。

我說，沒事。

我媽說，你不要著急嘛。

我說，我沒著急。

我媽夾了一塊肉給我，說就當是暫時的休息調整嘛。自我離開原來的公司後，我媽就一直擔心我的生計問題。她老問一些類似的話，我都有點不耐煩了。她要是不安慰我，我還真沒當一回事情，你想啊，我也不是笨蛋，智商也沒問題，在這個時代，有手有腳的，還會有餓死人這回事嗎？可她似乎不經意的安慰，我卻將意思反過來看了，看作是認真了，所以我常常感到有了無形的壓力，甚至變得有點神經質了，我越來越怕她的安慰了。

我說我知道了。

我爸就有點火了，說，這不是關心你嗎？他常常這樣，開始沉默不語，然後突然爆發。

我沒有發作，只是沒了食慾。我放下碗筷，坐到沙發上，打開電視。

我媽說，你就吃這麼少啊？

我沒好氣地說，夠了！

我沒說是飯吃夠了，還是意思她說得夠多了。我在想另一件事了，瞥了眼牆上的電子鐘，那三支指針擺開架勢走動，但只有一支針是走出了速度的。我看不出另外兩支走動的速度。我只好努力等待它們三支針併攏。這時是晚上的 6 點鐘，香港亞洲電視臺開始新聞報導。我的耳朵塞滿了世界各地的消息。

我媽走了過來。她還用手指做了個手勢，指了指我，我將塞住耳朵的手指拿下。我都忘記了，自己怎麼會把耳朵塞上的，又是什麼時候塞上的。

病啦？我聽我媽是這樣問我的。她已經收拾完飯桌，用一根牙籤在剔牙。我媽做事總是這麼有效率，吃過飯就馬上收拾洗碗。我做事的效率，看來也得家族的遺傳。見她問話，我說，沒有。我這樣說，然後站起來往外走。

你幹嘛去？我媽又追問了一句。她眼睛裡滿是不放心。

我帶上門前，我說要去練車。我是這樣說，我的確是去練車。

※　※　※

我邊走邊嘆氣，我都多大了啊，我媽還像許多年前那樣對我。走到住宅區門口，就看見李師傅的車停在那，藍色的，帶了憂鬱的調子，他躺在椅子上半寐。我走過去敲車門將他驚醒，他嚇了一跳，睜眼看是我，然後和我換了位。我拉開車門坐進去。

吃過了？我繫安全帶前這樣問他的。

還沒呢。他用手去擦眼角，答了我一句。

我想了想，又將車門拉開，走去路邊的一個小店，買了一盒牛奶給他，三個麵包，回來丟給他。他一邊吃喝，一邊對我發號指令，還說，要多練，否則就生疏。

我將車子發動，放下手煞車，車子開動了，但不知道怎麼搞的，也許離合器我鬆早了，走了幾步就熄火了。我今天有點慌亂，趕緊又發動，車子就朝前衝去了。嚇得李師傅一腳踩下去，車才停住。我是出了一身汗的。我想李師傅也是出了冷汗的，牛奶都濺到他身上了。

李師傅罵我怎麼搞的，停車不拉手煞車的，說他教了我多少次了。

我慌張地說，都快一年沒開了。

李師傅問我，拿了駕照後就沒開過嗎？

我說，幾乎沒摸過方向盤。

他說，這怎麼行呢？他一邊嘟囔，還開導我說，車子要經常摸摸，省得生疏了。他建議我多找他練車，這樣就能應付不時之需。他還說他給我優惠，比直接去找駕訓班便宜。我啊啊地低頭答應，又將車子發動起來。

李師傅也算是個老教練了，我學車的時候，老是很難預約到他，不是他沒空，就是我的時間不對，有時候為了約時間，還得吵架什麼的，不過話說回來，雖然我找駕訓班理論，威脅說要換個教練，但計畫一直沒真正實行。

說實話，他是個認真的教練，雖然有點貪小便宜，但我還是能理解的，找他帶的人多，表示技術還可以，雖然學成的時間長點，也算是值得的，所以我一直跟了他學，吵架是一回事，學車又是一回事，他也還好，並不因為吵架就對我偷工減料。這倒是讓我敬佩的地方。

我和李師傅邊說邊開，慢慢就順手起來。我專挑人多的路走，李師傅就比較緊張，話就少了，等到人少點的路段，他才放鬆點，話又多起來，和我說點女學員的笑話。以前學車，常聽他這麼嘮叨的，他特別喜歡說點女學員的趣事。

現在他說的還是個女學員。他說有個妹子找他學車，夏天嘛，還辣味十足，穿得涼爽撩人，搞得他瞻前顧後的。有次在練路駕，前面有個騎腳踏車的，他讓她趕緊靠路邊停車，她一邊答應，一邊卻跟著頂人家的屁股去了。

當時坐在副駕位的李師傅只得猛煞住車，卻嚇出了一身冷汗，說話嚴厲點，她就嗚嗚地哭起來，還爭辯說，她想繞到騎車人的前面去停的。

李師傅說，那就繞啊，幹嘛去頂人家的屁股？

那女孩說，我繞不過去嘛！

李師傅說，誰叫妳繞了？我叫妳停車！

那女孩說，我是想停，但車不停啊！

李師傅說，妳踩煞車了嗎？

那女孩不服氣，說，我踩了的！

李師傅說，妳踩的是油門！

那女孩爭辯說，我明明踩的是煞車！

她這話將李師傅氣得話都說不清楚了。只得呼呼的喘氣。白教了！白教了！他說後來開回去的時候，想想，好在不是她的男朋友，要不啊，不定哪天會給氣暈過去。他說這話的語氣好像有點慶幸的意味。

突然，他又哈哈笑起來，說，還哇哇叫呢。李師傅說，靠，怎麼專頂人家的屁股呢！我總覺得李師傅這話是話中有話，總之意味有點曖昧。

李師傅轉過頭問我，你說氣不氣人？

我朝他笑了一下，說，女孩嘛。

就在我說這話的時候，我感到一道白光閃了一下。我心裡一沉。我知道怎麼回事了，闖紅燈了。我趕緊踩了踩煞車，將車速放慢了。

李師傅哀嘆起來，說這下五百塊（編按：此指人民幣）沒了。他語氣裡充滿了埋怨的語調。我知道的，他總對我說，他們做教練的日子也不好過，現在競爭大了，駕訓班越開越多，錢也就不好賺了。他一囉嗦，我就心煩。你想想，連我媽嘮叨我都受不了，他嘮叨我怎麼能受得了呢？我說我出好了。他聽了，雖然沒吭聲，但我看得出他的氣消了。

我說，不就五百元嘛。

李師傅說，我不能跟你比嘛，現在我們都承包了，小本經營。每月要繳管理費，維修費在漲，油費也在漲。我聽他嘮叨這些，覺得又氣又好笑。他這樣說好像我不心疼錢似的。好像我是靠喝空氣生活一樣。

我沒告訴他，我目前正處於失業狀態。我懶得提了。他又不是什麼公司的老闆。再說了，說了也是白說的。不說，還省口氣。

往回開的路上，我話少了，他也少了，大概我們都有點累了，精神緊張吧。要是他自己開，我想他會很輕鬆，一隻手也將方向盤打得滴溜溜的。但車是我開的，他就沒這麼自在輕鬆了，要時時警惕前方出現的狀況。我是這麼想的。

等開到我住的社區門口，我將車子靠路邊停了，下車，將車子交給他。李師傅下車後，一邊拉開車門，一邊對我說，下次有空就打電話給他。

※　　※　　※

我回到住宅社區，看見錢小男幾個在樓下的小店門口打牌。我走過去。

他們問我，最近忙什麼？

我說，忙個屁，我是閒人。

我站著看他們打牌。他們也真好笑，打著打著，又爭執起來，互相說對方「作弊」了。他們每次都這樣，好像打牌的樂趣並不在於打牌本身，而在於打牌引起的整個爭執的過程，期間大家都盡情地發揮各自的聰明才智，並樂此不疲。

以前他們也拉我參戰，我也說不清楚，對打牌怎麼總提不起興趣，有過一兩次，他們拉我參加，我勉強坐了下來，但我打過一兩次之後，就沒了興趣，他們再拉我，我就找各種理由婉拒，幾次之後，他們也不再拉我了。我也樂得清靜。

過了一會，錢小男抬頭看見我還在，就說，你以前不愛打牌的。

我說，現在也不愛打牌。

錢小男說，以前你看都不看的。

我朝他笑了一下，沒說話，就是看他吆喝著打了一圈。後來，聽到他提起交警某某。我那個埋藏在心裡某個角落的東西，好像又醒了過來，閃了閃。我幾經猶豫，終於開口問他。

我問錢小男，你認識交警隊的人？

錢小男頭也沒抬，只看著牌，說，我堂弟就是交警隊的。

第2章　邀約

朱顏也來了。

我和錢小男說過的，把他們辦公室的都一塊請來。我沒說要請朱顏，我說的是請全所的人。對這點，我怕錢小男沒明白，我特意強調了。我說，是全所啊。錢小男有點不耐煩了，說知道了，我不聾！搞得我有點不好意思。

所以，她一進來，我就覺得門口一亮。懸著的心落了下來。我說過，她的皮膚是真的白，現在又發現，其實她還很文靜。不像錢交警幾個，還沒進門就聽到打鬧聲了，他們總覺得自己很厲害，像個領導者，走到哪都得弄出點聲響來，生怕別人不知道他來了。

大概我得出這樣的印象，是因為我所見到報紙宣傳的警察形象和生活中看見的警察形象總是在打架的原因吧。我常常搞混了，分不清楚到底哪個才是警察的真實形象。當然，現在這會感覺強烈，可能是因為有了朱顏做對比的原因。

錢小男指了一個瘦高的說，我堂弟，錢交警。也許是基因問題，他們兩個的模樣真是像，都高瘦，但也有分別，錢小男長得黑，錢交警生得白。接下來，介紹的工作就交給了錢交警，他顯得很主動，和我握手後，就逐個介紹他的同事，都是在辦公室的。

這是朱顏。我聽他介紹了一輪，就記住了這個。其他的，記住了幾秒，又立刻忘光了。無法將名字和人對起來。

我朝她點了一下頭。她眼睛裡閃了一閃。我想她肯定不會對我有印象的。

我坐下來努力想了想，沒弄懂她是什麼意思。她的眼睛裡幹嘛閃呢？我好像被擊中了一樣，心裡怦怦亂跳。我們沒有握手，只是點了點頭。她就走過去了，坐在裡面的位置。

錢小男這時就喊了，點菜！點菜！還揮手了，也像個領導者，或者說是這場飯局的主持，有點充滿活力的派頭。

我也坐了下來，有點拘謹，沒敢看她。朱顏坐在我的對面，顯得很安靜。她身邊的是一個阿姨，好像上次在所裡看見的那個，她的話特別多，話題也轉移得很快，先是談她的先生，後來又談她的婆婆，最後又控訴自己的待遇不高，後來又說到了警力配置問題，說現在深圳人口增加快，警察也該增加多點。

她說，現在的警力是按照常住人口數來配置的，十分不合理，深圳的流動人口多啊，你看看人家香港，不到七百萬的人口，警察就有三萬多人，我們呢，加上流動人口，都一千兩百多萬了，警察還沒人家多，治安情況當然不好啦。

錢交警也說，是呀，風裡來雨裡去的，還受氣呢，但誰信呀？

你比我還白呢。錢小男喝了口茶，就笑著衝了他一句。

錢交警辯解說，天生的，有什麼辦法，我天天在外面跑的。

那個阿姨也附和他的話。最後幾個人吵了起來，各自爭辯自己的待遇是最低的，還說，政府老說要提高公務員的待遇，怎麼不見實質性的行動呢。那個阿姨說，你們還有津貼，我們還沒呢。錢交警說，你們可是內勤啊。那個阿姨不服氣，說，你以為我們做的工作比你們少啊。她拉了朱顏，說，問問朱顏，我們做的少嗎，讓她也說說。看阿姨這樣催問，她臉上笑意泛了起來，但還是沒說話。

這時候，我偷偷地望了一眼朱顏。她今天穿了一件長裙子，黑色，圓領，長袖子。她沒有參與爭論，卻神情憂鬱，目光不時瞥一下周圍，她的頭一擺動，橘黃色的頭髮也動，摩擦白白的脖子。她右耳上的耳環，也一閃一閃的。白色的光。紅色的光。

你同意誰的說法呢？

我正在發呆，聽見他們都在問我，只好轉移了目光。錢交警、阿姨、錢小男幾個，他們都盯住我，等待我回答。這是個立場問題，我一直很怕人家問我立場，我常常一不小心，就站錯了隊伍，以至於立場錯誤。我有點慌張了，我根本就沒認真聽他們的話。

剛開始他們說的，我還記得模糊的內容，後面說的，我走神了，都沒記住。現在看他們發問，我支吾了好一會，最後我說，我也沒想好，也許，都有理由吧。我抬眼看了朱顏一眼，含糊地應答他們的問話。

還是先吃飯吧。這是朱顏開口說話了。

朱顏恰到好處說了一句。晚上第一次聽見她說話的聲音，挺柔的，不像個北方的女孩，總粗著嗓子喊，生怕別人不知道。服務生進來上菜，朱顏還站起身子，伸手幫忙將勺湯的碗放好。剛進來，都是錢交警招呼大家的，現在朱顏開始忙了起來。

我注意到她的手了，是左手，原來被衣袖遮住的手腕上，露出一朵紅色的玫瑰花。妖豔。我心裡馬上冒出這兩個字。我不敢肯定是紋上去的，還是貼上去的，現在有這種紋身貼紙了，據說效果不錯，不容易褪色，還可以隨心所欲地更換圖案。

錢小男可能是餓了，他吃得很凶猛，等他想起什麼的時候，他已經半醉了。

他後來可能才想起飯局的原由，就推了推我，說，你不是有事嗎？

我湊在他耳朵邊，說，就是吃飯唄。

錢小男瞪大眼睛，望著我問，是不是發了大財？

我說，發個屁，我不是剛失業嗎。

錢小男嘿嘿笑了起來，他不相信，說你要不是有錢沒處花，就是看不起我。他指了指錢交警說，我堂弟也算個人物嘛。我說真的沒什麼事，就是想請大家吃個飯，大家也辛苦了。

當時我說了這番莫名其妙的話，事後想想就要發笑，我和人家素無瓜葛，也不是人家的上司，這是哪跟哪的。但當時我就是這麼說的。朱顏後來的回憶也是這樣的。她說她聽了也覺得奇怪。

錢交警也站了起來，端著酒杯，說，有事就說嘛！

我說，真的沒事！

錢交警可能也有點醉意了，說，你看不起我嗎？有的事，雖然難，但也可以解決的。

我只好端了酒杯，和他碰了碰，乾了，然後說，我想問問，闖紅燈怎麼弄？

錢交警說，一次罰款五百元。

我說，能豁免嗎？

錢交警臉有難色。他說都拍照了，誰也沒辦法。

我說，那，那就算了。我端起酒杯，說，大家喝好了。

散席出來，我想起什麼，我說，大家留張名片給我吧。錢交警可能有點不好意思了，吃了我一頓，卻沒幫上我的忙。他說，以後要什麼事，能幫到的話，儘管開口得了。他還笑了說，為人民服務啊。他摸索了半天，第一個給我名片。那個阿姨也給了。我看了一眼朱顏。

她笑笑，說，我沒名片。

我喊了服務生，讓給我拿枝筆來。我還將錢交警給的名片翻過來，說，妳寫上吧。我將錢交警的名片遞給朱顏，她趕緊在上面寫上了她的電話，然後坐那個阿姨的車子走了。

錢交警送我和錢小男，我們住同一幢樓，但不同樓層。錢交警的酒顯然喝多了，他一路上，和我說不好意思，沒幫上我的忙，說以後一定幫我忙的。

他邊說，還將手從方向盤鬆開，說得眉飛色舞的，將車子開得扭來扭去，好在他的開車技術不錯，但我還是被他嚇得酒也醒了。錢小男一上車就打起了呼嚕，所以他對此毫不在乎，到了住處樓下，才被我拍醒。

錢小男下車的腳步都是扭麻花的，踉蹌走了一段路，他似乎想起什麼了，就問我，你今晚怎麼了！我說，不是說過了嗎，就諮詢點事。錢小男搖搖頭，說，你真有病。他說完，就歪歪扭扭地往他家走去。我聽他嘟囔著酒話，但沒搭理他，也腳步踉蹌往前走。

※　※　※

第二天我睡過頭了，我看一眼手錶，已經過了午飯時間。我趕緊刷牙洗臉，然後急急趕往我媽家。我媽見我進門，有點驚訝，問我昨晚幹嘛沒來吃飯。

我怕她又沒完沒了，就說和朋友出去了。她又說中午打我的電話，沒人接聽，以為我又不過來了。她打開冰箱，端出留好的飯菜，放微波爐熱了給我吃。

我吃得心不在焉的。吃了一碗，我轉頭朝外望，我媽坐在陽臺上，看著我吃飯。她的神情讓我心虛，這段時間，她看我的眼神，總顯得憂心忡忡的。

以前我就想過，我不過來吃飯了，省得我看了她擔心我，可我要是不來，她也許就更擔心了。這樣一想，還是過來吧。我邊吃邊胡思亂想的。

晚上我和朋友有個飯局。我出門前這樣說的。我媽想說什麼，剛啊了聲，就沒吭聲了，收拾我丟在飯桌上的碗筷。她的迅猛動作讓我覺得是被監視著吃飯。我後來一想，我的天呀，我怎麼能這麼想呢，心裡不禁慚愧起來，覺得自己有點狼心狗肺似的。

我走在路上，有點茫然。以前我很忙的，現在一閒下來，就有種不適感，連錢小男都說我有病了。我是不是真的有病呢？這我不敢肯定，但我是絕對不會去醫院看病的。我一看醫生那主宰一切的表情就覺得心煩。

不到迫不得已，我通常是不去醫院的。我討厭那個地方。周圍都是病懨懨的人，痛苦啊、憂鬱呀等等這類字，用在那個地方，一點都不為過。一路上，我都想些亂七八糟的東西。

回到住處，我更覺得無聊。我沒開冷氣，熱得難受，身上的皮膚，又開始捆綁我的身體了。我坐不下來，心也定不下來，就去浴室洗澡，嘩啦啦的水聲讓我的心情輕鬆了點，剛洗完出來，就聽見電話鈴響了。

我有點興奮，抓起電話問是誰。寂寞的我希望被人打擾。

是我呀。李師傅在另一頭說。

我說你好。我問他，有事嗎？

練不練車？李師傅充滿期待問我。

我說，不想練。

也不知道他聽清楚沒有，他沒有放下電話的意思。

我就問他，還有事嗎？

李師傅扭捏了一會，問我，交沒交罰款？

原來是這麼回事！

我就說，交了，交了！

李師傅還是不放心，又將他的車牌號碼說了一遍，說是讓我再對對，別弄錯了。

我知道他的意思。他說過，這五百元，可不是小數目。我請他放心，我交了。

李師傅還是不放心，說，過期要交滯納金的。

我有點不耐煩了，說，我再說一遍，我交過了！

李師傅這才說，那謝謝了。

放下電話，我趕緊穿了衣服。他媽的，我還真忘記了！也不至於那麼急吧？才幾天啊？離寬限期還那麼長呢。罵完了，我趕緊翻出原來的學車資料，將他的車牌號碼抄下來。後來我想想，也可以理解他，現在人的誠信度低嘛。我出門邊走邊想，又出了身大汗。

※　　※　　※

我急趕慢趕，半個小時後，我到了交警大隊。朱顏還坐在那個窗口。她換了件黃色的裙子，長袖的，她正在和對面的阿姨說話。我敲了敲窗口。她轉過頭來，她的耳環閃了一下。她望了我一眼，愣了愣，顯得若有所思。

我笑著提示，說，昨天晚上。

呀，不好意思呢。她想起來了，臉上也笑了一下。

我說，我來交罰款的。

我將一疊錢推進去，還有一張寫有車牌號碼的紙條。她又推了出來，說，早就改了，要到建設銀行去交。我都慌了，臉也紅了，趕緊說，謝謝啊。

出去找建設銀行。又是一路猛走，有點狼狽，又是汗水淋漓，氣喘吁吁。進了建設銀行的大廳，我掏出錢，填寫了單子，然後是等待，然後在銀行職員的一聲 OK 聲後，長長地舒了一口氣，走出銀行的大門。

※　　　※　　　※

我繞路去了公園。我又看見樹蔭下那些閒散的人了。我走走停停，站在人群旁邊，看他們爭吵，大笑，擦汗，聲音此起彼伏，情緒高昂或低沉。我有點羨慕他們呢。那些神采飛揚的孕婦就更不用說了。我又陷入了某種想像。

後來，我離開了人群，走到了一處僻靜地，望著眼前池塘的一片靜水，看風偶爾吹過，泛起漣漪，水波一閃一閃的，讓我想起另一處也一閃一閃的東西。我掏出手機，倚在荔枝樹下打電話。

你是誰？我聽到朱顏警惕地問。我敢肯定她是看見不熟悉的號碼了。她會怎麼想呢？這是我焦急等待中想知道的。現在知道了 —— 她問我是誰了。

我是楊羽。我這樣告訴她。

再不說就掛斷了。她的語氣威嚴起來。

我說，我就是楊羽啊！

朱顏說，什麼楊羽？

我說，我是說我的名字叫楊羽。

朱顏說，楊羽？我不認識你！

我差點就要絕望過去了。我說，我們見過的。

朱顏說，我不記得了，沒印象！

我急迫地說，就是剛剛才找過妳的楊羽。昨晚一起吃飯的那個。

呀，是你呀！朱顏鬆了一口氣，說，聽出來，昨晚你沒怎麼說話。

我笑了說，妳也一樣呢。

繳了嗎？她這樣問，大概想起了我剛才來辦的事。

繳了，去建設銀行繳過了。我這樣回答她的。然後就沒話了。

過了一會，她問，還有事嗎？她說她有點忙，有人來辦事了。

楊羽想請朱顏吃飯。我小心地提議。

今天不行。她急急說了。

那就，再約吧。我有點失望。

第3章　疼痛讓人飛起來

你在跟蹤我！朱顏這樣說，語氣很肯定的。

我沒想到，她一聽我通報自己的名字，劈頭就來了這麼一句話，讓我不知所措。我這人有點敏感，雖然有過短暫的婚史，也算是個成熟男人了，但聽到她這話，我還是覺得她語氣裡有責備的意味，所以我有點慌張，但努力掩飾，我嘿嘿笑起來。

我說我沒有啊。

我都看見了！朱顏堅持說，她說她的眼睛正在看著我呢。是非常認真的那種。我慌張起來，恍惚看見她眼睛裡那種如深潭般清澈的誘惑。我有種壓抑不住想要縱身跳入的慾望。我心裡一顫，趕緊將目光移開，將頭偏開了，否則，我就有點不自然了。

我說，真的沒有，是碰巧的。

我四處張望，附近沒有發現她的蹤影，我後來就低下頭看地上，還在否認。緩過神來後，我以為剛才自己的反應，肯定是自作多情的幻覺。我這麼一想，對自己的神經質也有點自嘲起來了。

我都看見好幾次了！朱顏一點不留面子給我，專往我的痛處戳。

我有嗎？我有跟蹤過她嗎？我想我肯定沒有，我想自己的意識還是很清醒的。我對她所說的這些，有點聽不明白，因此顯得茫然。難道她正好在附近？正盯住我觀察？我甚至想到了，她是否也在某處用望遠鏡觀察我？我想到這，心裡有點緊張起來。

其實，此時我就站在芒果樹下，聽朱顏的教訓。她的聲音在我的耳邊纏繞，讓我變得恍惚起來。我最後喘定一口氣，將周圍遠近仔細搜查了一遍。可是沒發現什麼異常。這個地點距離交警大隊五十公尺，靠近大馬路邊。

我更緊張了，手心都出汗了，我不斷用力去搓褲子，乾了然後又出汗。我心裡在咒罵這該死的天氣。我大概是無意中，真的走向了朱顏辦公的地方。

你到底想幹嘛？朱顏嚴肅地問我，她說她是警察。

我說我知道。我知道她是警察。我說話這時正看地面走過的螞蟻，牠們似乎不慌不忙，悠然地在地上遊蕩，我的目光隨牠們走動，最後，有一隻朝我的鞋子走來了。我看我的鞋尖。

楊羽想請朱顏吃飯。

我小心地說了這個意思。這句話我想了很久，雖然認真計算，也就幾天時間吧，但我已被這個念頭折磨得度日如年了。我想只要說出來了，就會變得輕鬆起來的。我在心裡準備練習了無數次，現在終於說出來了。這時路邊過來一輛自卸車，馬達的轟鳴聲蓋過了我的聲音。我喊了起來，將話重複一遍。我怕她沒聽見。

你那麼大聲幹嘛？朱顏說。

我說，擔心妳沒聽清楚。我的聲音又小了下去。雖然小了下去，但我堅信連地下的螞蟻都聽見了。我看見了，那隻螞蟻，此時停住了，在我的腳下徘徊。我在想，她會答應嗎？她也在猶豫嗎？我大氣不敢喘，屏住呼吸，就等她下面的回答。

幾點呢？朱顏說話的口氣舒緩下來。

我說，下班來接妳吧？

※　※　※

我收好手機後，長長地喘氣，真的，我沒想到，她的回答是這麼樣的。雖然我想過，她會有三個答應。一是答應；二是說，下次吧；三是今天不方便。我想最有可能的，應該是第一種以外的答應。但沒想到竟是第一種。

我好像被幸福拋上了天，不知道該用什麼來表達。可能我這人也不會表達吧。我只是呆呆地望了望她在的那棟大樓，然後我看了眼手錶，都五點鐘了。我沒離開那棵芒果樹，就站那等著。一邊流汗，一邊想像夜晚的聚會。

後來不知道站了多久。我開始覺得身上難受起來，我就用背和肩膀靠過去，靠在樹幹上，我感到了一種踏實。我靠在樹幹，朝四周張望，太陽開始下山了。我看見，太陽的光芒慢慢收斂，漸漸暗淡起來，將身上發射的金光收攏。我也感到身上流淌的汗水，也略略收斂了狂奔的姿態。

下班時間到了，車輛多了起來，馬達的轟鳴聲一浪一浪從馬路上滾過來。我感到了聲浪拍岸的震撼。似乎也與我內心的節拍和應起來，我感到自己整個人都顫抖起來。我放眼遠望，見陸續有人從各個大樓門洞出來，流到了路上，行色匆匆的走。

看見有人從交警大隊的辦公大樓出來，我馬上從樹幹上彈開，朝前面走去。我看見朱顏也出來了，還有那個阿姨。她們並肩走出來，有說有笑，然後分手，阿姨去了停車場，朱顏拐彎朝我走過來，她耳朵上金屬的光芒一閃一閃的，和收斂了的陽光的光芒相互輝映。

※　　※　　※

朱顏見我就問是幾點到的。我一直就在那棵芒果樹下。我指了指遠處，那棵高大的芒果樹，碩果累累，立在夕陽下，十分挺拔，墨綠而沉靜，汽車一駛過，它就搖動一下身子。就像我的心神，也在一下一下地搖盪。

看看，露出尾巴了吧！

朱顏這話是說得有點嚴肅，但我看出她沒有生氣，臉上還有一絲的笑意。帶了青春嫵媚氣息的笑，在這正緩緩西沉的夕陽中，顯得充滿了一種魅力。我想這大概就是人們所說的青春逼人的那種吧。

邊走邊說吧。朱顏是這麼說的，也是這麼做的。

我們走在了一起，是並排走，她在我的左邊，我在她的右邊。說的是邊走邊走，其實我們只是走，我一下沒了話，她好像也是，偶爾我一抬頭，就看見她耳環在閃光，和夕陽相輝映，一閃一閃的，我的眼睛給螫疼了。

楊羽和朱顏走在路上。兩個人沒有話，各自在想心事吧。

後來我們是這樣描述當時的情形的。

我問過朱顏，妳在想什麼呀？朱顏長長地嘆息了一聲。我認真地看著她。她卻莞爾一笑，說，不記得了。看我有點失望，朱顏說，不記得說過什麼了，但記得很愉快。一種奇遇的愉快。

她也反過來問我，那你想什麼呢？我呢，我也說自己不記得了，大概是有點緊張，是愉快的那種緊張。其實，所有的事情，事後去回憶，都是不準確的，與事實有出入的。

事實上，走到雅怡餐廳前，我倆基本上沒說上幾句話，就這麼默默地走，中間留出一道忽寬忽窄的通道來。有時候，這寬度可以過一輛腳踏車，有時候，我的手，還擦著了她的手。但只碰了一下，就迅疾分開。進去餐廳前，我們就這麼走著，不急，也不慢。

※　　　　※　　　　※

在餐廳落座後，我注意到，她偶爾伸手，去用手指梳理頭髮。我又看見了她手腕上的那朵玫瑰，霎時怒放，然後又收攏，很有收放自如的韻味。這引得我頻頻側頭，偷窺她伸縮的左手。

菜上來前，我覺得有點拘謹的，不停地喝水，讓服務生加水。等菜上來後。我感覺似乎進入了正題一樣，我有點笨拙的招呼起她來。她看了只笑，不怎麼說話。

妳吃啊。我是這樣不停地示意她。餐館的燈光很柔和，我少了點緊張。朱顏說好的，她不客氣。我也吃，也說，我盡量少看她的眼睛，努力地說話。後來，慢慢我說多了，似乎氣氛有點變化了。

她就變得開朗起來，問我，你請女孩吃飯，就這樣給人家催肥啊。我就讓她說結巴了。我說不是的，只怕妳客氣呢。朱顏笑了說，都是你在說，我在吃，我還客氣呀？我不好意思也笑了起來。

你現在幹嘛？後來朱顏問我一個問題。

我說，暫時無業。

那你還四處請人吃飯？她這麼說，似乎有點責怪的味道。

朱顏的話讓我感到溫暖。我很久沒遇見這樣的女孩了。其他女孩，才不管你有工作還是失業呢，她們覺得有吃就吃吧，管那麼多幹嘛呢？

我說沒想到啊。

沒想到什麼？朱顏是這樣問的。

沒想到妳會關心人。我將話說白了。

朱顏困惑地看著我，問為什麼這樣想。

我說妳看上去挺嚴肅嘛。我說出了自己的擔憂。

呀，原來這樣啊！朱顏聽了我的話，似乎意識到什麼，臉上蕩漾起笑意。

吃了一會，氣氛輕鬆起來。我就說起剛才我們走過來的情形。

這樣走的人會談戀愛的！

我無心說出了自己的感覺。這樣的說法，不是我的原創，而是別人說的，至少有人這麼說過我的。以前我也曾經和女人這樣走過。兩人的距離也忽大忽小。手也碰一下，就迅速彈開。想想也是，一般朋友走路，是不會這樣的。

那個時候，看見的人就會問我，在談戀愛吧？我當時說，沒啊，就走走。他們不相信，說和一個女人這樣走，遲早是要談上的。後來我的確就這樣談上了。

我和王悅就曾經這麼走路的，後來也談上了戀愛的。也奇怪，我竟然由於這句話，帶出了自己的故事。我在柔和的燈光下，對一個我還不了解的女孩，講述另一個女人的故事。我好像有點急迫，好像想要用最短的時間，用最少的話語，盡量將一個婚戀故事講清楚。大概我想將心中壓著的石頭卸掉。

後來呢？朱顏聽了一個段落，就好奇地問我。

遺憾的結局！我用這句簡單的話，收住了對一個複雜的愛情故事的敘述。

就完了嗎？朱顏聽到這裡就追問我，她好像有點意猶未盡。

我說，還是說點高興的吧。

為什麼呢？朱顏的眼睛裡，有種探究的期待了，她一晃頭，耳環就閃光。

我說，遇見妳了啊！

她就笑了，說，我們又不談戀愛。

我說，誰知道呢。我也不敢肯定的。

我居然說出了這樣的話，這麼明目張膽的，我也被自己的話嚇住了，我怕朱顏起身離開，或者馬上做出聲明。還好，我擔心的沒有發生。朱顏只將她的臉轉開了。

我也趕緊就轉了話題，我說她穿衣得體。妳穿短袖的話，更好看。我補充了一句。沒想到朱顏聽了，正在梳理頭髮的左手，猛地縮了回去，放在桌子底下了。我沉默了一會，才重新說起話來，當然，我談了自己對衣著的看法，是帶了想像的那種。

我還說起了第一次看見她的感覺，當然，我省略掉了許多關鍵的詞和事實。我怕她誤解我是個輕浮的人，或者是個神經質的人，又或者，將我看作是個油嘴滑舌的人。

朱顏說這單她來買，她說我是個無業人員。但我堅持讓我來。各自將買單的理由爭辯了一會，還是我贏了，我說是我說要請她吃飯的，而且我是男士呢。

朱顏只得說那下次她請我吧。她是這樣說的。剛出門口，她的手機響了。她掏出提包裡的手機，在門口站住了。

我站在門口聽她說話。我沒有抽菸，因此顯得無所事事，手腳不知道擱那裡才好，只是茫然地朝街上張望，有人從街的那頭走過來，也有人從街的這頭走過去。我看見她用左手拿電話，那朵玫瑰又在怒放。我呆呆地望著出神了。

※　　　※　　　※

後來，楊羽和朱顏又走在路上，還是並排走，中間還是有一條通道，兩人有話時寬，可以過一輛腳踏車，沒話時就窄，擠不過一個人的。但偶爾有一個小孩，被後面的同伴追逐，就從中間衝過去，楊羽和朱顏就被衝開了，然後又合攏。

※　　　※　　　※

你有心事？朱顏扭過頭，問了句。

我看了她一眼，說沒有啊。

她笑了一下，說，我是警察嘛。

我只好說，我等會不知道幹嘛好。

此時，我竟然有點憂心忡忡的。也是的，以前單身的時候，下班後是最活躍的時間，呼朋喚友的，有時徹夜玩談，沉溺於人群中。後來戀愛了，圈子就縮小了，慢慢地從人群中突圍，撤退到了兩個人的世界，沉醉於兩人小世界。等兩個人的世界散了之後，似乎就很難再回到人群中去了。

那些過去的單身漢，談戀愛的談戀愛，結婚的結婚了，他們也從人群中撤退到了兩個人的世界。後來一想，也不全是，而是自己的心境不同了。一回到一個人的家裡，就只好一個人面對孤獨。要一個人獨自度過漫漫長夜。這是一件十分可怕的事情。

聽了我的話，朱顏沉默了一會，然後說她請我去看影片。我對這個提議很興奮。我已經有很長時間沒看了，連電影我都好長時間沒去看了，以前我是電影院的常客。說實話，我也害怕送走她後，我要獨自一個人度過漫漫長夜。聽了朱顏的話，我感到了一種溫暖。我趕緊抬腳跟上她的步伐。

※　　　※　　　※

楊羽和朱顏又走在路上，還是並排走，中間還是有一條通道，有話時寬，沒話時就窄。偶爾有一個小孩，從中間衝過去，楊羽和朱顏分開，然後又合攏。這樣的過程維持了好長一段路。這段路讓他們回味無窮，在他們以後的談話中，被無數次說起過。

※ ※ ※

就在上面。走了一段路，朱顏站住了，就在一棟樓的入口處，她朝樓上指了一下。我仰頭，看見是「玉龍樓」，三個大字，清楚地表明它的名稱，挺高的高尚住宅樓，有三十層高。我無數次從這經過，但從沒進去過，因為我沒進去的理由，沒有住在這裡的朋友，也從不到這裡辦事。

這與許多在此地的建築一樣，我常常經過，看過他們的容顏無數次，已到了熟視無睹的程度，但我還是只了解它的表面，而無從了解它裡面發生的一切。但今天，我要進入它了。進入到它的內部，看一看它裡面的風景了。

妳住這啊？我小心地問她。

朋友。朱顏轉過頭來回答我。

哦。我有點緊張起來，我說，方便嗎？

朱顏含糊地說了句，絕對安全的。

我不知道是什麼意思。她說話，是很清晰的，有警察作風，乾脆俐落。但這次似乎不是，有點閃爍其辭的。但我沒有問她。我跟她進了電梯，我們都沒話，就站在小小的電梯裡。就我們兩個人，彼此可以聽見對方的呼吸。我還聽到自己咚咚的心跳聲。

電梯慢慢地上升著，朱顏偶爾伸出左手，撩開額頭披散下來的頭髮。我又看到了，那朵玫瑰，剎那綻放，又收斂，耳朵上的耳環，也霍地閃了閃。我感到呼吸的空氣不夠了，就大口地猛吸氣。

我們上了十八樓，然後進了 1803 室，見到了她的幾個朋友。我看得出，對我的到來，她的朋友有點意外，但沒說出來，只說，快坐，就開始了。

朱顏簡單做了介紹，我也只記住一個姓柳，坐在床沿；一個姓洪，坐在沙發上，兩隻腳架在前面一張小矮凳子上；還有一個女的，叫蘇枚的，就坐在地上的墊子上。

後來，姓洪的起身，讓出了兩個沙發的位子給我們。看起來他們比較熟悉吧，所以顯得隨便坐，都找各自舒服的姿態擺放身體。

蘇枚拿起遙控器，朝我們說，開始吧。看朱顏點點頭。她就按了按遙控器。然後我們聽到了聲音和畫面猛地跳出來。搞得我有點緊張起來。

第一個放的 DVD 是《漂流慾室》，韓國電影。講一個警察的妻子兒子被人殺害，他自己被人陷害，為躲避追捕，躲到一處偏僻的水上旅館。他終日在這裡垂釣，並時常陷入一種可怕的回憶，後來，旅館的女老闆在偶然的機會發現了他的祕密，後來，彼此就發生了糾纏。

那個警察是自虐的傾向，在痛苦的回憶過程中，竟然吞吃魚鉤，然後又猛力地拉動，以至於他的口腔鮮血淋漓的。畫面幽暗、血腥、但與美麗的女主角嬌美的身體交叉出現在畫面上，顯得很唯美，又驚心動魄的。

畫面上，房間裡，都迴盪起呻吟聲，喘息聲，還有我不熟悉的韓國音樂。男女主角的身體一番纏鬥後，一切又歸於平靜了。

我看得血脈賁張，太陽穴的血管在膨脹，心臟狂跳，呼吸也急促起來，拚命吞咽口水，又努力掩飾，不希望別的人聽見。

我偷偷地看了眼朱顏，她臉色潮紅，神情激動。偶爾，有吞咽口水的聲音，或者咳嗽聲，還有蘇枚壓抑的驚叫聲。除此之外，整個房間都是靜悄悄的。

我突然有種害怕，但又無法說出來，努力克制住。過了一會，我去了一趟洗手間。我在裡面待了很久，我看到鏡子裡的自己，慌亂而疲倦。我打開水龍頭，掬了水在洗臉。

等我鎮定些後，我才打開門。我出來後，那個 DVD 還沒完。期間我又去了幾次洗手間，也掬水洗臉。我真的覺得時間過得很漫長。

後來，又放了另一部《不可撤銷》，法國的，我大概有點緊張吧，沒怎麼注意。

※　　　※　　　※

散場出來，朱顏的眼睛是發亮的，臉色潮紅，白裡透紅，神采異常，有種迷醉的神態。這我在電梯裡都看見了。我還聽見她急促和粗重的喘氣聲。

下次不要看這類 DVD 了。電梯快到樓下，我才對她說了一句告誡的話。

拍得真好啊。朱顏踏出電梯門，鬆了一口氣似地這樣說。她似乎沒理會我剛說的話，或者說，根本就沒聽見我的話，又或者說，她不怎麼在意。至於真實的想法，她不說，我是只能猜測的。

妳喜歡這類電影嗎？我有點困惑。

韓國電影近幾年進步很大啊。她答非所問。

朱顏又問我，你不喜歡這類電影嗎？

我對她這樣的問話，一時不知道該怎麼回答。我想，她要是在意，或說聽見了我剛才說的話，肯定就不會再這樣問我了吧？我沒有馬上回答，過了一會，才說，我看得不多。

朱顏走得很慢，似乎若有所思，似乎在回味什麼。我竟然落到了她的後面。朱顏穿了高跟涼鞋，走著優雅的步伐，鞋跟噠噠敲打地面。我喜歡看她的腳走路的樣子，也聽到了她腳下發出的好聽的聲音。她可能沒聽見我的回答，轉過頭來。見我落在後面，就停了下來，等我跟上。

另一部怎麼樣？她問我。

朱顏問我的觀後感想。她指的是《不可逆轉》，是部法國電影，更是血腥，講的是一個警察，女友被強姦，他找罪犯報仇的故事。那個吸毒者強姦、毆打女受害人。男人的臉、女人的臉，都被打得血肉模糊。

打人場面血腥，太讓人震撼。那個警察闖進一家同性戀俱樂部，用滅火器猛砸一個同性戀者，他的臉都開花了。我當時去了幾次洗手間。在洗手間的時候，我都有點眩暈了。

太血腥了，怎麼能那樣打人呢，特別是打女人啊。我說這樣不好，是真的不好，我反對這樣的做法。

疼痛會讓人飛起來！朱顏喃喃地這樣對我說。

但我覺得，這句話不是說給我聽的，而是說給天上的月亮聽的，因為我看見她的眼神，都飛起來了。天空上，白雲在飛呢。我不知道，此時的朱顏的心，大概也如白雲在飛吧。

臨到分手，我還依依不捨的。也許我怕她真的飛上了天去，就她怕離開我的視線。奇怪啊，好久沒這樣的感覺了。

第 4 章　受傷和慌亂

朱顏當時是這樣說的，她叮囑我，回到家撥個電話給她。

我笑了一下，說，這話該由男人來說。

最近治安不好。朱顏有點擔憂。

這段時間，本市的媒體報導過多起「拍頭黨」搶劫案件。這類案發地點一般比較僻靜，以前這類惡性案件，一般也只聽說過在「關外」發生，現在既然連一直安全的地方，比如南油路段，以前從沒有發生過嚴重案件的，現在也發生了一起「拍頭」案件。

被劫者都被人從後面襲擊，腦袋被磚頭拍了，人立刻倒地，傷勢都很嚴重，有的還成了植物人。消息傳開，人人自危。市民都驚恐萬分，夜晚盡量少出門。我聽了朱顏的話，心裡是熱的。

我安慰她說沒事的。我在這生活多年，也走過無數次的夜路，一般在朋友處徹夜長談後，帶著意猶未盡的遺憾回家的，有時是午夜，有時甚至是凌晨，很有點披星戴月的意味。一直都挺安全的。從沒發生過意外。

我們就在路口分手了。我望著她離開的身影慢慢走遠，後來就只能看見她的背影，淡淡地融入了夜幕中。我呆呆地站了幾秒，也轉身離開。

走在路上，我的心裡有點空落。剛開始我走得挺慢的，後來我走得身上冒汗，我這人做事情還是有點急迫的。這基因大概遺傳自我父母。

慢走急走，就快望見我的住處了，我有意放慢腳步，我不想那麼快就回到家裡，坐在那裡看電視，或者百無聊賴，在屋子裡走來走去。我最無助的，就是連電視連書都看不進去的時候，即使看著書架上的書，也只能取下來，翻看封面而已，內文我一個字也看不進去。

※　　　　※　　　　※

但後來我沒有打電話給朱顏，不是我不想，而是我無法打，原因是我沒有回家，我就被人打了，還住進了醫院。當時的情形還滿嚴重的，臉上開花了，有點血肉模糊，臉腫得連眼睛都睜不開了。

後來，我想到了看過的那兩張 DVD，用這個幾字概括就行了：血腥，恐怖。當然我沒看見我的那副模樣，是人家醫生告訴我的。血肉模糊！他說得一本正經。讓我聽了心驚肉跳的後怕。但當時我並不知道，除了痛之外，我看不到自己臉上的樣子。

當時，我看見家了，距離我家還有三百公尺。我走了幾步，就上了天橋。從這邊的馬路到對面的馬路，要橫跨一座人行天橋。我上了天橋往對面走。我看見不時有車子從我下面呼地駛過去，帶起一陣風。我甚至還趴在天橋的欄杆上，朝遠處眺望了一會呢。那些亮了燈的窗口，也在一盞一盞地熄滅。然後我再走一段路。很快我就在天橋的下坡臺階了。我剛橫過馬路，從天橋上下來。

你是楊羽嗎？

一個人從後面追上來問我。奇怪，我怎麼沒注意到身後有人呢？開始聽到聲音，我心裡一警覺，也有點受到了驚嚇。但迅疾又安慰自己，應該是個熟人。要不，他怎麼叫我的名字呢？幾種想法迅疾在我腦子裡攪動。

我轉身一看。是一個男人。我以為遇見熟人了，就停住了腳步，站住轉過身來。朝我走過來的是一個男人，中等身材，剪個平頭，精幹的模樣，他嘴上叼了一根香菸。

當時月亮很亮，一縷很淡的青煙從他的嘴角飄出來。我想不起在哪見過這個男人。大概是朋友的朋友，或說在一些大的活動見過的，我不認識人家，但也許他認識我呢。

但我還是說，我就是楊羽啊。我想自己還該有點禮貌才好。

那個男人沒說話，徑直朝我走過來，步伐不急不緩，就想正常人走路一樣自然。我更加相信是見過這人了。我還正在回憶著等那人走近。

也許再近點，我就可以認出他，或者想起他是誰了。那男人接近我的時候，距離我四步左右遠，就將嘴裡的香菸吐掉，但沒吐出什麼話來。

他動手了，他顯得興奮，也顯得緊張，我這時候才看出他的緊張來，當時也許是夜晚，視線有問題，所以我之前一直以為他很鎮定，像一個我的朋友那樣向我走來。

但他不是我的朋友，是一個陌生人，還很緊張，所以很快他就將事做完了，他沒活動身體就伸展開了，匆忙而有力，他將我揍了一頓。

※　※　※

過了幾天，我剛恢復點力氣，意識清醒過來後，我把手機打開，就看見有簡訊留言。我的天啊，我點算了一下，我身上的財物都沒什麼損失，連我的手機，都安好無損地安睡在口袋裡。

那天吃飯的時候，我為了不受打擾，還特地將手機關了。它也就老實地在我的口袋裡昏睡了幾天，就像我一樣。我翻看一條條的簡訊。其中有朱顏的。她問我，幹嘛不撥個電話給她。我躺在床上，撥了她的電話。我想和她說點什麼，但一時也說不出話來，只好等她先開口。

朱顏又問我，幹嘛不打電話給她？

我含糊地說，我沒事啊。

朱顏說，沒事也說一聲，害我一晚沒睡！

現在我回想起來了，臨分手前，她叮囑過我的，要我回家後，打個電話給她。她說過，近期治安狀況不好。現在又我聽她這麼說，竟然控制不住了，嗚嗚地哭了。很長時間我都不哭了。一哭我的臉頰就痛，牙齒也痛，但我還是想哭個痛快。這時房間就我一人，同病房的已經出院了。我也就放肆起來，遮住了話筒，越哭越起勁。

朱顏有點吃驚，聽她的聲音就知道。她說你的聲音不對勁啊。我說，謝謝妳。朱顏就笑了，說，晚上一起吃飯吧？我不知道該說什麼。朱顏又追問我有沒有時間。我還是嗚嗚地哭。朱顏笑了，說，受感動啊？我說沒事。只是我還在哭，但聲音小了。

朱顏就說，那你哭什麼啊？我沒辦法解釋，就只有抽噎。後來，朱顏有點不耐煩了，說你還男人呢。我只好止住抽泣。

幾點鐘？我聽見朱顏又在追問我。

我去不了。我說得吞吞吐吐的，怕她誤解我拒絕她的原因，就補充說我在醫院。她聽了馬上大吃一驚，追問怎麼回事。我說沒什麼，摔跤了。

※　　　　※　　　　※

接下來，朱顏來看我了，是傍晚過來的。她一進來，病房就亮了，因為燈開了，她的膚色又增輝。她穿了制服，長袖，米色的，顯得嚴肅。她提了水果，還背了個小背包。

而我臉上纏了紗布，樣子尷尬古怪，幸好紗布幫忙掩蓋了部分表情。其實，我沒打算讓她來看我的，我這樣子太滑稽難看了。

出什麼事了？朱顏急急地問我。

我本來坐起來了，這下又往床上一躺，長長地嘆息了一聲，這下舒服了，我說出這樣的話連我自己也吃驚。我直起身子後，看見朱顏臉色潮紅，神情亢奮。我馬上想到了那晚看的 DVD。

疼痛有時會讓人飛起來的！我聽見朱顏這樣說，她說這話人有點激動。我也奇怪，沒感到有什麼不妥，她沒安慰我，卻說出這樣的話，要是別人聽了，大概心裡會很不爽的。但我沒有。

終於解脫了。我喃喃自語，說出如此一番話來。

為什麼？朱顏突然問了句。

我馬上意識到說漏了嘴，就陷入了沉默。眼睛望著屋頂。

報案了嗎？過了很久，朱顏才問了一句她最該問的話。

我說我不想追究了。

你知道是誰做的？朱顏很敏感，但對我的話感到困惑。

我說因為我也打過她。我神情懊喪，我想她肯定從我眼裡看到了。

誰呢？她好奇地問我。

我說是我的前妻。

※　※　※

我接上了那次沒說完的故事繼續說下去。朱顏很吃驚，開始還愣了幾秒鐘。她的那個耳環反射的燈光顯得刺眼。我瞇了瞇眼睛，說，這下扯平了。我一下子變得神情輕鬆起來。

我開始敘說，就在白晃晃的燈光下，我讓自己回到了從前，時光倒流，我說了一個故事，有關愛情與暴力的。我說我打了她，原因簡單，王悅喜歡招搖，喜歡引人注目，所以鍾情時裝，總是穿得暴露、妖豔，早出晚歸，還整天跟我說，張三這樣讚美她了，李四那樣讚美她了，好像全世界的男人都圍繞她轉圈。

慢慢的，所發生的一切，超出了我的容忍度。我也越來越關注她了，不過除了眼睛，還加上了拳頭。所以我就打了，鼻梁都打斷了。還驚動了左鄰右舍，警察都來了。

我被拘留了十五天，是她報的警。從前的恩愛瞬間就煙消雲散，一筆勾銷。即使分手了，她還說了狠話，你也要嘗嘗那種滋味！她是這麼說的，似乎也在找機會，也有蛛絲馬跡。而我，似乎有點不相信，也似乎一直就等待那一天的到來。

但等了很久，都沒有發生該發生的那件事情，所以也放鬆了警惕，但心又被懸置起來了。沒有結局的故事，總是吊人胃口的。總是讓人不放心的。現在好了，故事的結局有了，補上了，我也終於可以放鬆了。

我說得有點累了，因為嘴巴還有點腫脹，所以說出的話有點古怪。朱顏卻不累，臉上表情亢奮，眼裡有種閃亮在游移，就像我們走在黑暗中，努力尋找遠處的火光一樣。有時候，我對警察也常常懷有某種猜測，他們審訊嫌疑犯的時候，是否也這麼充滿熱情地拷問某個故事的前因後果。

後來呢？

我一停頓下來，她就緊著追問。我說，我後來發誓，再也不打人了，特別是女人，不論對錯。所以我不會追究這件事情了。我說我倒地的那一剎那，心靈一下就安寧了，畢竟我等了很久了，終於有了結果，結束了。說到這裡我笑了一下，我也沒想到竟然能笑出聲來。

朱顏沒有說話。她沉浸在我的講述裡出不來。你還笑得出聲來？我聽見她這麼嘆息了一聲。我不知道她說這句話是什麼意思，是對我自己傷成這樣，還那麼樂觀的讚賞呢，還是對我說起過往的傷心事還能笑出來不了解？總之我此時也懶得進行思考。

我說我想看那朵玫瑰。那朵綻放的玫瑰。其實，即使在我斷斷續續的講述中，我的目光也是隨了她的左手移動的。我的意識，一半落在過往裡，一半在眼前的花朵。我看見她坐在椅子上，不安地搓著雙手。她愣了一下，扭捏了一會，才放鬆開來。

朱顏解開袖口的扣子，將左手腕亮了出來，亮出一隻美麗的手腕。是我喜歡的那種豐腴型，那一朵紅玫瑰，還有三片葉子。有種血腥的妖豔味道。線條好像包裹顏色，又好像顏色要漫溢出線條構成的框子。顏色和線條的兩種力量在互相抵抗，相持，有一種激情四散。

痛嗎？我吸了一口氣。我想那是紋上去的，線條逼真而細膩，看得出是個高手的作品。

朱顏說，痛並快樂。她是這麼說的，語調含糊，內容複雜，空洞而時髦。

妳穿短袖好看！我是這樣讚美她的，我回憶我們的初次見面。朱顏笑得有點羞澀，她一低頭，我就看見她的耳環在閃光。

你喜歡跟蹤人嗎？朱顏問了個問題。

我說就跟蹤了她。

很危險的。朱顏這樣警告我。

我說我就那樣做了。

她問我為什麼。

我說當時我正無聊。我說得很坦率。當時我真的挺無聊的。

我看見她的臉上，有點點的惱怒。還有點點的嗔怪。

我趕緊說，加上一見鍾情。

她一愣過後，又笑了，小女孩的嬌媚樣。

我問她，有人像我這樣跟蹤過她嗎。朱顏就有點驕傲，也有點不好意思。朱顏說她還真差點去找人了，找了，就要打人了，那樣可能我也早就住到這裡來了。她說得很認真似的，還向我攥起了拳頭。當然，那樣的拳頭，是嚇不到我的。我看過書上說的，那是「粉拳」。想到這個描寫，我還真覺得好玩呢。

為什麼沒有找呢？我也有點好奇，也想逗逗她。

找了就沒現在了呀。朱顏答非所問地回答我。

※　　　　※　　　　※

在接下來的幾天，朱顏還到醫院看楊羽。她買水果給他。主要是香蕉。她喜歡看他吃香蕉，一下一下地剝皮，然後一節一節地吞吃。他們的問答，有人云亦云，也有答非所問，總之一來一往，嬉笑無常，也充滿了樂趣。

※　　　　※　　　　※

這樣的情形應該很平常，我不會感到意外，兩個人剛認識，就會這樣的，要不答非所問，或者人云亦云，試探著前進，就像跳探戈舞一樣，你進他退，他前你後，互相探詢，彼此糾纏，饒有趣味。舞蹈的人迷醉，看的人也沉醉其中。

後來呢？這樣的話是朱顏問的。她對我的前妻很感興趣，雖然閃爍其辭，但我知道她的意思。我也閃爍其辭，繞來繞去，將一個故事說得曲折離奇。

真可惜。朱顏聽我說完一個片段，就會感嘆一聲。我不知道她說誰可惜了。是指我離開王悅可惜呢，還是指王悅離開我可惜了？我也懶得去探究了。現在我們是多麼開心啊。幹嘛老想那些苦惱的往事呢。

她會想你的！朱顏竟然說出這樣的話。

我說，她恨我。

不會的，她想你的。朱顏堅持這樣說。

我打了她呢。我這樣懺悔的。

我怕朱顏不相信，我就在後來的聊天中，很認真的重複了好幾次，話雖然說得有點差別，但意思相同。我說我打她是不對的，無論發生了什麼事。可是奇怪，無論我如何闡釋我的意見，朱顏還是堅持己見。對她所說的，我不敢祈求，我只願她不再有恨就好了。

但朱顏還是堅持，她說了好幾遍，王悅她會想我的。這樣的話讓我心裡七上八下的，就像聽了算命先生隨意說出的沒有根據的話。

※　※　※

我在醫院折騰的那段日子，風平浪靜，無人相擾，甚至說是甜甜蜜蜜的。我沒告訴其他人，我也不想讓人知道，這是丟臉的事情。我連我媽都沒露過口風。住院的前幾天，我大概讓她夠擔心的了。

我一連幾天沒回家吃飯，電話肯定也打不通的。後來，我媽老打我的手機。她說家裡沒人聽。她還要我過去吃飯。我只好說我出去旅遊了。她追問我幾時回來。我就哄她說快了。

我天天這樣說，就快了，這都快成習慣了，我甚至擔心以後就這麼說順口了，會一直說下去。好在朱顏經常來，幫我帶吃的，和我說話，使我能夠打發掉一段沉悶的日子。

我出院的前一天，朱顏又來看我。她穿一件白色的制服。短袖的。我有點雀躍，我低頭去找她手腕上的玫瑰。她的手臂上有點不對勁，我湊近看了，是淤痕，在手臂上纏繞，有如青龍遊走的路線。斑斑點點呢。我有點困惑，怎麼搞成這樣的呢。

我說，妳的手怎麼啦？

朱顏有點慌亂，說，碰傷的，沒事了。

我有點不放心，問她，痛嗎？

她幫我收拾東西，還說她是警察嘛，這點傷算什麼啊。

我說我當時也沒哼幾聲呢。我說的是我當時挨人揍，也沒來得及哼哼就倒地不支了。對這樣的遜事，我居然還能拿來說笑，說明我這段的生活狀況十分不錯。

朱顏就笑了，說，那是你欠揍。我一聽，我一瞪眼，舉起了拳頭，作勢要揍她，看我急了，她一閃身，還挺靈活的，笑了說，那是你自己說的嘛。

第5章　警察

我沒想到，馬管區會來找我。在這裡，如果別人聽我提「馬管區」這名字，肯定一頭霧水，不知所云，所以我有必要解釋一下。所謂「馬管區」，是我對一個警察的簡稱。雖然我對他有點個人看法，但這麼叫他並沒有貶義的意思。我只是想省略掉不必要的字句。現在是快節奏時代，對有些東西，能省就省，節省時間啊。而且，我覺得這麼叫還滿具體的，這麼叫，一來你知道他姓馬，二來你知道他是個轄區警察。

好，我來說說這個馬姓警察的情況。馬管區姓馬，矮個子，書生氣，是我們轄區派出所的警察，大家都這麼簡化了叫他馬管區，他也就這麼答應了。時間一久，大家都忘了他的名字，就叫他馬管區了。一聽馬管區，大家都知道是指他。他擁有專用權。他勤快的時候，常常穿街轉巷的，偷懶的時候，就躲在辦公室裡打瞌睡。

有一次，我去辦個證明，有點急，但到了派出所，發現門是鎖上了，我於是離開了，一個小時後，我又回來了，沒他的簽名我辦不成事情啊，我只好又返回去，發現門還是鎖上的，我急得打轉，我看看門口的牌子，這時該是辦公時間啊。

我有點生氣了，猶豫片刻，就砰砰地敲門了。還真沒想到，馬管區這傢伙開門了，只是睡眼惺忪的樣子。

幹嘛？他有點嚴肅，有點惱怒。

我說，不好意思，我來辦事。

啊？他還沒聽明白的樣子。

對不起，打擾了，我有急事。

那，那，進來吧。他說。他好像清醒了一點，明白這不是他家，他可以隨意睡覺的地方，這是辦公的地方。

※　　　　※　　　　※

現在還是說回來吧。我還在睡覺，還陷在昨夜的夢魘裡，雖然我時睡時醒，但還是願意多睡會，我這麼想著，就一直賴在床上不起來。馬管區他就按我的門鈴，門鈴一次一次地響起。我卻不想起來。

我想，按幾次不開門，外面的人就會猜想屋裡沒人，自己會走的。但奇怪，門鈴一直在響，那人好像知道裡面有人，在堅持著。後來，鈴聲將我弄得不耐煩了，只得起來，將門拉開。

馬管區站在門口，他說，就知道你在！

我嘟噥了一聲，說，見鬼！我看著他就好像看著一個外星人。

你說什麼？馬管區似乎聽到了，有點嚴肅的問我。

我立刻醒了一半，我知道警察是不能得罪的。坦白地說，我怕穿小鞋，這是經驗之談。我趕緊說，沒，沒什麼，我沒說什麼，我打哈欠。

我明明聽到你說 —— 馬管區拉長了語調，好像在回憶，好像壓迫我自己坦白。

我說，我可能說，沒想到是你。

哦，不高興見到我？馬管區似乎對我的回答有所微詞。

我說，不是不是，有事情嗎？我趕緊轉了話題。

馬管區說，聊聊。他笑咪咪的。

說實話，我就討厭他這樣子，讓人捉摸不定，不知道他心裡想的是否與他臉上的表情一致。我心想，你要是臥底，可以，但對人民群眾，就不行，這給人城府深的感覺。至少不親民啊。我這樣說他，也許是我對他有看法。

說實話吧，我對他的印象不好，原因簡單，他處理過我，我說的事件，就是上次我和王悅打架，被鄰居投訴，後來她還報警了。警察接著就上門了，最後結果很嚴重，我被拘留了。

雖然我後來很少與人談起被拘留這段歷史，但我心裡還是滿有感覺的，好的壞的都有。在拘留期間，要說痛苦，就是失去了自由，要說寬慰，就是解開了以前的心結，想清楚了，我和王悅不是同一類人，長痛還不如短痛，趁早分了好。當然，還有一個很重要的決定，就是我認為打人是不對的，我發誓，無論什麼情況下，絕不打女人了。

為什麼我對馬管區是那個態度呢？因為上次拘留我，就他經辦的，馬管區就是拘留我的警察。現在相見，所以我雖然拉長了臉，沒個好態度，但又不得不做出點合作的姿態。我也是發傻了，愣在防盜門後站了很久。期間就那麼幾句對話。

馬管區也安靜地站在門外，和我對峙了一會，表情變得似笑非笑的，說，你就讓我這麼站著嗎？他要不是說這話，我還真讓他這麼站下去，一來我沒想過讓他進來，我們沒有共同語言，沒什麼好談的，二來我沒犯法嘛，也沒什麼需要警察說明，再說了，這是我家嘛，我一直在心裡為自己找理由。他這麼一說，我倒不好意思起來，將門打開，讓他進來。

馬管區進來後，站在門口，轉動他的頭，就滿屋裡看一眼。他這樣子，我討厭他的放肆，這在我家啊。我說我沒窩藏逃犯，也沒在家裡製毒。

後來一想，我又有發笑，覺得他像警匪片裡的警察，對所有環境都保持警惕，把所有人都當是嫌疑犯對待。我心想，我要是壞人，我才不開門呢。我就在他身邊靜靜地看他動靜。

我不會連累你的。我說話嚴肅，一點也不像在調侃，也真不是在嘲諷他。

馬管區呢，很沉得住氣，他收住飄移的目光，轉身朝我笑了一下，很文氣的樣子。

他開口說話了。他說，你啊，就是有那心思，也沒那膽量。他是這麼酸我的，一副自作多情的模樣，一副心有成竹的自信，以為是我的老朋友，對我十分了解。否則啊，我又有立功的機會了。

他不動聲色地點了一下，口氣陰陰的，在最後螫我一下。然後觀察我的反應。他這語氣，讓我猜想他是不甘心做個管區的，總找機會轉行做刑警。

我打了個冷顫，也打了個哈欠。我說沒事我就去蹲馬桶了。我心裡不痛快，說話有口臭，想去做點清潔。我這麼說，一來是希望他知難而退，想讓他自動走人，二來，我也是該把每天的一件重要的事情完成掉，這對身體有益。

我等你吧。馬管區似乎一點也不著急，他轉了個身，竟然朝沙發走去，一屁股坐下，還要我拿個菸灰缸給他。他的這表情動作，這態度，自以為是，是我沒想到的。我想，在派出所，你可以自作自為，但這是我的家啊。

看他裝模作樣和自在的樣子，我十分惱火，但沒發作。要是以前，我可能就要跳起來了，自那事件後，我好像變得比較成熟了。總之，我雖然骨子裡有點憤青的精神，但表現出來的時間，要延後一點，大概就是人家說的，有點自制力了。

我彎腰，從茶几下拿出菸灰缸丟給他。然後我就去了浴室，也一屁股蹲在馬桶上，我不趕緊拉出來，我會給憋死的。我一坐在馬桶上，就大呼小叫的動作，但也不是一下就有重大成果。

我在想，這傢伙來找我幹嘛呢？上次那件事已經完結了的啊。我仔細想了想，在公司裡，我也是個清白的人，該不會留下什麼不乾淨的瓜葛。胡亂想了許多，也沒理出個頭緒來。

我原想打擊一下馬管區的，我不上班嘛，那就慢慢蹲吧，慢慢想吧，不急的，我有的是時間可以和他耗。可一蹲久了，我就受不了啦。我腸胃不好，拉的貨色雜，剛才急著進浴室，沒開排氣扇，空氣十分難聞，加上我口臭難忍，只得草草收場，將排氣扇打開，出來和馬管區對峙了。

我問他，找我有事嗎？我刷了牙，也洗了臉，心情好點了。

聊聊。他吐出一句話。

馬管區拿了菸盒，倒出一支菸朝我示意。我說我不抽菸的。馬管區好像有點不好意思，他指了指那個菸灰缸。我知道他的意思，不抽菸幹嘛備了菸灰缸。我就說專給朋友來了用的。

馬管區哦了聲，說，不抽菸好啊。對身體好。但他並沒有因為不抽菸好就不抽。他自己抽出一支點上，猛吸一口，又悠悠地吐出，還饒有趣味地看著那團煙霧裊裊散去。

我沒坐下來，站在他的對面。我問他，有事嗎？馬管區望著我看，然後說，幹嘛站著呢？他拍了拍沙發，想讓我坐下。我對他的舉動有點不滿，他倒成了主人了。

但我還是坐下了，因為我站著的話，給我的感覺更差，好像我是被人審訊的嫌疑犯。我這麼想了後，趕緊坐下做好準備聽他說話。

據反映。馬管區說了三個字，後面的話就不說了，還故意拉長了調子。

我的心被釣到了嗓子眼，神情緊張起來。我雖然沒做什麼壞事，但還是很緊張的，我身體好像矮了幾寸下去，兩隻手纏在一起，用力搓動，好像這樣能給我安全一樣。

你最近——馬管區說話慢吞吞的，還閃爍其辭，時刻觀察我的反應。

我說，馬管區，有話直說吧！我蹦緊了，突然受不了了，被搞得跳了起來。

馬管區卻伸出手，說，坐下坐下。

他看著我，將手勢朝下一壓。我被他壓得坐了下來。他說，不用激動，也沒大事，就加強警民聯繫。我鬆了一口氣，在心裡罵了句，鳥人！我趕緊倒在另一張沙發上，我將腳翹了起來。

聽說，聽人說的。馬管區說話又賣起了關子。

我只得豎起耳朵，但腳還在晃，我裝做不在乎，但又認真聽他說的樣子。他說是這樣的，有人反映我受了傷，所以來看看我。我趕緊說，謝謝啦，沒事啦，摔跤而已。

我聽明白他的意思了，心情放鬆了很多，還立起身子，做了一番伸展運動，證明我沒事，其實，心裡的意思是希望他趕緊滾蛋。

幹嘛不報案呢？馬管區開始咄咄逼人，眼睛還緊盯我看。他叼著香菸，也不吸，手指放在捲菸上，一副沉思認真的樣子。

我慌了神，說，摔傷的，報什麼案啊。

被人打的吧？馬管區沒放過我，直戳我的要害。

我說，謠傳。我還在做抵抗。

人家都做筆錄了。馬管區顯得洋洋得意。他猛吸一口，吐出一個煙圈，直衝我逼來，好像撒開一個圈套要將我套住。

我出汗了，我說沒看清凶手。

你想包庇罪犯嗎？我聽見馬管區這樣問我。

怎麼會呢？是他打我，又不是我打他，幹嘛要包庇呢？我尋找反擊的理由。

我為了掩飾慌亂，說了聲，真熱，趕緊起身，將風扇打開了，風吹過來，撩起了我的頭髮，有了絲絲的涼快。風扇一擺動，風吹到馬管區那邊去了，他吐出的煙霧被擋了回去。他抬了手去揉他的眼睛。我恍惚看見那套向我的圈套，一下子就散掉了。

馬管區嘿嘿地笑了幾聲，說，另有隱情吧？那天有月亮啊。馬管區沒看我，但他的話還在步步進逼。

我說我近視，沒看清楚。

我邊說，邊將眼鏡取下來，對口哈氣，用衣服的下擺去擦。

據說你不但看清楚了，還知道是誰做的呢。

馬管區的嘴裡吐出一串話，也吐出了一口煙，裊裊地飄向我這邊，然後又給風扇吹得倒回去，飄散掉了。之後，他又再吐，又再給吹散掉。搞得我的心也緊一陣鬆一陣的。

我想到了那個凶手，也這樣吐出一口煙，淡藍色的，朝著月亮的方向飄去。我陷入了沉默，我被逼到了牆角，屁股都抵在了死巷子。我現在只好看對方如何進攻了。

你說吧，我將她也辦了！

馬管區一說辦人就興奮起來，說話的聲調也高了。他不指明他要辦誰，但我知道他說話的含義。我不滿他的話，他 × 的，警察就喜歡辦人。這樣的警察不是好警察，是變態，是有病的警察。我想，讓人見了就躲的警察不是好警察，整天想著辦人的也不會是好警察。我看了一眼茶几上的香菸盒，然後走到牆角倒了一杯水回來。我是幫自己倒了一杯水，冷的純水。

我看見馬管區晃了晃身子，看了我一眼，然後咽了口水。我想了想，就有點心虛，趕緊又起身，走到牆角，倒了一杯水回來。我放在馬管區的面前。我想事情盡快平復，他趕緊走人，我不想他對我產生什麼不好的想法。

你說什麼呀？我對他的話反感。但我決定繼續裝傻。

身同感受了吧？馬管區有點失望，換了話題問我，好像他是個無知少年。他也打過人，至少就打過我，應該知道打人的滋味的。他當時說我態度惡劣，欠揍活該。我記住了他，他打了我的左臉頰，還踹了我一腳。

我當時十分憤怒，但我不敢還手，因為他是穿了警服。當時我只敢說，他 × 的，你還警察呢！他一個小個子，一穿上警服，就覺得自己高大起來，力量無窮了。他張狂起來，說警察怎麼啦，警察就是要打人！後來聽說他受了處分。

說實話，我一直在幻想，如果有機會，我一定也給他一拳，也踹他一腳。否則他只知道打人的感覺，而不知道被人揍的感受。

更可笑的是，後來，他將我從拘留所領出來，還教育我說，以後不准打人了。我說我不用你來教我，我發誓我不打人了，特別是女人。馬管區動情地說，你不用對我發誓，自己改正就好了。

我討厭他的自作多情，也給他搞得笑了，是哈哈大笑，對了天空在笑。我說，誰對你發誓了，我是對我自己發誓！

我說，你不也打過人嗎？

我說這話是認真的，也是嚴肅的，我心裡堵得慌啊，我也想戳戳他的痛處。我的話有了作用，馬管區的臉色變了變，但很快又恢復原樣，看來他很有內功，有光明的前途。我想我只痛快了幾秒鐘。

刑法裡有一種罪叫包庇罪。馬管區撇開我的話頭，從旁邊進攻，他提到了刑法。

我說，我是受害者呢。我強調了這一點，我不想輕易上當。

那你要和警方配合啊。馬管區在誘導我要向前看。

我聽了他的話，說，是的是的，又起身給他倒了一杯水，還給他點了一支菸。我想用行動來證明我是配合他的工作的。但我心裡卻在罵他是個王八蛋。

馬管區有點生氣，也有點無奈。他也在想心事吧。大概他也看出來了，看情形，他暫時不能從我身上找到有價值他想要的東西。他倒出一支菸點上，慢慢地抽完。我看見裊裊的煙霧，從他的鼻孔和口中出來，有時是溢出的，有時是噴出的，還有的是偷偷溜出來的。

我看得心跳加速，眼睛恍惚，我就擦眼鏡。還好，馬管區喝光杯子的水，很快就起身了。我也從沙發上起來，我希望他早點離開。

他說有了想法就與他聯絡。他掏出一張名片，是從釘著警號牌那個口袋裡抽出來的，那是一張警民聯繫卡。上面詳細地寫了他的名字、辦公電話、辦公位址、手機、郵遞區號、他的職務等等。我看過的。我沒有伸手去接，他的手就伸在半空中，就在我的面前。

我說，我已經有你的了。有六張了。

馬管區總是自以為是，好像我真的有問題，需要和他聯絡，需要他幫忙解決。以前他是給過我的，有好幾張了，他總給我，每次見面都給一張，我就放在茶几的藤條筐裡。

但我沒去用過它們，上面都落滿了灰塵了。以前他給我，我都伸手去接的，但這次我沒有。我想以後我也不會去用它的。

馬管區有點尷尬，收好放回口袋裡。我才不管他的感受呢。

想到就打電話給我吧。馬管區這話說得和氣，很善解人意似的，就像電影裡去家訪的警察。

我摔腦震盪了，怕記不起來了。我隔了防盜門跟他接話。

第 6 章　法院函件

我有幾天沒與朱顏聯絡。自從馬管區來過家，從他閃爍其辭的談話裡，我有了自己的猜測，我想洩密的就是她，肯定是她報的案。那事我沒告訴其他人，連我媽都沒說呢。了解情況的，只有朱顏了。

我沒有證據，但我是這樣想的，這不可能是醫院報的案，我住院這麼久，馬管區也沒來打擾過我。我有點惱怒，心想她是多管閒事。

我不打給朱顏，連手機也關了，家裡設了空城計，不接電話，裝作我去了旅行，就像我對我媽撒謊那樣。我覺得她管得太寬了，這是我的事，我都說了，我不想追究這事了，我有自己的處理方式。我不喜歡別人干涉我的私事。

沒出去，沒了電話，我變成了一隻螞蟻，一隻在巢穴裡團團亂轉的螞蟻，從書房轉到客廳，又從廚房轉回臥室。糧食！糧食！我指的是精神糧食，這大概比物質糧食還重要，還折磨人。

後來我餓了，我需要慰藉，在精神上，或者在物質上，我就記起了這兩個字。這時候我都餓慌了呢。我趕緊想辦法。其實，我搬運糧食的方式也簡單，我將手機打開，我開始撲向電話了，就像餓狗撲向一根香噴噴的骨頭。

後來我一想起這些，就不禁要笑得眼淚都出來。犯賤啊！不過，我也覺得，人有時候，犯賤一下也未嘗不可的。可以讓自己的情感更豐富，頓悟更多的人生道理，知道你可以缺什麼，不可以缺什麼，哪些是重要的事，重要的人。

我媽當然是最先湊熱鬧的人，她總是這麼心急，我想天下的母親都這樣，只有我爸會說，放心吧，他死不了。我爸總是對我無比放心，可以說有點漠不關心。從小到大，他好像對我特別放心，這是說得好聽點的。說不好聽呢，算了，我還是不說罷了，省得你以為我們父子關係有多惡劣，其實，我和他也沒什麼。我想大概天下的父親都是這樣的。

找我的人還陸續有來，看來我的人緣也還不太糟糕。接下來找我的，就是錢小男了。我一接電話，喂了聲，他一聽我的聲音就叫起來，語調充滿了驚奇，說，我靠，你翻生（編按：此為粵語「復活」之意）了啊！沒死啊？沒失蹤呀？吐出一連串的驚嘆詞，樣子像見到了失蹤多年的故友。

如果我們是面對面走過來，他肯定會跳過來，擁抱我，拍打我的肩背，將我拍得拚命咳嗽的。他將我比作晒乾的鹹魚，但我沒生氣，他的聲音讓我感到親切。因為我餓了一段時間了，一見煙火味，就興奮起來。

這時我已經起來，懶洋洋的，睡眼惺忪，正在浴室裡刷牙。另一隻手還拿了電話筒。我想錢小男也肯定睡晚了，也沒來得及刷牙，嘴才這麼臭，說出那些話。

我說我不是一條鹹魚，死了還能翻身。我說，你沒刷牙啊，嘴這麼臭？

他說，晚上帶回去給你吧？

我沒明白，他為什麼這麼說。但他是這麼徵詢我的意見的。我問他什麼意思。他說有一封法院寄來的函件。他說這話就放低了聲音，有點詭祕的味道，當然我也不希望別人也聽見了。這傢伙還不錯，還滿可靠的，會注重保護朋友的隱私。

我說，我去一去，你拿下來給我。

我放心不下，也有點著急了，我都說過了，我這人辦事有效率的，所以我等不及的，早一點拿到手，看到裡面的內容，我的心裡才會踏實的。

我一邊說，一邊刷牙。

不想，我有慢性咽喉炎，一有機會，這毛病就將我折磨得快要死掉。我一不小心，牙膏的泡沫滑進喉嚨了，我被嗆得猛烈咳嗽。有點山搖地動的感覺，整個浴室都充滿了我爆炸出來的咳嗽聲，幾乎要了我的命。

※　　※　　※

等我收拾好了，我急急出門趕去。錢小男早就在那等著我了。我遠遠就看見他。他站在大樓的門口邊，看見我就揮手，一副嬉皮笑臉，知道內幕的得意樣子。我看見了，一感動，身上就冒汗。

他也真體諒我，知道我不願意遇見老同事，所以想晚上帶給我，只是我心急而已，非得要自己跑來拿。現在也不錯，他悄悄拿出來給我。

你臉色不好啊。他遞給我函件的同時，認真看了我一眼。他是這麼關心我的。

我說我睡多了。我轉換話題，問他，還好吧？

錢小男嘿嘿笑，說，就是忙啊忙啊。

我們就在門口說上了。我不停地抹額頭，熱啊熱啊，我瞇眼看太陽，我都聽見汗流聲了。後來我的手機響了，我掏出手機一看，是一個我不熟悉的號碼，本來我不想接的，我們正聊得起勁呢。錢小男就說，忙去吧。他可能也覺得出來太長時間不好，上司同事都會有意見的，你不在，人家就得分擔你的工作。於是我也抬頭對他說，忙去吧。

等第二次電話響起，我就接了。我聽見梁法官說，楊羽，你到底來不來？聽口氣很焦急的樣子。我認識梁法官，我們打過交道的。三言兩語，我問清楚事情的來龍去脈。

我解釋說我剛拿到手，我已經不在公司了，今天同事才交給我的。我說我正忙著拆信封呢。你馬上來！梁法官說話嚴肅起來，他說我再不去，他就缺席審判了。我趕緊說，我馬上就到。但我選擇了走路過去，我想也不遠嘛。我還得想想對策呢。

我是一邊走一邊看函件的，為了看得仔細些，我努力放慢腳步。其實我放慢腳步的主要原因，是我不願意見到梁法官，說白點，就是不願意見到王悅，她是我的前妻，她正等在法院裡，她是來和我打離婚的官司的。

雖然還沒有判決，但我已經將她稱呼為前妻了。至少心裡會這麼認為的。有過類似經歷的人，大概能理解我這樣的感覺的。想盡快解決，又不想見到對方。

※　　　※　　　※

我走得雖然慢，但方向沒有錯，還是走向法院，走到了梁法官和王悅他們當中去了。我不喜歡法庭，但我見了梁法官，還對他點了頭，算是打招呼，還得坐在被告席上。

雖然法庭開有冷氣，但我剛進去的時候，還是汗水淋漓的，一會冷一會熱，我也說不清楚是冷汗還是熱汗了。當然，最後全變成了冷冷的水，將我的衣服拉裹得緊緊的。我心裡罵了句，我靠！連自己的衣服都不爭氣了，都與我為敵了。

快到開庭時間了。梁法官往臺上走，將肩章戴上，將帽子戴上，在開庭前的幾分鐘，將自己收拾一下，就有了法官的威嚴。然後他宣布開庭，宣布他要審理我和王悅的離婚案件。

先是王悅做陳述，然後梁法官是裁判，再就是我回答。一來一去，拳打腳踢，鬧中有靜，靜中取鬧，唇槍舌劍，總不會冷場。梁法官懶洋洋的，還用手捂了口，打幾個或長或短的哈欠。這是正常的反應，這樣的案件，簡單而雷同，他提不起興趣。他視為小菜一碟，小兒科的案件，沒有挑戰性。

在我們的抗爭過程中，梁法官只是間或打斷我們的敘述，詢問幾個他認為關鍵的問題，而不是我們認為關鍵的問題，或者我們認為是事實的問題。沒辦法啊，在這個法庭裡，他是主角，他是主宰，而我們是配角。

梁法官問我，有沒有打？

我承認打過她。對這個問題，我是有充分了解的，反思過的，絕不抵賴的，我想自己還是個誠實的人，還有良心的人，其他大事不敢吹牛，在這點上，我認為自己還算個男子漢，敢做敢當。

王悅說了她的要求，她說她要離婚，她說她受不了我，她說她要高飛，她要自由。她要求存款歸她，房子歸我。她的陳訴和要求簡單扼要，直指問題的關鍵點，她這能力一直讓我自愧不如，我總是找不到問題的要點，只在某些細節上糾纏，顯得很沒章法，也不成熟。不過，對離婚這事上，我可不含糊，我想也沒想就同意了，就這麼簡單。其實我早知道是這個結果的。

梁法官也高興這麼快就解決了，他的工作起碼是卓有成效的，他沒浪費我們納稅人的錢，他做了他該做的事。這樣判決起來，當事雙方都沒有異議，也沒有後遺症，多好啊。他將法庭的紀錄交給我和王悅翻看，還說，認真看，核對無誤就簽名。

王悅一邊簽名，一邊瞥我的臉。我沒看她。

她倒對我說，你臉色不好。

我說我睡多了。還故意用手捂了嘴巴，打了個哈欠。

有瘀痕啊。她就這麼提醒我的。

我的火噌地起了，但我很快將它滅了。我想她肯定看到了，我臉上漲得通紅，然後又馬上就白了。我不知道她提這幹嘛，是關心我，還是揶揄我呢？我也看了一眼她，她臉色也是憔悴的，也瘦了很多，顴骨都凸了出來，我還特意看了眼她的鼻子，我看到的是一個完好的鼻子，我看不出曾經打斷的痕跡。我覺得有點不可思議，回想起卻也心驚肉跳的。

我說，妳很細心嘛。我有點難受，她總在不恰當的時間和地點彰顯她的細心。

梁法官倒笑了，說，呀，還滿有感情嘛。

我有點討厭他，這是我們兩人之間的事情，他不過是個第三者而已，他擁有判決權，就有點自以為是了。我不認為這是幽默的話，就沒搭理他，將筆錄本翻過去，胡亂簽上名字，看不看都無關緊要了。

你的皮鞋破了。她又說了句。

王悅竟然又去挑我腳上的毛病。我的皮鞋是破了，是右腳的那隻，前面開了道口子，有點微笑的模樣，模樣滑稽。我聽她這麼一說，我就聯想到某一句話，覺得她話中有話。

其實，我對她這樣的言行是比較煩的，都這關係了，不說話多好啊，好的時候幹嘛不好好說呢，到這裡卻說這樣的話，多沒意思啊。我搞不懂她是什麼心態。

我說，合腳就好。我有點尷尬，額頭都出汗了。這有點丟面子，但我還是回擊了她。

以後自己要小心啊。王悅見我往外走，就追上來叮囑我，她一臉的關心樣。

我說，一年不見，妳很會說話了嘛，我會照顧自己的，我會重新買一雙鞋子，合腳的新鞋子，這樣走路就不會摔跤了。這話讓她有點尷尬了，但很快又一臉的無辜。

※　※　※

午飯我回我媽那吃。見我回家吃飯，她有點雀躍，手忙腳亂的，還臨時加了個荷包蛋。

去了哪裡？我媽小心地問我。她在飯桌上表現得食慾旺盛，一臉的幸福。

我說去了新疆和田。我胡扯了一個地點，一個很遠的地方。她不了解，也幾乎沒聽過的地方。我想還是安全點，省得她又追問細節。

好玩吧？我媽望著我，熱切地想和我分享。

看了火焰山。我說就是《西遊記》裡的火焰山。

很燙吧？我媽擔心地問了句，說天氣本來就熱呢。

我媽興奮起來，她文化水準不高，但聽我外婆外公講過這個故事。我也胡亂翻過這本古典名著，但我看得隨便，有點心不在焉，我只是用它來打發掉我那段發霉的日子。

是熱，真的熱，比這的溫度高出幾倍呢。我含了米飯，也含了話。

我擱下碗筷，起身走過去，將牆角的風扇打開。我一撒謊，就熱乎乎的出汗難受。我媽有點不好意思，笑了笑，說她忘了打開風扇了。她可能是太興奮了，她是個怕熱的人，卻竟然忘了開風扇。

我吃得很慢，和我媽有一句沒一句地對答。剛吃了一碗就放棄了，我說我不想吃了。我媽很好奇，說，你最喜歡吃荷包蛋了，你很久沒來吃飯了。她看到碟裡的蛋還剩了一半。

我說我就是不想吃了。

我媽問是否菜不對胃口。

我說是我沒胃口。

我放下碗後，走到陽臺坐了，望了對面的窗口發呆。我媽說，休息一下再吃吧。我媽就這樣，總怕我餓著了。她要求簡單，只要每天有三餐，她就知足了，這是她的生活態度。從前我總嘲笑她這觀念老土，現在我不嘲笑了，我要是能做得她那樣，該多好啊，可我就是做不到。所以我總沒有她快樂。

這時就我爸好，我喜歡他現在的表現，他只顧自己吃，還喝點小酒，一副美食家的風範。慢悠悠端起小酒杯，或深或淺地啜一口，咕咚一聲，回味一下，再夾一塊菜，嚼了，回味，一副悠然自得的滿足樣子。

他對我的吃喝毫不關心，他的觀點就那樣，他說餓了渴了，我自己會找吃找喝的。他能吃能喝，我也就放心。這跟我媽對我的想法是一致的。

我離開時，我媽還追問我，還要不要再吃點？

我說，沒胃口。

我媽說，你休息過了嘛。

她以為我歇一歇，旅遊散失掉的精神就會回來，就會有好胃口的。她就是這樣想的，只要能吃飽肚子，她不介意做什麼工作，也不在乎是否辛苦，她吃飯的時候是最幸福的，我與人談到幸福，就會拿她做例子，我說幸福是可以看見的，看我媽吃飯就能看到幸福的。但我自己怎麼就沒得點她的遺傳基因呢，不能像她那樣容易滿足？我總是想法多多，卻又無法實現，讓自己總與苦惱糾纏在一起。

※　　　※　　　※

我剛回到住處，錢小男的電話就來了。這傢伙總是在我不注意時突然出現，帶給我各式各樣的消息，將我嚇一跳。我想這次大概也差不多的。我就問，又怎麼啦？

他先嘿嘿笑了幾聲，似乎有點不好意思，他說看見王悅去了楓葉商場。

我說，你是狗仔隊嗎？盡多管閒事！我對他的做法有點意見，我和她沒關係了。以前說沒關係了，只是虛擬的說法，只我承認，法律不承認，現在好了，我真與她沒關係了。本來我想複述一下法庭見聞的，但想想還是算了，告訴他幹嘛呢？想想我就作罷了。聽他說吧。

我是下班出去吃飯看見的。錢小男解釋說，他沒有特地去跟蹤她，他是去逛街的時候偶然撞見的。他說好久沒上街了，靠，你都不知道我們現在有多忙。還是你好啊，逃得正是時候。他看我沒反應，就趕緊將話題轉了回來。怎麼樣？他小心地探問我，讓我想到一個好管閒事的老太太。錢小男應該猜到了那封函件的內容。我是這麼猜想的。

我笑了一聲，說我飛起來了！

我這樣說了，我是對自己說的，也是對錢小男說的。我不能對別人怎麼樣，可我只能對自己怎麼樣。所以我只能這麼說了，當然這樣說，我一點也沒有沮喪感，相反，我現在真正的輕鬆起來了。但他可能沒聽懂，還以為我說有人跳樓了。

現在也奇怪，我們談論某人跳樓的時候，會用這個 ——「飛」字，好像給這行為賦予了一點詩意，擯除掉了血腥味和悲慘的情形。

這說法看起來好像沒心沒肺的，只見形不見核，但我覺得也沒什麼，對中國人對死亡的觀念，有點顛覆的意味。我不知道別人怎麼看，就我自己來說，我還是贊同的，對死亡，我們不要太悲觀了。

我說我看見你跳樓啦。錢小男還想說什麼，我的手機響了，我說以後告訴你吧。

朱顏說，你現在告訴我吧。她在電話裡追問我。

第7章　陌生男人

朱顏問我在哪。

我說在家裡。

那電話怎麼都是忙線的呀？她說一連幾天她都打了，但總沒人的，她說想見我，但無法聯絡上我。她說她有點擔心我。

我說，沒事，我很好，剛和人通電話。

她問我都去哪了，這麼多天了，沒有絲毫消息。她說過這話，我的手機就斷了，然後我的電話鈴聲響了。她體貼的舉動，讓我的怨氣消了一半。

我說，就待家裡。

朱顏說，見鬼，那怎麼沒人？

我嘟囔說，我就是鬼啊。

朱顏說我貧嘴。她說晚上替我做好吃的。她說話溫柔，讓我無法拒絕。

我放下電話，就活動開了，開始收拾房，我想我是得勞動了，我還沒帶她進來過呢。我做得呼哧呼哧的喘氣，還汗流浹背的。我將易開罐丟進塑膠袋裡，衣服丟洗衣機裡，馬桶的蓋子弄乾淨了，還幫地板吸塵，但沒來得及打蠟，但看起來整潔舒服多了。

之後我雙手叉腰，站在客廳中央，汗流浹背，四周張望，很有成就的樣子。看來，人在某個時候，還是需要外界的動力的，自己總是會給自己找到理由的。許多該做而沒做的事情，我在這之前竟然沒發現。這有點搞笑，好像我住的是賓館。

我想還是洗個澡吧。我進了浴室，嘩啦啦地洗了起來。我先抹了一遍香皂，然後用手在周身抓出了道道的紅痕，沖掉泡沫後，又抹了一次香皂，再仔細地將上次沒抓到的地方，又細細地過了一遍，然後才站在花灑下，美美地享受了起來。好久沒有這感覺了。我突然感到，連洗澡都能洗出幸福感來。

我洗澡出來，一身的輕鬆。這時候我聽到洗衣機不響了，便將洗衣機的衣服撈出來，剛晾好，朱顏的電話就來了。她問我幾點到。我說，馬上就到。我放下電話就出門，一直朝交警大隊的方向走去。

※　　※　　※

我捨不得叫車，就努力放慢腳步，我想慢慢回味一下剛才的感覺，又怕出汗，不想渾身臭汗面對她。可是即便放慢了腳步，還是無法阻止汗水流出來，我的身上開始有了味道，是混雜著汗味和沐浴液的味道。我走了一段路，就嗅一嗅，我擔心味道重了。

我有點急，我抬手腕看了眼，還沒到下班時間呢。我還在朝前走，還有五十公尺的距離，我就站在那棵芒果樹下，累了就靠過去，有點靠上初戀的感覺。我就站在那棵樹朝對面張望，好像當初等待某個人一樣，心情激動而新鮮。

我注意到了，路過的人有點好奇，還回頭看我，也許我的神情有點怪異，也許我過於幸福？總之我無法知道，因為我沒有鏡子，無法看見自己的模樣？被人看總是件不自在的事，但我沒辦法不讓別人看啊。

於是我就低下頭，不看他們，就看地面，看到了我的那雙皮鞋，竟然也裂開嘴巴，朝我微笑呢。我想起了某個人的話，也責怪自己怎麼就沒在出門前，稍稍注意點呢。想到這我就有點尷尬，身上的汗味又重了起來。

朱顏準點下班，步出辦公樓的門口，是一盪就出來了，還有那個阿姨，有說有笑的，然後分手。她慢慢朝我走來，體態優雅，步伐輕快，有點操正步走的味道，比模特兒在伸展臺走貓步還有味道，看得我都呆了。我沒有迎面走過去，還靠在芒果樹，靜靜地欣賞。等她走近了，我認真痴呆的眼神搞得她都不好意思了。

快走啊！朱顏走到跟前來推我，說，你發什麼呆呢？

我身體晃了晃，還靠在樹幹。

我說，妳走路真好看！

朱顏就樂了，馬上又警告我要小心，說，你靠這看女孩走路，小心人家罵你打你。

我說，妳是警察，警察不打人不罵人吧。

我的身體這才彈離樹幹，和她走在一起。

※　※　※

楊羽和朱顏去了趟菜市場。朱顏是主角，是領路人，楊羽是配角，是一根尾巴。她在前面走，每每走到一個菜攤，詢價，看菜色，然後要了，付款，或否掉，再走，再詢價，像一個貨真價實的家庭主婦。

而他提了菜，跟後面走，他不怎麼出聲，只是偶爾提點意見，他和她一步一趨，其樂無窮，看著手中越發重起來的各色菜等，他都恍惚回到了從前，回到曾經有過的美好時光。

回去的路上，朱顏對手中的菜，已做到胸有菜譜了。這個做拍黃瓜、那個做滷豬手、另一個弄醬骨架。朱顏來了興致，連說幾個菜色。楊羽說以前聽過，但沒怎麼吃過。他說，好啊好啊，我要做個美食家，吃遍中國的名菜。他這段胃口一直不好，現在突然餓了起來。

※　　　　※　　　　※

朱顏走在前面，她朝東邊走。我說我住在西邊呢。朱顏說她住東邊，竹園社區。聽她這麼說，我突然說了句話。我說我還以為呢。買菜之前，其實我以為是去我那裡的，但我沒說出來。

朱顏聽我這麼說，就問我，說以為什麼呀？她很感興趣，轉過頭來看我。我頓了頓，說出了一句話來，你竟然會做菜啊。我只得順勢而為，我不想她笑話我，就跟著她走，往東的方向去，一直走進竹園社區。

※　　　　※　　　　※

朱顏住八樓，視野好，站陽臺上，有一覽天下的開闊。朱顏進了自己家，更自如了，她讓楊羽放下手中提的各色菜，替他倒了杯水，叫他自己招呼自己，就躲進廚房，忙她的醬骨架，弄她的拍黃瓜，滷買回來的豬手。

楊羽呢，端了杯子，踱到陽臺，就在陽臺往下看，看女人橫過馬路，看車子駛進小路，小心翼翼的，就像螞蟻那樣，匆忙而謹慎。

要不要幫忙？楊羽隔一會就喊一聲。

朱顏總是說，還繼續看風景吧。

楊羽每隔一陣，就轉進廚房看一眼，總被朱顏趕出去。等朱顏喊吃飯，已經是八點了。是晚上的八點了。牆上的掛鐘敲了八下。

朱顏喊，開飯啦！她端出菜，醬骨架，拍黃瓜，滷豬手，擺在飯桌上，好看，也香噴噴的。楊羽很響地吞了一下口水，有點不好意思地看了眼朱顏，他竟然飢腸轆轆了。還好，朱顏沒發現楊羽急迫的表情。

※　　　　※　　　　※

朱顏問我，你媽的菜做得好吧？

我說我將就著吃的。我都是這麼吃的，我媽說我算好養，不挑食嘛。

對朱顏做的菜我也不挑食，她做得比我媽好，我也吃得更香。一高興，我嘴巴就用力了，咀嚼的聲音就大了起來，我都有點不好意思了。好在朱顏沒留意。

朱顏也高興，笑咪咪地說，好吃啊，多吃點吧。她說話的口氣有點像我媽了。

我說，女人都一樣婆媽呢。

朱顏就笑，說女人也有不一樣的。

我說，怎麼不一樣？

朱顏可能發現自己說漏了嘴，有點不好意思，猶豫一下，才詭祕地說，慢慢就知道了。

我吞了一口飯，說，妳再說，就沒妳的份了。我的桌面上，已經剔出一堆的骨頭了。

朱顏看我吃成這樣，就更開心了，很有成就感。她開了櫃子，拿出紅酒，長城干紅，還有兩個高腳酒杯。她說來點酒助興。她幫我倒了，也給自己半杯。半杯就半杯，開始是這麼想的，但你來我往，幾個來回，就不是半杯的事了。

朱顏有點醉意了，提議為花心的人乾杯。

我沒有舉杯，我說我不是花心的人。

朱顏說，那就是我了。她敲了敲我的杯子，自己仰頭飲了。然後雙手托了腮幫看我。

她說，你膽真大啊！

我說我是個膽小鬼。

朱顏笑咪咪，搖晃手中的酒杯，說，哈！敢跟蹤警察！

我說，妳敢帶我上家裡來了。

我睜大眼睛，當然是迷醉的，我看過去，很認真地看著朱顏。我看見了，她的耳環銀光閃閃。燈光下那個耳環十分刺眼。她白藕樣的手臂，還有那手腕上的玫瑰，也忽閃忽閃地開放。我有點恍惚。

※　※　※

楊羽嘿嘿地笑，說，妳醉啦！

朱顏咯咯地笑，說你才醉啦。

太快啦！楊羽是這麼對朱顏說的。

※　※　※

朱顏舉起酒杯，對著燈光晃，裡面的暗紅色的酒液，在晃蕩著，為什麼跟蹤我？她是這樣問的。

對妳有感覺呀，我幽幽地說，妳幹嘛讓我跟蹤你呢？我說我沒搞清楚呢。

覺得你有點怪呀！朱顏眨著眼對我說。

你愛我嗎？她的腦袋也在晃。

我說我都跟蹤妳了。

什麼時候愛上的？朱顏很幸福的樣子。

從耳朵開始的。我看見她的耳環閃閃發亮。

你說笑吧？朱顏輕輕地搖頭，說她不相信，她說怎麼可能呢。

我說我說的是事實啊。

朱顏搖晃著頭，說，不可思議啊！

她還在說，有人按門鈴了，是在樓下按。

我說，有客人呢。

朱顏說，不要理！

※　　　　※　　　　※

門鈴還在響。但朱顏不想搭理，她還沉醉在兩人的對答裡。後來，屋子裡的音樂就響了，是朱顏打開了音響，然後她起身，還拉起楊羽，兩人跳來跳去。

朱顏主動樓住了楊羽。將頭靠在了他的肩膀。一開始楊羽不好意思，他身上有味道嘛，他有點尷尬。楊羽也聞到了，她身上的味道真香。後來他就聞不到汗味了，他聞到了酒香，聞到了朱顏的體香。聞啊聞。

後來，聽到有人敲門了，是有人用力地敲門了！朱顏才鬆開楊羽，走去開門。

這時，楊羽也走開了，他走去了浴室，他感到肚子發脹，他需要解放自己。他在裡面將自己徹底放鬆了。他對著鏡子看自己的模樣，眼神迷醉。他還掬了水龍頭的水洗臉。他從浴室出來，看見一個男人坐在飯桌前。他就倒回去了，站在轉角處偷偷看。

※　　　　※　　　　※

那個醉醺醺的男人坐在飯桌前。他大大咧咧，推開朱顏的手，還抓起醬骨架啃起來，就像一隻餓狗那樣，咧出那尖利的牙齒，吃得旁若無人，吃得心安理得。說實話，雖然這不是我的家，但被一個不速之客打擾，我心裡還是很不舒服的。我這樣說有點過分，但這是實話。

朱顏說她有朋友來了。

那個男人說，我不也是妳的朋友嘛？

他還在吃，還在喝，就用我的酒杯。他是一把抓過來了，沒問過她，當然也沒問過我。我心猛地一跳。朱顏有點尷尬，讓他先回去。她說話的語氣近乎哀求。

我不知道那個人是誰，朱顏對他那麼低聲下氣。她還是個警察呢！她的威嚴到哪裡去了呢？我困惑不解。我就站在那裡，靜觀事態的發展。

那個男人丟下杯子，又啃了一個醬骨架，用飯桌上的紙巾擦了手，拍拍肚子說，有勁了，有力氣了。他抬頭瞪了朱顏一眼，惱怒，惡狠狠的。他說，妳再說我就不客氣了！可是朱顏還在說。她說，你下次再來，我現在有朋友。

那個男人聽到這裡，將他剛拿起的一個醬骨架拍在飯桌上，站起身來，他就真的打人了，揮手就是一個耳光，就打朱顏的臉上了，聲音響亮，動作瀟灑純熟，但有點踉蹌。我看到五個手指印了，在朱顏的臉上開放。

我看見這一幕，恍惚中，我又回到了某個場景，好像是我揮手打在了某人的臉上。我的臉上，也像被火焰灼了一把。我下意識地摸了把臉，人一下子醒了。

我跳了過去，揪住他肩膀的衣服，但我腳步不穩，又急迫，慌張，而那個男人，身體在動作，也踉蹌的，所以我手一滑，就順勢揪住了衣服的領子。

我說，你怎麼打人了？

他正在往前衝去，還想對朱顏揮手，但被我拉得轉過身子，對於突然出現的另一個男人，他似乎有點意外，不知道他是否聽見朱顏的話了，我就在房子裡，只是他到現在才看見我冒出來。

不管他怎麼想的，我的出現，他還是有點感到意外的，轉身看我的眼睛是瞪大的，滿臉的愕然。等他反應過來，才開口說話。

他吼了起來，說，我打她，關你屁事！

我說，你打人就關我事！

他說，你要想打讓給你打。

我極其憤怒，說，你有毛病呀？

那個男人說，我和她都有毛病！

他一用力甩開我，甩得我都快暈過去了。飯桌和椅子也被我撞倒了，杯子，碗筷，飯菜，都飛了起來，四散開來，而我就躺在地上。他揮手還是打，但不是打我，而是打在朱顏的身上。

我在迷糊中，聽到拳頭和巴掌打在人身體上的叭叭噗噗聲。我想起來，但掙扎不起來。但我聽聲音就知道他還在打人。過了好一會，等我清醒過來，他早走了。

朱顏倒在地上，嗚嗚地抽泣。

我說，報案啊！

我艱難地站了起來，指了指電話。朱顏沒有反應，我就走過去，腳步踉蹌。我抓起電話就像抓到了救命的稻草。朱顏爬起身，走過來，卻按住了我撥號的手。我看見她左邊的臉紅腫了，有疊加的手指印。我對她的行為很是不解。

朱顏說，不要報警！

我說，我被人打妳也替我報警啊。我本來不想說的了，現在我還是說出來了。

朱顏說她不想報警，她不想追究了。

我說，我被打了也不想報警的。

朱顏說，我是警察！

我說，我說過不想追究的，但妳卻報警了。

朱顏說她不報警她就是瀆職罪，她就會被記過的，況且她擔心我。

我聽了沒話了。過了半天，我才想到一句話。我說，那現在呢？

朱顏說他喝醉了，她不想追究了。她是這麼說的，就在我的耳朵邊說，態度堅決，就像我當初一樣。

第 8 章　喘息

那個男人走後，朱顏將門關上，然後坐在沙發上喘氣，之後將我丟在一邊，默默地收拾狼藉的房間。我也沒說話，默默地看著她走過來，走過去的，後來我也動手幫忙，卻被朱顏制止了，她說一會就好的，我不熟悉。

等她收拾好，洗手後坐回我身邊，一切好像又變得安靜下來。剛開始，我們有點尷尬，我想找話說，雖然我的口才不好，但我想，如果我不說話，一切就會這麼尷尬下去。

於是，在柔和的燈光下，我變得喋喋不休，我問了許多問題，比如，他是誰？為什麼打妳？有什麼隱情嗎？我不斷地追問朱顏，就像以前朱顏追問我一樣。

漸漸的，我越說越話多，當然，我的膽子變大了，這肯定是酒精的作用，我變得自以為是，覺得我有權利去打探某個人的隱私。

我將臉湊近她，我說，妳快說吧，否則我要憋死了！

朱顏開始是沉默不語，低垂頭，聽我在身旁說話，只聽，但她不回應。後來又輕輕地抽泣，轉而臉色潮紅。這些變化，我一邊說，一邊注意到了。

後來，被我逼急了，她就跳起來，大聲喊，你以為你是誰啊？她說話的聲調帶了哭腔。我被她這一句驚醒了，我知道自己是誰了，我轉而癱了下去，垂頭坐在沙發上，坐在她的身邊。

好像突然爆發後的沉默一樣，房間的空氣，好像一下子稀薄了，有說不出的壓抑，因為一時找不到合適的話。就在我絕望的時候，朱顏靠了過來，身體軟綿綿的，就靠過來，我想起了我養過的一隻貓，也喜歡這樣在我無助疲累靠在沙發上的時候，向我靠過來，身體也軟綿綿的，說她的身體是柔軟的，心也是柔軟的，她告訴我她更脆弱，這讓我的心也一下子變得柔軟起來。

我要！朱顏小聲說，語調輕柔，但堅決，急迫。當然，她的呼吸都有點急促了。

我聽到她的喘息聲。這讓我一剎那浮想聯翩，心潮起伏，我的腦海裡，往事閃過，我養過的那隻貓也會這樣喘息，這樣的聲音令我心生憐憫，產生擁抱的欲望。

毛茸茸的綿軟啊。我記得那種軟軟的溫馨，就像我此時觸摸到的身體，她的頭髮，伸手摸上去，她橘黃色的頭髮，就像那隻貓的尾巴。我的懷抱裡有一隻小獸，美麗而柔弱。我是這樣想的。

※　※　※

楊羽俯下身，去親吻朱顏的額頭。朱顏的瀏海頓時散開了，露出光潔的額頭頭。楊羽小心地輕觸，輕柔地移動，往下，往四周滑去，就像水一樣，在她美麗的臉上流動。

他聽到了流水與流水交會後發出的碰撞的聲浪，還有激起的浪花，越來越大，越來越響的聲音，含糊而曖昧。讓兩股水流激動起來，激盪起來。

她說，抱起我！

朱顏猛地伸出手，搭在他的脖子上了。楊羽抱起她。但他有點疑惑，這不是他的家，這是朱顏的家，而他是剛到這裡不到幾個小時的人。他站在客廳裡張望。心情急迫，但不得要領，慌亂地找出路。

快，到床上去！

她向他發出指令。他一下子醒悟過來，一把抱了她，往閨房走去，雖然腳步笨拙，還抱了朱顏，但心情激動，有種身輕如燕的感覺。

等進了閨房，楊羽猛地朝床撲去，身體連了另一個人，於是這兩個人滾了下去，一起滾到床上去了，就像兩隻貪玩的小獸，玩得起勁，玩得發瘋，一起滾下山坡，落到了一塊平坦的草地上，互相對撲，張牙舞爪，糾纏在一起，互相撕扯對方的衣服，急於解除對方的束縛，想要縱情狂歡。

楊羽跳起來，說，燈，燈呢？他突然拋開朱顏，起身，在找床頭燈的開關，想將燈打開。楊羽真的想看看她的身體，她的臉多麼美麗，她身體也應該十分美麗，他想看看，看看燈光下，那種眩目的白，那種第一次就擊中他的顏色。

但朱顏是嬌羞的，她聽了他的話，有點慌亂，她猛地伸手，手臂摟緊了他，將他拉過來了，打亂他的動作，這猛拉他的手臂，也在黑暗中一閃，恍如夏天的蓮藕。

※　※　※

後來，我再想起那過程，有感慨萬千的感覺。我有點意外，我能做得那麼好。我真不敢相信，我一年多沒碰女人了，積聚了那麼多的能量需要釋放，身體上的，情感上的，一切都那麼敏感，但居然還能那麼持久地堅持，我從上面進去，又從後面進去，我在進行探索，對她的心，對她的肉體。我親吻下去，觸到了她臉上的傷，她喊起來，我壓住她身體，她也哼出聲音，也有傷啊。

我小心移動，不斷地小心移動，想避開她的傷處。但朱顏說，不要管！不要停！繼續下去啊！這是她的聲音，在臥室的黑暗中，混雜著疼痛和快樂，蕩漾開去，塞滿我的耳朵。

我亢奮著，因為朱顏叫喊，母獸一般叫喊開，開始是輕輕的，轉而是呻吟、歌唱，後來是瘋狂地叫喊。我們一起衝向巔峰，又一路狂奔到谷底，就像坐上雲霄飛車一樣。

我氣喘吁吁，大汗淋漓，身上汗流四散，就像大地上的江河。朱顏也是這樣，她還緊緊地摟住我，她的四肢，是柔韌的藤蔓，纏住我的身體，久久也不願放開。

我攤開雙手，靜靜地躺在床上，後來，我的手，移動起來，突然，摸到一樣東西，辨認一下，是床頭燈的開關。我坐起來，啪地按亮電燈。我的眼睛瞎了一會，在短暫的失明過後，視力恢復了。我發現朱顏驚呆了，她還沉浸在軟綿而甜蜜的海水裡，她還沒反應過來，沒想到我會將燈打開。

一打開燈，她馬上呆住了。我說我想看看妳的身體。朱顏說不要，但她的話已經說晚了，她的話沒能阻止我，我當時有點惡作劇的味道，我就是想看看她的身體。

這下我如願了，眼前的情景展現開來。但我呆住了，就坐在床上，呆呆地看著朱顏的身體。朱顏真的白，白裡透紅，細膩而光潔，這是我夢縈魂牽的身體，但這不是我驚訝的地方，這我早就猜想到了，她的身體就是該這樣的美麗和動人。

讓我震驚的是她的乳房，具體的說是她乳房上的紋身，兩隻乳房，一邊一朵，是妖嬈的紅玫瑰，就像她左手手腕上的那朵。腹部也有一朵，就在肚臍的下面，也一樣的紅，一樣的妖豔，有一種奪目刺眼的光芒。我的目光釘在那裡，又滑動，在花朵之間來回跳著、舞蹈，眼睛都有點眩暈了。

誰也沒說話。我沒有說，我都呆住了，朱顏也在沉默。我躺在床上，安靜下來，我想想，將燈關上了。屋子並沒有全黑了，只是暗了一暗，又落滿白色的光。

我定定神，看見月光照進來，就像水一樣，靜靜地流進來，還泛起淡淡的霧靄，含糊而詩意。朱顏身上的白，和月光相互輝映。朱顏伸手拉一拉，拉床單蓋上，一種光隱匿了。但她還是沒話。

我說，妳不熱嗎？我竟然用這樣的話來打破沉默，我說我還在出汗呢。朱顏就滾到床邊，按了一下遙控器，涼冷的空氣漫過來，像一個冷涼的罩子，將我們罩住了。寂靜，一屋子的寂靜。只聽見彼此的喘息聲，在空氣中波動。

嚇到你了吧！朱顏開口說話，她的聲音有點幽幽的。她可能剛緩過神來，也找話題。

我心情複雜，露出點笑，說，有點吧。

朱顏沮喪地說她想阻止我開燈的。但她剛才有點眩暈，有點麻痺，總之，是極度放鬆了，所以根本就沒想到，或者，將自己徹底交給一個人了，就沒了防備心理的。這樣讓我感到自己該負責。不是她的錯，是自己的錯。

我說真對不起，是我該說抱歉。痛嗎？我有點好奇，我想知道紋的過程是怎麼樣的。

痛！朱顏說得很肯定。

那？我沒問下去，有點猶豫。

好看嗎？朱顏側過臉來問我。

好看！我坦白說，是真的好看，我說我從沒看過這麼美麗的玫瑰。

朱顏說，是真話嗎？然後竟然哭了。

我有點慌了手腳，也反身將她抱住，讓她在懷裡哭泣。一隻小獸在我的掌握中發抖，在嗚嗚地哭泣，讓我馬上心生憐憫，柔情似水起來。

我說，是真的，雖然有點意外，但我沒騙她，這樣的奇遇，也許是一種緣分，注定的，佛說，十年修得同船渡，百年修得共枕眠。我用聽來的，對朱顏嘮叨起來。連我也只知道個大概，但喜歡那說法。不知道朱顏懂不懂。

後來，朱顏不哭了，她問我，喜歡嗎？她一張嘴巴，咬住了我的耳朵。我的手撫住她的那個耳環，我看見月光也在觸摸它。我想她問的是剛才的事情。

很刺激啊！我說出了心裡的想法。

現在呢？朱顏認真地問我。

我喜歡！我是這樣回答的，也真的是這樣，我記住了玫瑰的妖豔，那種奪目的顏色，帶點血腥的那種紅。

朱顏翻了個身子，打開床頭燈。三朵玫瑰，一齊開放。我靜靜地坐起來，安靜地欣賞，在驚恐過後，看這三朵謎一樣的玫瑰，帶有血腥味的玫瑰，看花瓣吐紅，看葉子展綠，看花刺螫人。

我的目光在朱顏白皙的身體上遊走，我模仿那些白色的、冰冷的鋼針，還有紅色的，綠色的顏料，它們曾經的遊走的路線。我輕柔地撫摩，那柔軟的肉體，柔嫩的花朵，葉子。在我的手掌裡是那麼的服帖溫潤。

後來，我的嘴貼過去，也開始遊走了，我的手也跟過去，在朱顏的身體上走來遊去的，也走固定的路線，也反方向遊走，有點貪婪，也有點迷戀，有種探索的意味，最後走得山搖地動，朱顏的身體快要爆發，就像我的身體一樣，我都感到火山的熔岩它正在尋找遊走的路線，奔湧的缺口。

我也就這麼遊走進去了，我從外面遊走進去，在朱顏的裡面也遊走起來，熔岩都在尋找噴發的缺口，尋找相遇的地點。就這麼越走越靠近，最後碰到一起，噴發出來，然後沉寂下去，又慢慢陷入睡眠中去。汗水再次覆蓋了肌膚的大地。

我是黎明離開的。悄悄的。輕手輕腳的，有點像貓一樣。朱顏睡得沉，還打起呼嚕，很輕的那種，就像以前我養過的那隻貓。

我本來想擁抱一下她，再說點什麼的，但最後還是沒有，我悄悄地起身，穿衣服，套上鞋子，然後開門，又輕輕掩上門，下樓出了住宅區。

※ ※ ※

這時天還有點黑，只濛濛亮，我遊走在街上，有點眩暈，有點腿軟，身體軟綿綿的，但舒服啊，就像丟去了一些什麼，又帶走了一些什麼，有感覺，卻又無法說出。

我看見灑水車開過來了，噴出的細細水霧，在地上寫上早起的日記；而清潔人員也過去了，我聽到唰唰的聲響滾過路面；早起買菜的老人也過去了；我像一隻奇遇過後的青蛙，跳躍著，往前走去，朝我的住處走去。一路上，沒有人注意到我的快樂，也沒有人注意到我的心潮起伏。

這時天還沒完全亮起來，城市一半淹沒在黑暗裡，一半又正浮現在光明裡。

第9章　偶遇

我又遇見那個男人了。就是打朱顏的男人。當時我正在街上瞎逛，漫無目的地晃蕩。和朱顏纏綿過後，我腦子裡混亂起來，沉溺與矛盾與慾望交集在一起，讓我很難將現在的自己與過去的自己分開來。我感到煩悶，於是遊蕩似乎成為尋找答案的方式。這天也是。我向著四周飄去。

這麼走啊走啊，我一抬頭，就看見他迎面走過來。我打了個激靈。他戴一副墨鏡，很酷的樣子。他沒認出我，但我認出了他，他額頭上長了一個胎記，又剪個板寸頭，十分醒目。他打朱顏的那天，就更醒目，可能是喝過酒的緣故。他的胎記似乎特別亮，之後老在我腦海裡閃啊閃的。

我的心跳加速了。咚咚咚！咚咚咚！我感到不但地動，我的身體也在動，在顫動，心神搖盪起來。我努力穩住自己。我停在路邊，蹲下身體，裝做綁鞋帶，等他走過，然後我站起來，返身跟上，就跟在他的後面。

看他走路的樣子，還看到他的屁股，他走起路來，一搖一擺的，就像我小時候養過的鴨子，我覺得有點滑稽，但又不敢笑出聲來，只看得饒有趣味。轉過街角，他一閃身進了一個門洞。我看他走進「艾美」影視城。我失去了那個男人的蹤影。

我沒有馬上跟了進去，我停在門口，裝做是一個普通的顧客。我站在門口，看布告欄，馬上放映的是《禁室培慾》，內容簡介裡說，這是一部日本電影，講一個日本男人，綁架一個女人，關在房間裡侍候，剛開始，女人對劫持者十分仇恨，但後來兩個人相處久了，事情發生了奇妙的逆轉，女人竟然對劫持者產生感情。世界上竟然有如此的奇情？我有點好奇，猶豫幾秒，我掏錢買票進去。

※　　　　※　　　　※

從外面進去，我的眼睛無法一下子適應光線的突然變化，我突然變成瞎子似的，腳步踉蹌起來。我是摸著椅子進去的，放映廳的光線昏暗，稀疏的幾個看客，散落在各個角落，或啃瓜子，或抽菸，聊天的也有。

我徑直往上摸去，找個後面的位子坐下，然後看門口閃過的人，聽隱約的嬉笑。我百無聊賴地等候開場，等待另一個男人的出現。

空曠的放映大廳裡，光線是那麼的暗，以至於給人一種曖昧的意味。我眼睛慢慢適應過來後，我看見周圍模糊的身影，都是一對對的，我估計來這看電影的，大多是情侶，總之一男一女多，他和她都低頭，竊竊私語，吃著零嘴，就我一個是單身一人的。

我有點無聊，不斷看手錶，好像時間過得十分慢。看了無數次後，終於到放映時間。放映員手拿了帶子，急急地走進來。燈光熄滅，姍姍來遲又進來一個人。放映大廳雖然拉滅了燈，但那個人開門的時候，外面的燈光，還是將光線斜打在他的臉上和身上。

突然，我心猛地跳起來，進來的是那個男人，還戴了墨鏡，但卻熟門熟路地走到中間坐下，看來他是這裡的常客，走得那麼熟練。他在我的前面，將雙腿翹了，架在前面的椅背上，一晃一搖的，吊兒郎當的樣子。

電影在放映，銀幕上畫面閃過。劇情在發展，女人的臉，男人的手，車子，房間等等。但我心煩意亂，看前面的銀幕，又看前面的那個男人。將連續的劇情，不斷丟下，打斷，又不斷跟蹤、猜想連上。看日本男人綁架、毆打、侍候女主角；也觀察那個坐在我前面，打過朱顏的那個男人。

他只是看，頭一直就朝前耷拉著看，好像睡著了，偶爾伸了脖子，打一個哈欠，只有兩隻腳是一直在動的，動的就說明他還活著，還在看還在想。

劇情還在發展，那個女人對那個男人，由原先的恐懼、仇恨，漸漸地，發展到有親密、依賴的感覺。

我看了也想了，電影放映完，燈光也就亮了。我的眼睛一下就瞎了。過一會才看見四周的東西。那個男人站起來，伸了個懶腰，打了個哈欠，回身環顧了四周。我發覺他摘掉了墨鏡。他進來是戴了墨鏡的，他什麼時候脫了，我沒注意到。

我當時還猜想，他能戴著墨鏡走路，真的厲害。我定定地盯了他看。這時他也看見了我，但沒認出我來。這時的燈光很亮，我正往下走，在猶豫中，也就是往他走去。他在我前面，這是個階梯式的放映廳。

我感覺時間過得真慢，我希望走快點，又希望走慢點。慢慢地接近，一步一步接近。到了他面前，我希望時間停頓。一剎那，我鼓足勇氣，突然在他前面停住。

我問他，為什麼要打人？

他被嚇了一跳，有點驚訝，愣了半天認出了我，他說，是你呀！

我問他，幹嘛打人？

他說喜歡嘛。

這是他說的理由，很不在乎，還在玩弄手中的墨鏡，一副很理所當然的口氣。我有點迷茫，也有點憤怒。人怎麼能這樣的呢？

喜歡就可以打人嗎？我是這樣衝著他問的，淬沫都飛到他的額頭了，我看見他的那塊胎記開始發亮了，似乎在朝我示威，嘲笑我的多管閒事。

你想幹嘛？放映員走過來，氣勢洶洶的，惡狠狠地盯住我，他拉開幹架的架勢。

沒事沒事。我們聊，你忙去。那個男人是這樣說的，他用牙齒咬了咬鏡架。他還抬起手，嚇了我一跳，我以為他想打我，就猛地將身體一閃。他只是抬手擦額頭上的滓沫星子，還說，請你吃東西吧。

我出了身冷汗，沒有反應過來，我還在等他的回答，我的敵人卻來收買我了。見我沒反應，他又笑了一下。額頭上的胎記也閃了一閃。

他說，邊吃邊聊吧。

他是這樣說的，聽語氣好像是與一個老朋友說話，一個久別重逢朋友會說的話。我有種古怪的感覺。這說得我還真的有了飢餓的感覺。他拉我離開的時候，還叫放映員準備下場的電影，看樣子他是這的某個人物。或者，就是這影視城的老闆也不一定。

※　　　　※　　　　※

在去的路上，那男人顯得很大方。當然還有種自來熟。叫我范大軍吧，他說你這樣叫我好了。我聽他介紹，但沒有馬上回話。他問我，叫什麼。我沒搭理他。他也不介意，在前面領路。

我們走了一段路，去了荔灣村腸粉店。坐下後，我轉頭在看四周的環境，我恍惚置身於某部電影，某場黑幫戲裡，在和對頭「講數」（談判）。我看稀疏的大堂裡吃客的吃相，也聽各色人等的竊竊私語，就是沒答他的話。

你是她的新朋友嗎？范大軍用墨鏡敲了檯面問我。

幹嘛打人呢？我答非所問，直奔主題。我說打人是違法的。

范大軍笑了，他竟然笑了，他媽的，他在笑！我被他搞糊塗了。我說你還笑，竟然還能笑得出來！他還在笑，但笑得古怪。他看我像看怪物，還問了句話，你是他的新朋友嗎？我說我是，我是她的男友！我說得理直氣壯，我有權利這樣說。

是純潔的吧？他還在古怪地笑，笑著看我。

我臉紅，但說，當然是純潔的！

范大軍又笑，是哈哈大笑的那種，我看見吃客在回頭看我。

剛才的電影好看嗎？范大軍不答我的問題，卻問我電影的觀後感。

我說我不喜歡，不喜歡看打人的電影。

范大軍哦了聲，問我幹嘛還看。

我說買了票，我不想浪費。我沒說進來是想找他的。

他竟然大笑起來，說，那為什麼要買呢？

我，我—— 我被他問住了，我不想說出隱情，我不想他知道我跟蹤他，我希望他相信我和他遇見，只是偶遇而已。我不想將事情再次複雜化。

他狡猾地問了句，是刺激吧？

我，不是，我—— 我還真給他問住了。我感到自己要絕望了。

你結婚了嗎？他突然換了個奇怪的問題，我覺得這和我們談的話題沒關係，但他就這樣問的。似乎很認真的樣子。因為我看見他的眼睛直視我的眼睛。這是個涉及到隱私的問題，我有點惱怒，有點慌亂。但我努力克制住。

我說結過。我是這樣回答的，我不明白他怎麼突然將問題轉移。從一個讓人尷尬的問題，轉到了另一個同樣令人尷尬的問題。

那你打過人嗎？范大軍問我，問得突然，問得我毫無防備，被戳到了痛處。

我有點窘，腦袋在發脹，我說，打過。我是個老實的人。再說了，那件事，馬管區知道，梁法官知道，鄰居知道，還有多少人知道，我不想管了，夠多人知道的了。現在多一個人知道，也沒什麼大不了的。

打誰了？范大軍步步進逼。

我說打我前妻了。

范大軍就笑了，說，那就是嘛。你打得，我就打不得？范大軍笑我，他嘲笑我。

我說，我現在後悔了，我們完蛋了，所以我發誓不再打人！

你們完蛋和拳頭沒關係！范大軍說得肯定，說得滿有把握的，比法官還自信。

總之我不再打人了！我是這樣說的。

她會想你的！范大軍說了句，他的眼睛盯住我。

他的話我不明白，雖然簡單，但我想不出他的意思。所以我的頭又轉向窗外。我看見外面的風景，女人的腿，高跟鞋，短裙，很熱烈的夜晚風情。後來，那個男人敲了敲桌面，提醒我他還在等答案。我轉回頭，看他一眼。

我說，我不知道她怎麼想的。不管從前幹嘛了，但現在我是絕不打人的，特別是女人。我強調了這點。

哦，是紳士了。范大軍說，他說還真覺得奇怪，睡了一晚就成紳士了，他說這樣的例子很少見了。

那你們也會完蛋！范大軍的目光丟下我，操起筷子，吃起來。他吃進腸粉，又吐出含糊的話，他又戴上墨鏡，就像個黑幫老大。遲早的結果。他邊吃邊這樣下結論，還加強語氣強調他的意思。我想到我養過的那缸金魚，也這樣吐泡泡。

我說，你以為你是術士嗎？

我也吃腸粉，也在吐泡泡，也嘲笑他。荔灣村的腸粉好吃，也很有名氣，我是有點餓了，晚飯吃少了。我也有點奇怪，我怎麼就這樣了呢？只是想找到答案嗎？我不知道，但我竟然跟他來這裡，還談了一些隱私了。我大概在發昏吧？

你愛她嗎？范大軍抬頭問我。

我說，當然！

那你還發誓不打人嗎？范大軍調侃地看著我。

幹嘛要打人，打人能解決問題嗎，更何況是愛呢。

打是情罵是愛嘛。范大軍說這是真理。他說你愛朱顏，就要讓她感覺得到。他是這麼說的，說得我目瞪口呆，這是什麼亂七八糟的理論啊。

我說，你是什麼意思？我追問他。

范大軍說，你愛朱顏，用什麼表示？

我說，當然用心！

范大軍說，那沒用，她喜歡行動。

我說我用了。

但她喜歡的是拳頭啊！范大軍揮了揮拳頭。

我有點惱火，我說你別胡說八道。

范大軍說，我是教你如何去愛她。

我說你以為你是誰呀。

范大軍說，我們曾經是朋友。

我說，但現在完蛋了吧？這是我猜想的。

范大軍說，是完蛋了，現在我事事順利嘛。

我問他，那幹嘛還完蛋了呢？

他聽了一愣，之後哈哈大笑，說，我像你一樣，對打人沒了興趣嘛。

我說，那晚你不還打人了嗎？

范大軍說，當時我醉了，主要是看見你了，平常我順利，心裡高興，就不打人了。所以呢 —— 他說到這，就打住了。

我問他，所以什麼？說下去啊。

范大軍說，我對打人也厭倦了，所以我們完蛋了。

我還沒明白他的話，就說我沒聽懂。

范大軍扶了扶墨鏡，看著我。在這時候還戴墨鏡，我在電影裡看多了，那我會覺得樣子很酷的，但在現實生活裡，我就有點不習慣了，也不喜歡，我覺得這太賣弄，很做作，兩人不對等，看不到他的表情，我覺得不安全的。

我看不清他的眼神，我說我不懂他的意思。

他沒解釋，只是笑起來，帶點詭祕的表情，還揮了揮拳頭，好像擊打前面的某個目標。又好像留給我一個懸念。讓我去猜想。

第 10 章　王悅的電話

我沒想到，王悅又來電話了。本來那次法庭見面後，我以為那是我們最後一次見面了。說實話，我也不願意再見到她。

我這樣說，不是無情無義，是我這人生性敏感，經不起折騰，希望自那以後，就平靜下來，重新回到生活正常的軌道，我怕一見到她，就會勾起我對往事的種種的回憶，生活又再出什麼意外，再次滑入岔道。

所以我對她的出現，即使是聲音的出現，也心懷恐懼。但她真的就出現了，在我毫無防備的情況下，突然就出現在我的耳邊。

她問了句，你怎麼樣？

我聽得出，她在上班，聲音壓得低。她也不自報家門，自以為我肯定能聽出她的聲音，開頭第一句話就這麼問我，怎麼樣？這話問得含糊，意思曖昧。

說實話，要是不這麼問，我還真聽不出是她，我對她的聲音已經陌生了，一切似乎都很遙遠了，但這句這麼突兀的話，這麼古怪的話，卻立刻就勾起我最不愉快的記憶，自然會與她連結起來，不用我猜測，這是自然而然的。我不知道她這話的意思，是指我過得怎麼樣，還是對離婚事件有什麼新的想法。

我說，我怎麼樣，關妳什麼事！

我有點惱火，但我稍稍壓抑住，我是這樣回答她的，我以前也嗆過她。她總裝得像個無知少女，其實她比我還聰明，這我已經領教過了。每次，我似乎是個勝利者，她似乎是個失敗者，其實，真實的情形正好相反。

我可能又成功了，她被我噎住了，半天沒接上話來，尷尬了幾秒，但就幾秒鐘的時間，她就嘿嘿地笑。她每次都將自己的情緒控制得很好，說話還帶有笑聲，就好像她在和某個朋友，又或者同事談話那樣，不慍不火，這就是她出色的地方。

找到新工作了嗎？她接著問我。

我說，我給自己放假不行嗎？

王悅說，那你接下去怎麼辦呢？她關心起我的生計問題。

王悅還想叨下去，還想說服我認清形勢。她每次都這樣，拿公司的同事，上司，她的同學，她的親戚等事例，來對我進行再教育。

但這我就打斷她，我說，妳有事嗎？我怒氣沖沖，也滿有警惕性，如果不是她將我們的事情捅到公司去，我也不會乾脆丟了工作落得耳朵清淨的。想到這些，我就怒火燒心。

我想拿戶籍謄本！

她說出了目的，語調遲疑，但態度堅決，不容商量。她總是這樣，為達到目的，喜歡迂迴曲折，開始婉轉含蓄，漸漸地直指目的。她就這樣，本來很想隱藏目的的，但最後不知道怎麼自圓其說。我說，妳遷走吧！我想也不想，只想趕快割斷最後的一點關係，我想徹底點。

但我是戶主！她認真地提醒我。

她這話提醒了我。我心一驚，對啊，她是戶主啊，他 × 的！當初我為什麼讓她做戶主呢，她還是後遷來的。我就為了偷偷懶，或者說，她這人會點心思，我就讓她去辦了，自然，她將自己辦成了戶主，而我成了隨戶。

當初也沒多想，因為從來不會想到會發生後來的那些事情。想想看，我從前多麼傻，但現在已經晚了。晚了就要自己買單，自己收拾殘局，這是輸家應該做的事。

那我走吧。我有點無奈地說，那就我走好了，我想盡快結束談話。

那，戶籍謄本呢？王悅還是咬住不放。

我說，我辦完就給妳！

我吼了出來，已經有點憤怒了，她連最後的一點點的便宜都想要占。我不敢想像，如果她在我面前，我是否又會失去理智，忘了自己的誓言，再次揮動拳頭。她還想說什麼，我打斷她說，就這樣吧。

我就這樣將電話掛斷了，你想像一下，一隻蒼蠅，嗡嗡響，在你耳朵邊飛來飛去，你還不能動手，你就知道心裡有多厭煩，都快要被憋死了。

我在房間裡轉來轉去，轉到我感到疲累，我就平靜下來，頹然坐在沙發上發呆。我走吧，我記得我說過，是我遷走，我的名字，將從一本紅本子的一頁紙上，搬到另一頁紙上去，找個居住的窩。想想啊，這個窩是多麼的重要。以前的窩，整天鬧騰騰的，現在的倒好，雖然寂寞，但安寧。

但我遷到哪去呢？這又是個問題。我雖然沒單位，身體還是有居住的地方。可是我的名字，就是沒了可以依靠的地方。我媽我爸的戶口還在老家。我的思路轉來轉去，最後我只得轉回到朱顏那裡，她是警察，對類似的情況了解，也或許她可以幫忙，於是我打電話給朱顏。

我以為你討厭我呢？朱顏說話了，充滿哀怨的語氣。

我解釋說，不是的，只是我沒心理準備，我沒找她是我心裡煩。

她說，現在你找我，是準備好了嗎？她說話有點迫切，有點焦急。

我說我有事，是另一件事。

哪件事？朱顏有點失望，但她關心地問我。

戶口問題。我點了題。

你不是分配來的嗎？朱顏有點驚訝。

我說王悅要我遷走，從戶籍謄本上遷出去。

我說了自己的事，說了心裡的煩惱，就在電話裡。我懷疑要是面對她，我還是否可以這麼滔滔不絕地向她吐苦水。朱顏靜靜地聽完後，噗哧地笑出聲來。

我有點不解，她竟然笑出聲來。我說，我煩死了！我提醒她我的感受。那是小事啊。朱顏止住笑，小聲地安慰我。她說她會想辦法的，她正好有朋友在那個轄區的派出所。

晚飯我幫你做好吃的。朱顏這樣說，話說得軟軟的，還叮囑我將戶籍謄本帶過去。

我放下話筒，終於坐下來，坐在沙發上，長長地鬆了一口氣，沒想到這麼煩惱的事，就這麼解決掉了，接下來的，我就好好地想想朱顏。我開始從第一次見她，到最後一次見她，從上到下去想她，想她耳朵上的耳環孔，是三個，還想那個金屬耳環，她手腕上的玫瑰，肚臍下的玫瑰，左邊乳房上的玫瑰，當然還有右邊乳房上的玫瑰。

一時間，我的腦裡，盡是花開花落的情景，眼前盡是玫瑰，是紅色的玫瑰，一開一落的，我的眼前也一明一暗的，後來我就在昏沉中睡了過去，睡進了玫瑰花叢，最後翻身時被花刺螫醒。

我醒來已經是黃昏了。我想起一些奇怪的夢，也記起了朱顏的約會，對了，她說晚上幫我做好吃的，就在今天晚上。我該起來了。我打一個激靈起來。我離開沙發時，發覺自己渾身汗溼，睡眼惺忪，腳步鬆軟。我走進浴室，打開水龍頭。

我打開水龍花灑後，我也打開了自己的想像，我想，我要和朱顏也這樣淋浴，讓水沖下來，從頭頂流下來，髮瀑也流下來，那就成了黃色的瀑布，都流下來，而玫瑰花開放，在水中綻放，是紅色的。

我這樣一想，就陷進去，陷進水花四濺的想像中，我開始在想，那是誰種下的呢？她痛嗎？她為什麼？那些妖豔的玫瑰花。

※　※　※

最後，我還是站在那棵樹下，看夕陽西沉，光芒漸漸暗淡下去，車輛飛馳。我在等待朱顏款款而下，走下交警大樓的臺階，朝我走過來。這就是我正在做的事情。

等啊等啊，我終於看見了，終於等來了。目標出現了。漸漸向我靠近。我看見她臉飛紅雲，她還有一點點的氣喘。

我笑了一下，說，我聞到有蘭氣的味兒。

朱顏就笑了，說我要不就沒話，要不就貧嘴。

※　※　※

楊羽和朱顏走在一起。朱顏拉了拉楊羽，是拉他的手臂。他愣了一下，慢下來。還沒明白過來，她的手穿過去，扣住他的手臂。楊羽又愣一下，一臉的詫異。然後就釋然了。朱顏呢，可是理直氣壯呢。

妳想幹嘛？他說得有點結巴。

她一撅嘴，說，你已經知道了。

他想了想，也被搞笑了，都那個了，還問想幹嘛，明知故問，有點虛偽啊。他說他還沒適應過來。一切似乎太快了，而且太順利了。楊羽是這樣解釋的。

※　※　※

朱顏看了我一眼，說，你還想她嗎？

我含糊其詞，支吾以對。

※　※　※

我們沒有去菜場。買了足夠的菜，可以吃一個星期呢。朱顏說她早就買好了菜，就等我的電話，但我一直沒給她電話。她說她以為我討厭她。

我拍了拍她的手，是她的左手，就拍在那朵玫瑰花上面。我說我喜歡，但有點心亂。我握握她的手，按在那朵玫瑰上。我有種隱隱的刺痛，我感到了那花和葉間的刺。

我說了我的夢，說了那些奇怪的夢。我走著就說著，就感到身體在傾斜。我知道朱顏的頭靠過來。我聞到她頭髮上的香味和身上的汗味。當然，我提到了浴室裡的想像。

我們，洗澡吧。我說的是進屋後。

我說這話的時候，身體熱起來，汗也出來，但我已經不再理會它的來勢洶洶。我看見朱顏臉上又飛起了紅雲，和我的臉上的火熱相映照。

我加快了腳步，朱顏也跟上我。

※　※　※

楊羽摟住了朱顏。就在進門後，朱顏將門踢上。之後，他們摟在一起，一個人臉上的紅雲，壓向另一個人臉上的紅雲。他咬她，她也啃他。體內的火，在燒，也在烤，兩朵紅雲糾纏在一起，下起了雨水。河流四散流淌。楊羽熱了，朱顏也火了。

他說他要看看，她就讓他看了。他看到玫瑰開放，他有了衝動，就將自己挪動，也將朱顏挪動，就像兩隻打鬥的小獸，朝臥室移動。

在還沒有打開冷氣的房間裡，他們倒在床上，倒在一塊草地上。楊羽將自己放倒在花叢中，放倒在一片玫瑰花叢。但他很快就感到了花叢中的刺，他發現自己無法進入，那片土地是乾枯的。她也喊痛，只哼了哼，但他敏感，他感覺到，他就打住，在抵達前，他在她的叫喊聲中。

※　　　　※　　　　※

我有種失敗的沮喪。

她摟住我說，對不起！

我說，沒把妳弄傷就好。

朱顏說，沒事。你沒傷著我。

朱顏摟住我，久久沒說話。我也安靜地摟住她。我不知道哪出問題了。上次不是好好的嗎？不是也驚心動魄嗎？我心裡很亂，想了很多，但不得要領，找不到問題的所在。

過了一會，朱顏說她去幫我做好吃的。她摟住我，親吻我的嘴唇。然後我們去了浴室。

我看到的情景就像我夢中所見一樣。玫瑰在水中開放。葉子、花瓣、花刺，在流動的水中，一切都顯得溼潤、張狂、妖豔。我有種醉意。我這麼說，還靠過去，靠在花叢中。

你沒問我呢？朱顏這樣說，還將髮瀑撥開，露出她純淨的眼睛，還有白嫩的手指。她一邊問我，手指一邊在滑動，在我的身體上遊走，就像一個衝浪手，在浪花和波浪中穿行。我感覺到自己的身體，也像大海一樣，激動起來，波動起來，浪花和波浪起來了。

問什麼呢？我不明白她的意思。

我用下身抵住她的下身，我感到自己又硬起來。朱顏摟住我，眼露傷感，深深地嘆氣，說對不起。我還是不明白她想說什麼。我有點失望，但我還是抵住她，我在感受她身體的熱度，正慢慢地從裡向外滲透出來。

你自己出來吧！

朱顏也醉眼迷離，她喘息起來，也用力抵住我，用一種柔軟的力量抵抗。一剎那，我想起許多，我加速地朝前衝起，我內外交困，最後是一洩而出。我感覺到大海翻騰起來，是海嘯過來了。衝浪手立刻沒入翻滾的波浪，和大海融在了一起。

朱顏摟住我，摟住我顫抖的身體。兩個溼漉漉的身體，顫抖對顫抖。

我感到有一種哀傷在纏繞我。

第 11 章　馬由由和艾末末

一天。錢小男又出現了，不是人出現在我的面前，而是他的聲音，出現在我的耳朵邊。他告訴我，有人打電話到公司找我。他告訴那人，我已經離開了。那人說他是我的同學，從外地來，想要我現在的電話號碼。他不知道該不該將我的電話給他。

我可以告訴他嗎？錢小男是這麼問我的。

我說沒事的，你告訴他吧。我一邊走一邊說，你就要他打給我吧。

我正走在路上，身上沒有記錄的紙和筆。我離開公司後，常有以前的同學或朋友找我。對我離職的事，有的是我沒說，有的是我不想說。他們一來電話找，錢小男就會問我，給你的電話嗎？從這點上來看，錢小男算是個可靠的人，心細的人，值得信任的人。

我在街上逛來逛去，穿行在人流縫隙、大廈之間的陰影。從前我不這樣的，總拒絕走進人群，近來卻愛上逛街，還漫無目的，喜歡走進熱鬧的人群中。

我無法解釋這種變化，也許是我害怕孤獨，這時候朱顏正在上班，錢小男他們也都在上班，所有我認識的人，都在上班，都在為生活奔忙，就剩我是個閒人，是個孤獨的人，在用逛街來排解寂寞的情懷。

在這之前，我還真從沒想像過，有一天我會這樣過日子，在我爸媽看來，這與不務正業遊手好閒的人的生活沒什麼區別。我也將這與遊手好閒連繫起來。看來生活真是變化無常。

後來，我的手機響了，響了我就有希望，我停住腳步。在一家黛安芬內衣專賣店門口，我站住，我說，我是楊羽啊，我問他是誰。他說了，很激動的聲音，但我沒聽清楚，太吵了，身邊是人來人往的。

我快步走到僻靜的角落，再問他是誰，他就再回答，他說他叫馬由由。他語氣親熱，但我還是記不起他是誰。大學畢業這麼多年了，有許多人的名字，早就從我的腦裡流走了，流到遺忘的大海裡了。也有許多的人，走馬燈似地從四面八方來找我，又消失掉了，他們來了，我記住了，他們走掉了，又忘記，我總處於這樣的境地。

我說我聽不清啊。他吼了起來，他說，我靠！幫你畫過肖像啊！呵呵，我記得了，記起了這個叫馬由由的哥們，我的校友，油畫系的，教過我幾手畫畫，我也做過他的模特兒。我當時對油畫了解不深，看了自己的肖像畫，還笑了說，看看，把我畫成了大花臉！

他說他在深圳，就在我的身邊，他說，你趕快過來會一會吧！

※　　　※　　　※

故友重逢，讓我莫名興奮起來，出了街口，搭了車子，立刻趕去見他。在一家便宜的旅館房間，我們見面了，還像公雞一樣激動喊叫起來。

他擁抱我，我也擁抱他，兩個哥們抱成一團，我嗅到他身上的顏料味，他嗅到我身上濃烈的汗味。他還是老模樣，牛仔褲，黑色的 T 恤，都濺有顏料的斑斑點點。

你混得怎樣？彼此都這麼問。

我們分開後，互相退開幾步，互相打量幾秒，才坐下來，還探問一些陳年舊事，發出一些矯情的噓唏。

我來這裡要做大事！馬由由說了他的計畫，他說他要突破，突破自己，突破框框。他說這應該是個好地方，能讓他做到。我問他，實際上從哪裡突，又要在哪裡破。他好像心有成竹的，他說他認真思考過了，要在人體上做點新創意，接著他簡單說了他的想法。

我說許多人都做過這了，你想譁眾取寵啊？我認識的馬由由，在學校就是個譁眾取寵的傢伙，我是這麼說他的，我說，這有什麼新鮮的，這我見多了，叫人體彩繪的玩意兒。

我說好啊，你又有機會，看見更多的美女了。

在學校那時，他總有辦法讓美女們纏繞在他的四周。現在大概也差不多。聽我這麼說，馬由由笑了，是那種哈哈大笑，有點譁眾取寵，他感嘆說我還這麼土，土得掉渣，出來這麼多年了，特別是在深圳這座美女如雲的城市裡，居然還沒看夠美女。

我以為他會細數自己又和多少美女發生故事，但我錯了，他說自己早厭倦了。這話讓我感到驚奇，這是個見了美女就腿軟的傢伙啊。我也笑了，說，這是馬由由說的話嗎？

我想玩刺青！

馬由由打住笑，輕輕地說了這麼句。短促、簡潔，但有力。但我沒反應過來，還愣愣看著他的眼睛。我無法將「刺青」與「油畫」聯繫起來。所以我聽到他說「刺青」，卻無法讓這兩個字，與我腦子裡已有知識發生化學作用。

就是紋身啊！

馬由由見我愣愣地望著他。還皺眉頭。大概他意識到，我沒聽懂他的話。他換了一種敘述方式，又說了一遍。哦。我聽明白了，長長地舒一口氣。原來這意思啊！在深圳，人家都說「紋身」，幾乎沒人有說「刺青」的。

你反應遲鈍啊。馬由由有點擔心，他說我以前思維敏捷的。我說是嗎，我不敢肯定，這些年經歷了這麼些事後，我的腦子常有短路的現象。我還在想他說的話。

刺青＝紋身？

這會我的腦子，卻好像敏捷起來。我一想就有一種眩暈，我想到朱顏的身體，想到那些妖豔的玫瑰花。就開放在她的乳房，小腹部，甚至還會移動。我覺得一剎那，我的心神又神遊到萬里外。

你不舒服嗎？馬由由是這樣問我的。他可能注意到我走神了。

我說我有點。我是這麼說的。

有點震撼吧？馬由由有點得意。藝術家總是自我的，他以為我在想他的想法。

我說我渴啊。我咽了咽口水。

馬由由站起來，趕緊拿水壺，去浴室倒了水，然後燒開，幫我倒上一杯水。我吹涼後喝了，我還真的渴了。當然，我想，也許我是心裡有一種渴望。

我問起他怎麼會想到來深圳的。馬由由說，他的一個哥們就在東門那開店。我說那裡很旺啊，我問他是賣什麼的。賣手藝呀，他開紋身店的。

有關那類新聞，我好像在媒體上看過的。但沒怎麼留意。馬由由解釋說，他就是來投奔他的，連香港人都過來做，他說他的生意真的好，好得都忙不過來了，就找他過來幫忙。

馬由由說了很多，說他做開創者的故事。但沒有市場啊。他是這麼嘆氣的。你打算做這個。也夠前衛的。我是這樣評價他的深圳之行的，雖然我不懂他說的紋身，但在電影或電視裡見過，最近在朱顏那也看見了。我有種複雜的看法。是啊是啊。馬由由說他也是這麼想的。他說這個前衛有市場的。他說得咬牙切齒，人亢奮起來，面紅耳赤，他一激動就像個關公。

我說，你這個表情就很前衛嘛。

馬由由就笑了，說，你幹嘛不說是古典呢？其實，紋身也是個古老的藝術。

我說，你不是一直前衛的嗎？

馬由由大笑，說，是啊，前衛好啊，就是要前衛到死。

我們還在天馬行空，海闊天空地聊，馬由由的手機就響了。他打開手機接聽，說馬上就下樓。他來了。馬由由說他的哥們到了，他要我幫忙將一個提包拎上。他提一個大皮箱走在前面。

※　※　※

在大堂，我看見他的師兄了，一個叫艾末末的傢伙，精力充沛，眼帶血絲，大概經常熬夜的緣故，但人氣質斯文。馬由由提過你呢。艾末末聽了馬由由的介紹，他是這麼跟我打招呼的，人也很熱情，握手的力量也很大。

馬由由去前臺辦完退房手續，然後我們上了艾末末的車子，去他的屋子，然後是一陣亂忙，將馬由由帶來的行李丟到適當的角落。

喝酒吧。這是馬由由安頓下來後的第一句話，他說他是餓壞了。艾末末也說，他也沒吃飯呢。於是他帶我們找吃的。這樣我們就趕到樓下，一家東北菜館，翻著菜單啪啪點了不少的菜。

馬由由很能吃，也很能喝，風捲殘雲的氣勢。他幾天沒好酒好肉了。他說他都快成沙丁魚了。他一喝多，就罵長途車糟蹋了他的胃。

艾末末只吃不喝，一滴酒也不沾。你都快成娘們了！馬由由是這樣糗他的。艾末末不惱，說工作期間，他絕對不喝酒的。他慢慢地吃，顯得有條不紊。

我想他工作大概也這樣。也只有這樣的人，才有做老闆的資質，他的手藝才會有口碑。我在心裡，迅速地將他們兩人做了個比較。

馬由由還在吃，我也還在吃。只有艾末末走了。他的手機響了，他說是個香港的客人。他說要先走，留我們繼續吃。馬由由喊起來，說剛喝到正高興呢。

艾末末說，說人家過來，不容易，香港人很守時的。臨走，他留了名片給我和馬由由，要我有空過來玩。然後他搭著車子，一溜煙走了，有點急匆匆的。

馬由由嘟囔說，急什麼啊，還沒吃飽呢。他吃了很多，他說他要補回來。他站起來上洗手間，我看見他的肚子，明顯地鼓凸起來，咄咄逼人，氣勢洶洶。我說你快將自己弄成前衛藝術品了。馬由由撫摩一下肚子，哈哈笑起來，說皮囊一吹就大的。

就是要前衛，我要前衛到死！馬由由搖頭晃腦，說過一陣子，來看他的作品吧。他從洗手間回來，又端起酒杯喝起來。我擔心他會撐死在這裡的。但他沒有，只是上洗手間的次數多點而已，看來人的潛力真的是無窮的。

他直到返回樓上的房間，他也在叫喊要一直前衛下去。我想走，他攔住我，說急什麼，再聊聊。他讓我坐下，聽聽他說自己的前衛藝術之路。

我想也好，就聽吧，坐在沙發上，我聽他嘮叨，將自己的從藝之路回憶了一次。可是，他喊著喊著，慢慢就沉到夢鄉裡去前衛了。

※　※　※

我坐了一會，看他睡得那麼沉，鼾聲震天。我實在受不了，就起身離開。下樓後，我又遊蕩在街上，我想像著睡死在床上的馬由由，他四肢攤開，鼾聲雷動，我看見他的穿出來的鼻毛，也被吹得一動一動的，一副很前衛的睡姿。艾末末呢，肯定正做得專心致志。

我走啊走啊，我發現自己又轉回到了那家黛安芬專賣店了。這時我的手機響了。

你在哪？朱顏問得很輕柔，我都快聽不見了，我的四周都是嘈雜的聲音。

我說在東門。我看看四周，還抬頭看，說了我的方位，還說了一幢代表性建築物的名稱。

在幹嘛？她是這樣問我的。

遇見朋友了。我簡單說了剛才的遭遇，說了艾末末，說了馬由由的醉態。

想看電影嗎？她問了句。

我邊和她說話，正在經過電影院。我看到廣告了，知道影院在放映《紅櫻桃》。巨幅的廣告，十分醒目刺激，我看見一個女孩站得高高的，正背對我，我看見她的背上，是一幅紋身。女孩光潔圓潤的背部，刺了一隻鷹，一隻德國的鷹。我都眼熱起來。我又想到玫瑰花開的朱顏了。我的心跳漸漸地加快了。

我說今天晚上放的是《紅櫻桃》，我看見一隻德國的鷹，張開翅膀的鷹，在抓抱住一個中國的女孩。我說，女孩站得高高的，正背對我，我看見她的背上，是一幅紋身。女孩光潔圓潤的背部，刺了一隻鷹，一隻德國的鷹。當然，我還看見有個納粹軍官，是後背，肩章、領章刺眼。我嘮叨地說著我的觀感。

我看過的！朱顏有點激動起來。

真可惜，妳看過了。我有點失望。

只看過報紙介紹。朱顏趕緊申明，說她只看到過內容簡介，沒有看過電影。她說一直有留意這電影的消息，從開拍到電影殺青。我看一眼那個廣告畫。我說，今天是首映。朱顏立刻興奮起來，說她也是剛看到報紙。她說她下班就趕過來，她讓我耐心等待她的到來。

※　　※　　※

我有點累的，真的走累了，身上也在冒汗，還散發出酒氣，我一停下來，就會嗅到濃重的汗味。我站著想了想，在街邊的長椅子坐下來。

我看街上匆匆走過的行人，我剛才也像他們一樣，也被坐在椅子上休憩的人觀察，現在這個觀察的人是我了。我還去路邊的小店，買了一根雪糕，撕下一半包裝，然後坐下來吃，不時抬頭看一眼，那個巨幅廣告畫。光潔的女孩的後背，被一隻張開翅膀的德國鷹緊緊擁抱，一個納粹軍官的後背，刺眼的肩章，領章。

我坐在長椅上，腦袋有點眩暈，心在突突地跳。我好久沒這樣了，坐在深圳的街頭，一個人，在等另一個人的到來。

要是以前，有人問我會不會這樣做，我會笑他很傻的，而要我設想這樣的情景，我會發笑的。不過，現在，是真的，我就一個人，坐在街頭邊，人來人往的街頭，在等待黃昏的來臨，等待朱顏款款而來。

第 12 章　王悅現身

王悅是閃出來的，她從樹蔭下一閃而出，很有出其不意的意味。她突然堵住我的去路，一個大活人，站到我的前面，這嚇了我一跳。我趕緊收住腳步，以免撞上去，我在驚愕當中，還以為遇見搶劫的歹徒。

妳想幹嘛？我驚叫一聲，我這麼喊了，已經有點憤怒了。

王悅笑著看我，一臉的嫵媚，似乎很欣賞這意外的效果。她的手指纏絞著玩，又似乎有點不好意思。

她說她來拿戶籍謄本。

我說，妳就不能先打個電話嗎？我慶幸朱顏不在，否則這會壞了我的心情。

我正好路過。王悅一副好無辜的樣子，她總是這樣，道理她都占了，還總能博取別人的同情，就像她和人家說起我們的事情，好像都是我的錯。

我的表現總似乎顯得很強悍，以至於讓人覺得是我的錯，這我活該，人們總是同情弱者的，我說的弱者，是外表的弱者，這世界總是這樣，聰明的人永遠也鬥不過精明的人。

這是規律，鐵的事實，這是經過實行檢驗過的真理。就像此時，王悅又在做這樣的實驗，結果就是，王悅的理由是充分的，我似乎不該那樣要求人家。她要的東西，不找我，能找誰呢？

對她的做法，我為什麼會耿耿於懷呢？因為換了我是戶主的話，我一定不會去找她的，我寧願直接找派出所去補辦，就說我丟失了，也不願意去找她的。我雖然不喜歡和警察打交道，但相比之下，我更不願意與她打交道，不願意與傷痛打交道。我這麼想，當然就會有怒火出來了。

但此時，我有點結巴，我說話結巴起來。那好，我給妳。我說了，但腳步沒挪動。

王悅推了推我，說，你走呀！

我不想她再進我的家門，我和她沒有了關係。但她又催促我快走。我猶豫幾秒，才挪動腳步，在前面帶路。其實她不用我帶路，她以前和我一樣，天天走在這條路上，一上一下，一來一去，和我一樣熟悉，即使現在，她也一樣熟悉，她甚至偶爾加快腳步，走到我的前面，為我帶路。我甚至看出，她的腳步還有點雀躍。我有這麼個感覺，不知道自己是否哪裡出了問題。

我理解她急迫的心情，但我的腳步煩亂，失去了常態，路是平坦的，但我走得有點飄，這不是一種醉態，是一種病態的踉蹌。這和我以往回家的感覺一樣，我一想到她在家裡，我的腳步就走成這樣。這狀態一直持續到我們關係的結束。現在，時光又好像倒退到從前。

上到我住的樓層，我有點氣喘吁吁的。她也有點氣喘吁吁的。我喘定氣，才伸手到我的褲子口袋。我有點慌亂，手似乎沒力。我沒有摸到想要的東西，我摸到面紙，摸到手機，還摸到了一顆糖，就是沒有摸到鑰匙。

我，我。我說話結巴，我也臉紅起來。

我說我找不到鑰匙。

我沒有說謊，我是沒有找到鑰匙，我想我可能漏在我媽那了。但我還是臉紅，自己都以為自己說謊了，我一直自認是個誠實的人，就怕別人說我說謊，再加上我嗅到她身上的香水味，一絲熟悉的味道將我纏繞起來，讓我更加慌亂。

我來吧！她說。

王悅笑了一下，她總是這樣，臨危不亂。她伸出她的手，一雙纖纖小手，從手袋裡掏出一把鑰匙，閃到我前面，動作熟練地往鎖孔一捅，門就打開了！這情形我根本不會想到的。

門打開了，我卻呆住了。我沒想到會出現這樣的情形，這有點戲劇性啊，我有點猝不及防，我們分開後，我都沒換過鎖呢。此前我沒想到這點，現在，我想起來了。

今天這情形，我可是做夢也沒想到是這樣的。我在害怕起來，我想，要是我和朱顏，在這房間裡做點什麼，她突然闖進來的話，會是個怎麼樣的場面呢？這我以前沒想過，現在一想，冷汗都出來了。

我說，妳，妳，妳。我有點語無倫次，說話還是慌亂。

我覺得會用得上的！

王悅她說得很淡，她說她還保留原來的鑰匙。她說也可以做個紀念。我不知道她所說的紀念是什麼意思。她是要隨時進入記憶中的那扇門嗎？還是進入現實中的門？是對我們的過往感興趣呢，還是對我的現在感興趣？

她說得輕描淡寫，就像她對待許多事情那樣，這是她過人之處，我以前已經領教過了，今天只不過又再領教一次而已。她不點明自己的話意，只讓別人猜測，這樣她的話的含義就多，靈活度也就大，她可以騰移的空間也就大了。這是她的高明之處。

王悅沒管我，徑直就進房。我沒再說話，是跟了王悅進來的。我跟在她的後面。我的目光落在她的高跟鞋，我看見她的腳踝，很白，也很瘦，很有骨感，就是說，性感吧，往上去，就是她的小腿。我的心猛地跳起來，就像我初次遇見她一樣。

妳不用脫鞋。我這樣說。

其實王悅也沒有脫鞋的想法。她就這麼走進來。然後站在客廳中央，亭亭玉立的樣子，環顧四周。

有點亂呢。她說了句，似乎對我說，也似乎只是自言自語。

我沉默，不說話。也不知道說什麼好。

有女朋友了嗎？她突然問了句，語氣平靜，還略帶關心。

我的心還在跳，慌亂地跳，我也搞不懂幹嘛跳。她是我的前妻，一個熟悉又陌生的女人。她就站在我的面前，站在她曾經的家裡，四處環顧，目光放肆，身體釋放出陣陣熟悉陌生的香水味和體味。

我說那是我的事！我回擊她，我對這挑釁有點忍無可忍，我認為她管得太寬了。

關心你嘛。她幽幽地說。

我嗅到她身上的香水味了，還有體味，那是我曾經熟悉的。

我渴了。王悅幽怨地說了句，有點責怪我的意思，認為我對她不熱情。我幹嘛要對她熱情呢。我對她這麼樣的想法，也感到奇怪，她幹嘛認為我一定會對她熱情呢。看來，我們還真的是兩類不同的人，無法溝通的。

※　　　※　　　※

王悅走到沙發前，將手上的手袋擱在沙發上。楊羽愣了愣，才哦了聲，趕緊去替她倒了一杯水。王悅接過就喝了，然後在沙發上坐下，放眼看過來。楊羽也走過去，坐在沙發上，和王悅隔開一個座位。他有點靦腆，垂下頭去看腳上的拖鞋。

有點熱呢。

他聽見王悅這麼輕輕地說了句。他也沒在意，他還在看他的拖鞋。

我拿戶籍謄本給妳吧。楊羽也輕輕說了句，然後想站起來去書房。

他一抬頭，就呆住了。

王悅正在脫她的外套，是白紗外套，鏤空的，她裡面只穿了一件小背心，緊緊地貼在上身上，飽滿而肉感。楊羽懵了一樣，一股熱氣從他的眼前升起來，他呆呆地望著她，看著她白色的胸部。

楊羽吞了一下口水，說，我幫妳、幫妳開風扇吧。他這樣說，但屁股還釘在沙發上。

他看見王悅穿了一件黑色的背心，絲綢的，柔軟貼服。

她說，不用了。

她將腳交叉翹起來，是右腿疊加在左腿上，還劃出優美的弧線，就像莎朗．史東一樣，女人本能的一種坐姿。

※ ※ ※

楊羽是看過的，看過王悅這樣的坐姿，也看過莎朗．史東的坐姿，是和王悅一起看過的，在幾年前，在家裡看的DVD《第六感追緝令》。當時王悅還誇耀說，她的動作比莎朗．史東還誘人。當時，王悅也穿了一件絲綢睡衣，下擺到大腿的那種。

她要楊羽端一張椅子，坐到她的對面，她還是坐在沙發上，她問他，準備好了嗎？當楊羽說準備好了之後，她朝他笑了一下，將雙腳交疊在一起，然後，慢慢打開，向兩邊分開，移動，身體後移，雙腿舉起來。

楊羽看到了，她身上的睡衣，在一寸一寸滑開，白色豐腴的身體，也一寸一寸地展露出來，黑色神祕之處，向他展露出來……

王悅照電影那樣做了，但比莎朗．史東還誘人，搞得楊羽當時心跳加快，整個身體都動盪起來，心神也動盪起來，最後就在沙發上和她做上了。現在，她又在重複過去，重複過去的某個動作，陌生而熟悉，頗能打動人。

你想，一個女人向你打開她自己，就是想你進入，或許進入她的身體，或者進入她的心，總之，就是想，就是渴望。

而一個男人，幾乎是無法抵抗這樣的女人的進攻的，特別是這個女人是性感的，是進攻型的，是充滿了熱情和誘惑的。說實話，楊羽就是這樣的一個男人，總是難過美人關，總是貪戀一時的歡悅而搞得自己狼狽不堪。

※　　　※　　　※

現在，楊羽也熱了，他記起了那個夏天，那個看《第六感追緝令》的夏夜。他心是熱的，但身體沒動，也不敢動，因為他不知道下面等待他的是什麼。所以他不敢輕舉妄動。他就那麼呆呆地坐了。

王悅的身體動了，她站了起來，走到楊羽的面前。她的手伸過來，白白嫩嫩的。楊羽感到王悅的手，在撫摩他的頭髮，然後滑到他的臉頰去，他還聽見她輕輕的嘆息。

他不知道她幹嘛要嘆氣。他還低頭看著地面，看見她的腳踝，她的小腿，她的高跟涼鞋，當然還有他自己的拖鞋。他感到溫度在不斷上升，燃燒起來。

楊羽和王悅，成了兩隻憤怒的小獸，滾到了地上。滾到地毯上。他不知道她是怎麼想的，也不想去管她怎麼想，事實上他也管不了，也無法想通她的想法，她一直就讓他看不透。她也不去管他的想法，她知道他怎麼想的，她有這種自信。

但他和她都沒說話，就是動作，從這裡滾到那裡，又從那裡滾到這裡。他和她對對方都有氣，都想將身體裡的氣發洩出來。他和她都在找路，最後，他們都找到了，將滿腔複雜的情感，一鼓作氣地發洩出來。

末了，兩個人都大汗淋漓，筋疲力盡，躺在地毯上呼呼地喘氣。

※　　　　※　　　　※

過了一會，王悅去洗澡了。我也想跟進去。但她將門反鎖了。

我走回來，頹然倒下，躺在地毯上，看著天花板發呆，想剛才發生的一切，恍惚是夢裡的事情。怎麼會發生的呢？怎麼能發生的呢？太不爭氣了吧？其實，又怎麼能用爭氣來解釋呢？

我一邊胡思亂想，一邊聽見浴室嘩嘩的水聲，我閉上眼睛也聽得見。我想像王悅的身體在扭動，在水中扭動，她的手和腳，沾了水和泡沫的，劃出許多性感的動作。我展開無窮的想像，沉醉在一片虛無裡。

※　　　　※　　　　※

你去洗洗吧！

我聽見王悅在喊我，她的聲音就在我的頭頂。還有一顆顆的水珠，打在我的身上，臉上，冰冷的感覺。我一驚就醒了，馬上睜開眼睛，我看見王悅正在看著我，從上面俯視我，她正梳理頭髮，水珠還滴在我的臉上。

我感到了一種冷涼。我坐起來，有點慌神，我沒有穿褲子，還是一絲不掛，就像我剛出生的樣子。我突然有點尷尬，以前面對她，我不會的，但現在我有點不好意思。我臉燒得眼都模糊了，我馬上就躲進浴室去。

在浴室裡，我開了花灑，在涼冷的水流中，我一邊責怪自己，一邊嘗試整理自己的思緒，尋找今天出問題的原因。但我還是沒找到答案。

我出來後，就看見王悅已經將衣裙穿上了，還將風扇打開了。風將她的頭髮和裙子掀動，特別是裙擺，大幅度擺動，就像在向我招手。但她不說話，就坐那裡。我想她是有點累了，臉色紅潤滿足。我也有點累。我也在沙發坐了一會，就說，我去拿給妳吧。我記起了該做的事情了。

我進去了書房。但我沒拿到什麼出來。我呆呆地站在門口，大汗淋漓地站在那裡，沒找到要找的東西，一急就白洗澡了。我站在門口，都不會說話了。

東西呢？王悅是這樣問我的。

我說我丟了。

我現在記起來了。我說的是實話，確實是丟了，我記起來了。當初我託朱顏幫我辦理戶口遷移，就將戶籍謄本交給她，沒過多久，她就幫我辦妥了。朱顏幫我辦好後，我就將舊的撕了丟了，就丟在馬路上的某個垃圾桶裡。

我記得，那個舊的戶籍謄本上，有我和王悅的名字，但我的名字上，註明我已遷走。我幹嘛丟了它呢？我心裡有氣啊，那一刻，我沒做成大氣的人高尚的人，只是個俗人而已，我一氣就將戶籍謄本撕了，然後丟進垃圾桶裡，我的名字已經搬走了，搬到另一本新的戶籍謄本上去安居了。舊的戶籍謄本還有什麼用呢？我實在想不到有什麼理由還需要保留它。

我說我弄丟了。我是這樣說的，結巴著對王悅說的。

她走過來，認真地看了我一眼，說，你以前不是這樣的！

我以前是怎麼樣的？我不了解從前的自己，我只得問她了。

以前的你，多老實啊！

王悅是這樣評價我的從前。她喜歡從前的我，我們剛好的時候。她回憶最多的，就是我的從前。她總是對人說，從前的我多可愛啊。她說我後來慢慢就變了。她總是希望我不變的，照樣做好飯等她回來吃，照樣等她飯局回來才睡覺。她常常丟我一個人孤零零枯坐在房間裡等她回來。她的解釋是，公司有應酬，沒辦法的。

王悅揮手給了我一記耳光，為了我的變化，這耳光打得很響亮，我的臉也燒起了火，我都驚呆了。這發生的一切出乎我的意料之外。絕對沒想到她會這樣，在我們沒有了關係之後，她居然對我動手了。而且，她那麼嫩的手，那麼白的手，打起人來，竟然那麼有力量，那麼乾脆俐落。

這讓我在憤怒的同時，不禁有點讚嘆起來。我現在老告誡自己，要學會看別人的優點。要是以前，我肯定會像一塊被撞的火石，撞出火花，激出滿腔的怒火，然後又是一頓暴打。但我這會沒有，我還記得自己的誓言，我還想挽救自己。我克制住自己的衝動。

我說我不是故意的。妳可以補辦的。我小聲說。

但王悅已經拎起她的手袋了。她走得有點急，很快就到了門外，高跟鞋憤怒地敲打地面。我還想追出去，我想攔住她，再做個解釋，我說，妳聽我說啊。

但王悅不聽我說，直往門口去。我跟過去。快到門口了。她站住了，我以為她肯聽我解釋了。我鬆了一口氣，想等她回轉身時，解釋事情的前因後果給她聽。但我等來的，是王悅猛回頭瞪了我一眼。

奇怪，這一眼，讓我的身體就被彈了回來，站在原地不能動彈。她的目光是狠狠的，我想到剛才和她翻滾時，她狼一樣的眼睛。

她大罵道，你是王八蛋！

第 13 章　朱顏的生日

朱顏問我，送什麼給她。她說她要過生日了。

我說，送花吧。

朱顏說，沒點新意啊。

我想了，用力想了。我不是個浪漫的人，從來沒有過類似的舉動，所以我得想想，但結果我是想歸想，卻實在是想不出新花樣。我說送玫瑰吧！最後，我想這樣省事，我在電影或電視和書裡，看到過類似的場景。聽我這麼說，朱顏就笑了，說她已經有了。我記得了，是的，她已經有了，她身上已經有了，當然，她也是玫瑰，我看見的玫瑰都比不上她。

我說我送我吧。我說這話有點耍賴，但也挑不出毛病。

去「零點」見吧。朱顏說要去「零點」咖啡館，她對那家咖啡館情有獨鍾。我們每次聚會，如果是她提議，她總是直指這家咖啡館。她喜歡那暗淡的燈光。按她的說法，就是坐在裡面，有暗流湧動的感覺。

※　　※　　※

我早早就去了，還是在那裡等她，就守在那棵芒果樹下等她，我喜歡看她款款走來。這次也一樣，在她到來之前，我會觀察遠近走過的行人，他或她的腳步，能帶走我許多思緒。當然，我更喜歡看見朱顏走過來的樣子。

我在等待中看了無數人走過後，我終於看見朱顏遠遠走來了。她走過來，紅光滿面的，喜氣洋洋，腳步輕快。

我低頭走著，聽她喳喳地說話，在我的身邊。我總是這樣，聽她喳喳地說話，朱顏比我小五歲，她的話比我多，我也好像許多年前養成了這樣的習慣。不過，那時是聽另一個人說話。這習慣今天也一直保持著，直到我們走到咖啡館，一起坐下來。

※　　　　※　　　　※

楊羽和朱顏面對面坐，就看見了彼此的正面。朱顏喊起來，大驚小怪的，她喊，你幹嘛了？她的頭湊過來，還伸過手來，伸過來，就扳了楊羽的臉查看，還轉過來，轉過去，看看左臉，又看看右邊，她在做對比，這讓楊羽很不好意思。

腫了，左邊腫了！朱顏幽幽地說出她查看的結果。

楊羽說他睡昏了，早起撞門了，就是浴室的門。楊羽在慌亂中做解釋。

你惹誰了？朱顏說楊羽撒謊也不看對象，她說她是警察。

楊羽就笑了，說，就一個交警，還是不出更的交警。

這話將朱顏也逗笑了，她說，看來，那個人啊，那他或她，肯定是個好萊塢的明星。楊羽說他不懂她的意思。朱顏就笑，噗哧一聲，說，要不，你願意給人家留手印？

楊羽也笑了，只是有點尷尬，他的臉可不是好萊塢的星光大道。那的地上，留下了千百個明星的腳印，手印，集萬千榮耀一身，供人膜拜。可他的臉上，卻不願意成為那樣的地方。

※　　　　※　　　　※

朱顏叫了酒，還和我碰杯。她說了很多話，她說得口都乾了，要靠酒來止渴。她說過了，又倒酒，說口渴啊。我也倒酒，但我很少說話，口不渴，但我喜歡這種情調，聽或說，然後喝。

再說，我的牙齒痛，是真的痛，我扳過了，它鬆了，我擔心它會掉下來。我吃飯臉頰就痛，但喝酒我不痛，所以我喜歡喝酒，和朱顏碰杯。

朱顏問我，她漂亮嗎？她端了一酒杯看著我。

我說她真的漂亮。喝酒後，她的肌膚紅了，更是白裡透紅。我說我都看見紅酒在裡面流動了。暗流湧動呢。我心動了一下。

連我爸都暗戀我呢。她幽幽地說了句。似乎不在意，似乎失言說出的，帶了憂傷眷念。

朱顏說她爸爸都捨不得放她走。她說他是個懦弱的人，至少是性格方面，外表不這樣，總是顯得很儒雅。她說他自小就打她，特別是看見她和男同學在一起，就打她，他說他捨不得她離開，嫉妒別的男人和她在一起，他說他知道她遲早都會離開他的，會跟某個男人走，離開他的，所以他總是打她。她說她以前很少穿短袖衣服的。朱顏喃喃地訴說從前的舊事。

妳喝醉了。我是這樣說她的。

她說話顛三倒四，但她還是堅持和我碰杯。朱顏說她爸打她之前，都喝酒，說喝酒就有膽量了，就能忘記自己是誰，因為清醒的時候，他知道父親打女兒是不對的，喝醉了就可以收放自如，就可以當自己是另一個人，將女兒當是另一個人，他就可以放心地打了，他是一邊用力打，一邊用力哭；她也一邊哭，一邊找地方躲，最後都不躲了，任他打。

朱顏說她爸打她之後，酒醒後又追悔莫及，會拿藥油幫她擦上。她說擦藥油的時候，她更痛，更難受。他的手沾了藥油，在她的傷處滑過，她都會痛得喊起來，跳起來。一次又一次，她跳起來。

後來她慢慢大了，身體鼓凸起來，豐潤起來，他也就不好擦了。他不擦了，打完就痛哭，找一個地方痛哭。朱顏說，你不知道，一個男人的痛哭聲，是有點讓人驚心動魄的。

我對疼痛感都有種痴迷了！

朱顏望著我，幽怨地說，他下手真狠啊，我的身上到處都是他下手的印痕。朱顏的眼睛裡有東西在閃。但我看不清楚，朱顏已經有點醉眼朦朧了。

你幹嘛不吃？朱顏停住了傾訴，她發現我突然停止進食，就專注地看著我的眼睛。

我說，有點痛。

痛？朱顏下意識地摸了摸她的手臂。

我看見她左手腕上的那朵玫瑰。我用手托了一下臉頰，說是的，一嚼就痛。朱顏沒說話，就將米飯扒拉進嘴巴裡。我看見她的腮幫在蠕動，一種母性的光輝也在她的臉上蕩漾開來。奇怪，我從王悅身上，似乎從沒感受過。她給我的，更多是在情慾方面。

後來，她伸手將我拉了過去，將我從她對面的座位，拉到了她那邊的座位，和她並排坐在一起。她將我的頭也拉過去，然後吻住我。她的嘴巴就吻住我的嘴巴。我感受到她的舌頭，靈活的舌頭將她嚼碎的米飯送到我的口裡。

我好像回到了從前，小時候我媽也這樣撫育過她的子女，沒有米糊的時候，她就這樣餵她的小孩。我這樣想，馬上就有種不好意思的幸福感。現在我也喜歡這暗淡的燈光，溫暖而朦朧，可以讓人放鬆地打開自己，丟棄掉防備，回歸到從前的某種情景。

朱顏的舌尖靈動，像搖動的火苗，溫潤、熱烈、柔軟，還和米糊的甜味攪和在一起。

等這結束後，我笑了，說妳哪裡學來的？

朱顏也笑了，說是本能啊。

下次我替妳嚼吧。我一邊嚼一邊回味。

朱顏說好啊，我爸也這麼給我嚼過啊。她又說起她的父親，說起她的父親，她的眼睛就有東西在閃過，視線也變得迷亂起來。

朱顏說，她爸是死於一場車禍的，那年她才十八歲。之後她就來了深圳。她說起剛來深圳時的寂寞孤獨生活，她就哭起來。說起往事，她不能自制，倒在我的懷抱裡，抱了我的肩膀抽泣。就像一隻軟軟團起身子的貓。

她說自己常常懷念爸爸，即使他常常揍她，但她還是情不自禁地想他。難受的時候，她甚至用針刺自己的手指，那種似曾相識的疼痛，重新刺激她的神經，讓她在疼痛產生的眩暈裡，恍惚見到爸爸朝她走過來。

我總是沉溺其中！她說。

※　※　※

我們離開時，朱顏走得腳步踉蹌，她是一步一飄地走出咖啡館的。我想到一個人，一個名叫楊貴妃的女人，我想她醉酒後的步伐，大概也是這樣的迷人吧。而我是她纏繞的一根移動的樹枝。我扶了朱顏走，我也有點飄，但我喜歡啊。

我說，我們飄回去吧？

朱顏說，好啊。

她一邊說好啊，一邊繼續飄移。我想風就是這樣走路的。我們希望將這樣的時間延長點，我們就沒搭車，就沿街道的人行道，慢慢地飄過去。

朱顏說這個晚上真是美好，她從來沒說過這麼多話。

我說妳說過，就像隻小鳥，唧唧喳喳的。

朱顏抬起醉眼看我，說，是嗎？

她嘻嘻的笑聲，在夜晚的空氣中漂浮，就像那些夜晚的風一樣。我是清醒，有點擔心，要是熟人遇見的話，會怎麼想呢？我的熟人怎麼想？她的熟人怎麼想呢？我小聲問她，怕不怕影響人民保母的形象？朱顏摟住我，捧住我的臉認真看了，笑嘻嘻說，我沒值班啊，我也有醉酒的權利吧？

※　　　※　　　※

楊羽問道，去哪呢？

是呀，去哪？朱顏問。

這是個他們共同面臨的問題。需要立刻解決。最後他們用猜拳的方式來解決。楊羽是布，朱顏是剪刀。她說去你那裡吧。他們就去了楊羽那裡。他在前面帶路，她還在漂移，他要不時將她拉到正確的道路上來。

朱顏顯得興奮，她還沒去過他的窩呢。他以前說過，他不想她遇見王悅，造成不愉快。現在他不怕了，他走在回家的路上。那個家是他一個人的。他有權自己進去，也有權讓別人進來。他有完全的主宰權了。

朱顏隨楊羽進屋了。進屋後朱顏就四處望，她想找出點什麼來，從這個陌生的地方找點東西出來。她那當警察的職業習慣，又在發揮作用了，又在身體裡甦醒了。

她說，她也替你餵飯嗎？她是坐在沙發上問他的。眼神是迷離的。

從不。楊羽說得簡潔。

他說，幫妳倒杯水吧。他去幫她倒水了。

朱顏說她不想喝水，她想做愛！她說得直接了當。

楊羽笑了，說妳都快動彈不了啦。

朱顏說，我的心在想啊。她嘻嘻地笑。

※　　　　※　　　　※

你要我吧！

朱顏伸出手，向我伸出雙手。我看見她的手腕那朵玫瑰，又出現了，開放了，也向我伸出花瓣，要擁抱我。我走過去，也伸手抱住她。她的身體熱乎乎的，柔軟有力；我的也熱乎乎的。我還真想要了。我是在她的耳邊說這樣的話。

那就快吧！朱顏也在我的耳邊喃喃說。

我放倒了她，就在沙發上。

我動起來了。朱顏沒有動。她只是攬住了我的身體，我無法進去。我有點著急，也有點無奈。

我說我無法進去！

你打我吧！朱顏的酒也醒了點，也望著我，有點無奈，還有點傷感。

我說，打妳？我有毛病啊我？

朱顏說，是我有毛病！

那就上醫院吧。我是這樣說的，我以為她喝多了。

我只需要心藥啊。朱顏說，你打我，我就 OK 的！

我說我不打人了，我說過的，也發誓過的，我不再打人的。

我有點絕望。我也看見朱顏眼中的絕望。我聞到她身上的酒氣，混雜了她身上的體香，讓人纏綿沉溺的誘惑。但她醒了，清醒過來了，還用手去梳理她的長髮。我又看見她耳朵上的耳環和兩個耳環孔了。白光閃了閃。朱顏推開我，慢慢走到了門口。

妳要幹嘛？我追了過去，我以為她要離開我回去。

你等我，就在房間等。朱顏爬起身來，推開我，腳步踉蹌地打開房門。我想拉她，她將我推回來。這一推，力量巨大，不像個喝醉的人。

她說，你等，等等！

我不知道她想幹嘛，我就坐在沙發上等，還在房間裡走來走去，是在等，心煩意亂地等。我幹嘛就這麼放心她呢？她還是酒醉的人。我這不是有病嗎？但我就是無法控制自己，竟然聽她的話，就待在房間裡。我心急如焚。

過了一會，我突然想到的，她大概是去買藥吧。我這會才這麼猜想的。我想就是這樣，也該我去買啊。但我要如何對人說出口呢？我打開窗子，伸出頭去張望，我沒看見朱顏的身影。我擔心啊，我打開門，就要追下去，我想看看怎麼回事。

朱顏擋住了我，就在我打開門的時候，她擋住了我。她突然的出現，讓我驚喜，讓我緊繃的心放鬆下來。

※　　　　※　　　　※

楊羽一見朱顏，就抱住她，像抱住一件失而復得的寶貝。朱顏有點氣喘吁吁的，呼吸急促起來。被楊羽抱得更緊迫起來。她奮力掙扎，但無法掙脫開來。

抱我過去！

她是這麼說的，就在楊羽的耳朵邊。熱氣呼向了他的臉頰，楊羽一轉身，將門踢上，然後一用力，將朱顏抱起來，抱進臥室。他不想在客廳的地毯上做。他和她去了臥室，連燈也沒來得及打開，他們就倒在床上。

他動起來，她也動起來，這讓他有點驚訝，有點糊塗，但心裡激動，他迅速進去了，他感覺一切都是那麼順利，他就像是潛水艇，不斷地下潛，順利得不可思議，和剛才的情形大相徑庭。一個大海攪動了另一個大海，兩個大海交融在一起，在一起翻騰。

※　　　　※　　　　※

後來，一切都安頓下來了。只聽得見心跳聲。朱顏說，她聽見了，她的頭枕在我的胸口。我打開燈，張開雙手，疲倦地包裹朱顏，然後又慢慢在她的身體上滑動。朱顏哼了哼，抽搐起來。

我坐起身體，一看就驚叫起來，我看見了她身上的傷痕，她的身上都有傷痕。我用手去碰了碰。她就馬上抽搐起來。身體一收一縮的。怎麼會這樣的？我的心情一下子複雜起來。

痛啊。朱顏是這麼哼出了聲的。

我問，妳剛才幹嘛去了？我追問她，這是誰做的。

我摔跤了，從樓梯摔下去。朱顏喃喃地說，你不想打人就不打唄，總有辦法解決的。她依偎在我的懷裡，像一隻受傷的小獸一樣。

我撫摩她身上的傷痕，嗚嗚地哭起來，就像小時候那樣，放肆地痛哭，我的身體都動了起來，甚至我感到床，我睡的床，還有屋子，這個夜晚，都搖動起來。朱顏抱住我，說哭什麼呀，好好的呢。她說她樂意的。

第14章　出事了

又有人找我了。我沒想到是他！馬管區又找我了，他將門鈴按得亂叫。

有事嗎？我打開門問他，隔著防盜門。

馬管區似笑非笑，說，找你聊天啊，他說話的鼻音很重，這讓我覺得他陰陽怪氣的。

我還在睡覺呢。我是這樣回答他的，我覺得我們沒什麼好聊的，沒有共同話題嘛，俗話說得好，話不投機半句多。自從上次他來過後，我就沒再見他，也不想再見到他。沒想到現在他又出現了。我想將他打發走，可是馬管區卻不走。

他說，就當家訪吧，他說得有理有據的。再說了，這也是他的日常工作之一。

我猶豫片刻，想想，只得將門打開，讓他進來。

他沒急著進來，也是猶豫片刻，才跨進來的。他進來就皺眉，還吸鼻子，像一隻獵犬，四處看。他這如臨大敵的樣子很搞笑。我想笑，想想還是算了，忍住了，省得招惹意料之外的麻煩。

但我說，沒製毒。我還是那樣損他。

哦，感冒了，難受，還大熱天的呢。馬管區趕忙解釋，還用力吸鼻子，可能還是不夠氣，又猛地吸幾下。我注意到他臉色有點憔悴。

我哦了聲，也不知道該說什麼，就站那看他。

馬管區說，坐，坐啊，你站著幹嘛？

他一來我家，就像到了自己家一樣自如，他點一支菸，還叫我拿菸灰缸給他，就像上次來我這一樣。這真讓我哭笑不得，對他的自以為是。

我拿了那個菸灰缸給他，隨後坐到沙發上。我不看他，不斷地望天花板，不斷地打哈欠，還用指甲去挑眼屎，我挑了，放在眼前看，然後彈出去，我還挖挖鼻孔，我感到裡面很癢。

最近忙什麼啊？馬管區終於耐不住了，看著我，開了個話頭。

我說，就是睡覺，要忙也到夢裡忙去。我又打哈欠。

出事了！

馬管區說了三個字，就打住，他喜歡這樣賣關子。他審訊嫌疑犯，大概就這樣發問的，走走停停，讓人心裡打鼓，七上八下，心裡沒底，精神崩潰，然後趕緊坦白交代。我沒犯事，聽了也打鼓呢。這三個字，「出事了」！這可不是好消息。我啊了聲，我只啊了聲，就一個字，然後等待他亮出謎底。

馬管區看著我，問我，你知道嗎？

我知道什麼呢，我什麼也不知道。我趕緊聲明。鬼才知道他說的是什麼事呢。

他笑了笑，說，不問誰出事了？他還是看著我。

那是警察的事。我將這個問題推得遠遠的，總之我沒出事就行了，其他人歸他管的。再說了，如果是我家裡的事，怕我早收到消息了。

與你有關啊。馬管區想誘起我的好奇心，循循誘導我。

我不知道。我說了句。我不上當，堅持置身事外。

是王悅，王悅出事了！馬管區一邊說，一邊很專注地看著我的眼睛。他總希望從別人眼裡看出點什麼異樣來，以證實自己的正確無誤，滿足一下自己的虛榮心。

說實話，他的話的確打動了我，他說的這個人與我無關，是現在與我無關，但與我的過去有關。我們常常被以往的事打動，卻對眼前的事無動於衷。我的心跳了跳，又停住了。但我沒馬上說話。

沒聽說嗎？馬管區還在追問我。

不知道。我說我不知道。

我確實真的不知道。我是真的不知道她出事了，馬管區不說，我就不打算問。我想打個哈欠輕鬆一下，但張了張嘴巴，卻打不出來，只好合上嘴巴，緊張地看著他。

馬管區沒馬上說什麼，他又掏出一支菸點上。像個主管那樣，遇見重要的事情，總是要思考一番，而思考之前，肯定要點上一支香菸抽上。我想，也許他有做領導者的潛力。他猛抽一口，想起什麼，他彈出一支給我示意。我搖頭說我不抽的。我看見他嘴角和鼻子飄出一縷縷的煙霧。

你的臉怎麼了？馬管區轉移了話題，突然關心起我的臉來。

我說撞門上了。

這麼不小心啊？馬管區看著我的眼睛說這話的，語氣裡充滿懷疑。

我說睡昏了，我經常這樣的。

但王悅說了，是「她」打的。馬管區咬住我不放。

是又怎麼樣？我有點火了，這事情我都不追究，他來湊什麼熱鬧。

王悅也被人打了！他慢悠悠地回了我一句。

我愣住了。但沒說話。

馬管區沒理會我的怒氣，淡淡地說起王悅，他說王悅昨天晚上被人打了。她在下班的路上被一個男人打了。我腦子裡一下子空白起來。雖然我與她沒關係，但聽到她被打了，我的心還是有點痛的。總之就是不舒服。但馬管區沒有接下去說個滔滔不絕，他打住了，他每到關鍵時候，就打住，這是他說話的策略。

我也沉默一會，將頭轉向電視機，我走過去，將電視打開，聲音就填滿屋子，也填滿我的耳朵，我感到踏實點了。我感覺除了我和馬管區外，這房子裡，還有各式各樣的人。這樣似乎能給我壯膽似的。

馬管區趕緊叫我將音量調小。我拖拉一會，才很不情願地起身，去將電視機的聲音調小點。然後坐回沙發上。心裡很是忐忑。

馬管區又問，有什麼想法？

我問他，什麼意思？

就是你對這件事情的想法啊。他故意將問題模糊化。

哪件？我想劃分清楚。

王悅被打事件。他只好將問題說清楚。

我不想上當，我說才剛聽你說的。我的確是剛聽他說的，所以我照實回答他的問題。我心裡有點亂，也不好說是什麼原因，一大早，我腦子還是一團糨糊，就聽到這樣的事情。其實，我也沒什麼好想的，最恰當的表示，就是表示一下慰問。雖然馬管區不喜歡這答案。

我說，希望她沒事。

你恨王悅嗎？馬管區繼續追問我。

也許吧。過去的話，或者某個時刻，怨恨偶爾是有的，但發作的時間不長，而且是越來越短。我正在努力忘掉她。我自己都拿不定注意呢。我說各人有各人的想法，我也沒什麼好恨的。我說完這話，還真打了個哈欠，鬆一口氣。

不是你做的嗎？馬管區就像突然亮出匕首，突然襲擊，他問了我這麼一句。

我猛地一驚，跳起來，我從沙發上跳起來。我有點憤怒了。我這人還真認真，眼睛裡揉不得沙子的。更何況是被人冤枉呢。這我不能沉默，否則讓他誤解我等於默認了。

我喊了，我說，你別冤枉人！

不是就好嘛。馬管區又馬上按住問題，就像將匕首插回刀鞘。你幹嘛激動呢。他末尾還來了一句，還笑咪咪的看著我。他這樣的人，即使是個混蛋，你還真拿他沒辦法。我們生活中有許多這樣的人，因為身分的問題，他們總以真理在握的姿態出現，讓你就這麼活活憋死。

換了你，你也一樣激動！我站起來，氣呼呼地喊道。之後，我走到牆角，幫自己倒了杯水喝。你還有問題嗎？我走回來，站在窗前張望，背對他問他話。

他說，我還得去其他人家裡走走。

馬管區站起身來打哈哈，他說話的鼻音很重。我沒理他，他想走，我還巴不得呢，我不會留他的。

我馬上說，那走好！

我是這樣送他的，我跟在他的後面，就像在後面堵他一樣，我不希望他再倒回來。我希望他一直往前走，不回頭，直接走到門外去。他似乎也是這樣的。就這麼一直走到門外去。

馬管區一出門，我就關上門，用力還不敢很大，我努力控制住力量，恰到好處，關門的聲音不大不小，要顯出我沒有故意逐客。一關上我就心跳加速。我沒做虧心事，但還是心亂如麻。

有許多事情，你從沒想過會發生在你身上，但就是被你撞上了。我怕這樣的遭遇。緩過氣後，我站回到窗口前，伸出頭去張望。我看到馬管區遠去的背影，心跳慢慢放緩，呼吸也恢復正常。

王悅被人打了？馬管區今天來，就告訴我這個消息。他肯定是想，我被王悅打了，我肯定也找人揍王悅的。這是他的邏輯，一個警察的邏輯。也算是正常的邏輯。但不是我的邏輯。我說過了，也發誓過，我不再打人。那天王悅給我一記耳光，我也沒有還手。

※　　　　※　　　　※

我坐在沙發發呆，之後又想啊想，我覺得只有朱顏有可能。我打了個電話給朱顏。

我說，出事了！

朱顏就緊張起來，問我出什麼事了。

我說我沒出事。

朱顏舒了一口氣，說，那就好，你嚇著我了！

是王悅被人打了！我是這樣跟朱顏說的，說過了我又覺得不妥，這和朱顏有什麼關係呢。

和你有關嗎？朱顏小聲問我。

沒有，我說，這是馬管區說的。

他還說什麼了？朱顏顯得有點著急。

她一急，我就懷疑上了，我心想妳心急什麼，和妳無關妳幹嘛擔心。我是這麼想的。但我沒將這話說出來。真要是她做的，我又能怎麼做呢？我也想不出。但我就是這麼聯想的。

我說，馬管區以為是我做的。我重複了馬管區說的話，重演他來我這裡的活動和對話。

你告訴我這些幹嘛？聽我說完，朱顏突然這樣問了句。

朱顏的話我都不會答了。我告訴朱顏幹嘛呢，是想問問她做沒做那件事嗎？我被自己的問題問住了，也嚇住了。我這樣做，與馬管區的所為又有什麼不一樣呢？

我說我以為。過了一會我才說了這麼一句。我說到這就沒說下去了。

你以為我做的？朱顏緩和口氣問我。

我以為妳知道了。我只好這樣說。我以為轄區的管區也告訴了她。再說吧，朱顏轄區派出所有朋友嘛，也許閒談中會告訴她轄區發生的一些瑣事。我是這麼想的。

沒有人知道我們的關係啊。朱顏笑了一下說。

我想也是，我們是談過王悅的。她聽我說過王悅，說過她的種種行為，也表示過氣憤，但這不構成是她做的證據，她也沒必要啊。再說了，我這樣去想問題，不是自找苦惱嗎？

我說不管她了。我想徹底拋開這件不高興的事。

但朱顏說了句，她說，其實，她是該揍的！

我聽了，竟不反感，但也沒附和她。

第 15 章　關於紋身

這一段時間，我的生活還是那樣，過得顛三倒四的，時間正好的話，就去我媽家吃飯，但話不多說，吃完後稍稍坐會就離開，走得匆匆。對我媽的追問，我總是說，有事要做。至於做什麼，她追問過，但我總是含糊其辭。除了吃喝，就是遊蕩，就是我媽說的，遊手好閒，小時候她就擔心我會成為那樣的人。我沒想到，我真成了這樣的人。

而對我的現狀，我爸就懶得管，同桌吃飯，他還是少話，他照樣喝他的小酒，自得其樂，胃口不錯，他的日子就這麼打發的，平常要不是看電視，或去公園散步，看人家下棋。他的觀點就是，他自己該負的責任完成了，楊羽大了，他有他的活法的。再說了，這時代，還能餓死人嗎？如果真的餓死了，那還真活該！還是我爸厲害，知子莫如父啊。

就我媽瞎操心，她心藏擔心，又不敢惹怒我，只是偶爾嘮叨，就像許多母親一樣。她怕我一生氣，就不去吃她做的飯。我還有朱顏嘛，我有點有恃無恐。我和我媽叫喊過了，我說我就想這麼晃蕩！說得毫不在乎，說得理直氣壯。但話雖然這麼說，但午飯還是去吃老媽的，朱顏中午吃公司餐廳嘛。

一吃午飯，她剛開口嘮叨，我就說，媽，妳多吃點。我的意思是說，她再說，我就沒胃口了。我媽是打住了，但她轉了話題，不再追問我這幾天的行蹤，也不再追問我接下來的打算。她轉而發起了牢騷。

她說，你成皇帝了！

我被她搞笑了，我說，那妳幹嘛還操心呢？

她說，天呀，還真當自己是皇帝了！

我就笑不出了，我媽不是太后，她想的還是口中食。她不怕窮，不怕薪水低，不怕累，她就怕我們沒工作做。這我們沒有共同語言，我用這個來安慰自己。我低頭猛地吃飯，我想用這個行為，表示我對她的手藝的認可。

※　　※　　※

我吃完飯出來，心情一下子輕鬆起來。剛下過一場大雨，有風吹過來，天氣很涼爽，但顯得陰鬱。聽天氣預報，還有幾場陣雨。我往公園裡轉過去。那真的空蕩蕩，所有活動的，好像都被清理掉了。

這會除了風吹荔枝樹的聲音，四周都是安靜的。沒打牌的遛狗的，就剩樹木花草，就剩池塘，對了天，對了天上的烏雲，默默無語。就我走在公園的小路上，轉來轉去，蛇一樣穿行，轉到我的手機響了，我才停住腳步。這不是朱顏的電話。

馬由由問我，在幹嘛呢？

我說，在晃蕩，在公園遊蕩啊。

你過來玩吧。他讓我過去喝酒，他說他也想放鬆一下。

我說，你沒工作要做嗎？

他說，大雨天啊。

我抬頭看了天，烏雲也在遊蕩，悄無聲息的，就像我一樣，漫無目的的，一走過，我的眼前就是一片黑的影子。我吸了吸鼻子，空氣是潮溼的，十分不爽，但好在涼爽。

過來吧！馬由由催促我。

我 —— 我有點猶豫，我說我考慮一下吧。

你坐車上再考慮吧！馬由由說我真囉嗦，像個女人。他說，這可是深圳啊！

那。我在想他的話。

我想朱顏要上班，那我得打發自己的無聊。我轉出公園後，就坐在車上考慮這個問題。馬由由來深圳有一段時間了。自從那次見面後，我們沒再碰過頭。他偶爾打電話給我，而我也間或給他個問候，對彼此的情況都一知半解的。

我一路想像他的生活，我還沒去過他工作的店呢。過去的一段時間，他只在某次電話裡，告訴過我，他現在做的作品，是十足的前衛感。他說許多客人都喜歡他的作品。他讓我去觀摩一下。很有震撼力的啊。他是這麼鼓動我去的。但我一直就沒去過。

我是在東門站下的，被大雨淋了，模樣狼狽，馬由由一見就笑，說，貴人出門，又風又雨的。我趕緊問他，有紙巾嗎？

他說，你的傘呢？他好像有點驚訝。隨手抽了一把擦臉的紙巾給我。

我說我不愛帶傘，帶傘怎麼遊蕩啊。

你前衛！馬由由是這麼打趣我的。

你的前衛作品呢？我擦掉臉上的雨水，一邊問他，一邊環顧四周，想找到讓我驚奇的東西，但我沒有。乍看起來，這是個多麼普通的店啊，我看不出與其他的店有什麼不同。我注意到店裡就他一人。

這是個小店，有點像美容店，也就十幾平方公尺（編按：約四五坪），擺設簡單，有點雜亂，一張美容床，四把椅子，一些看起來像美容、美髮的器具，我不知道那些有什麼用途。

我說，這就前衛了？

馬由由說，不是嗎？

我笑笑，說，就差幾個女孩了，花枝招展那樣的，就成美容店了。

桌上還有一堆相簿，散亂地堆疊著，有的封皮都翻捲了。我走過去，拿起一本，翻開，看見是些紋身作品影集。是有種衝擊，直接進入我的視野，撞擊我的意識。

你坐呀，幹嘛站著？馬由由的聲音在我的身後響起。

我這才意識到，自己是站著，就趕緊拖過一把椅子坐下，繼續欣賞。我慢慢地看，其中有一張，是一個女子的後背，上面細心地紋上一隻蝴蝶。我突然想到朱顏，她身上的玫瑰。後來一想遠，就又跳到電影《紅櫻桃》裡，那個女孩背上的那隻鷹，一隻德國鷹。

這樣想螢幕上的影像，再看眼前的作品，我就有點驚奇，還有點震撼。

哪張是你的？我抬頭問馬由由。

他走過來，他今天穿著很隨意，不是一般專業美容師的穿著打扮，他還穿牛仔褲和 T 恤，上面有斑斑點點。他似乎永遠就這身打扮，好像就只有這套衣服。但穿在他身上，卻又那麼的適合。

他翻到其中的一張，是女人的嘴唇，一張妖豔性感的嘴唇，這不是關鍵，重點在往下移 —— 就紋在乳房上。馬由由端起照片，親吻一下，說他都忍不住了呢。

香港的，第三次到這裡來紋身了。馬由由有點得意洋洋。

我說，那你發達了啊。馬由由就笑了，說起生意經，他說他們主要做香港客人，一來價格理想，二來品味高，好溝通，香港到深圳來紋身的人，每天都要接待很多，多時一個月有三十例呢，有的人的皮膚適合做，有的很麻煩，他們要做許多的測試和解釋。

這些香港人大多晚上來，來之前都會跟他們預約。今天天氣不好，我就清閒些。馬由由顯出輕鬆的樣子。

喝酒吧？馬由由提議，他說他坐不住了。

老艾呢？我問他。

回家了。馬由由說老艾回家處理家事了。

我笑哈哈，說你就可以胡作非為了。

馬由由嘿嘿笑，說放鬆一下嘛。他說他一週工作七天呢。他媽媽的。馬由由是這樣罵他的前衛藝術的。他說他可真是累死了。他問我想吃什麼。他顯得老練，比我還老深圳的樣子。

他邊說，邊找來一塊紙板，寫上「有事外出，請稍等」，然後掛在店門上。後來他想想，又補上他的手機號碼。

他安慰自己說，這雨大，不會有人來的。

然後我們去一家小酒館。馬由由要了酒，要了金威啤酒。他說他每到一個城市，就只喝這個城市產的酒。他說酒就像女人一樣，能使人產生迷醉，喝這個城市產的酒，就會對這個城市迷醉。

馬由由開始說起東門，說起這個我一度很熟悉，現在已經陌生的角落。早前，這地方我經常去，是和朋友去，買點什麼，或者什麼都不買，就是去閒逛，看看人，看看四周的變化。變化太快了。我是這樣感嘆的。

但馬由由說，這樣好啊。他說他喜歡這種變化。他說看著這個城市一天一個樣，總有種莫名的快意和激動。他說他需要熱情。藝術需要熱情，前衛的就更需要。他強調了一下。

花枝招展、水性揚花、瞬息萬變。這是他對這個城市的評價。

馬由由一喝酒，話就多，就信馬由疆，胡說八道。他甚至還將話題轉回大學時光，引得我和他的連連感慨。後來，我聽見手機的鈴響，我就說，你有生意了，我是這樣提醒馬由由的。

我沒聽見啊。馬由由在耍賴。

我說我沒醉呢。

馬由由認真聽了，就拍手掌，笑了說，是你的。

我連忙打開手機，是朱顏的聲音。

幹嘛不接呢？朱顏是這樣責怪我的。

我說以為是馬由由的。

在哪？朱顏問我們在幹嘛。

我還想說，我在喝酒，但我的手機沒電了。借我用用。我伸手要馬由由的手機。你要她也來吧。馬由由一邊說一邊給我手機。

我說我們在喝酒。

馬由由搶過電話說，妳也過來吧。他聽我說過朱顏的，他握住電話嘮叨起來。

丟下電話，我們繼續吃喝。我望出去，又是大雨，下過，又停，然後再下。這樣的天氣讓人憂讓人喜，天氣涼爽，但出行不方便。

朱顏下班過來。馬由由是這麼說的。

我有點不高興，剛和我通話，她都沒跟我說她要過來，過來幹嘛呢。我不喜歡讓她到這裡來，雖然馬由由是我的朋友。但我更願意她與我獨處，我可以放肆，可以隨便，她一來，我就無法放鬆。但我沒說出自己的真實想法。我還是和馬由由繼續喝酒。

有什麼打算？馬由由問我。

我說，在想呢。

沒事就多來轉轉，滿好玩的。馬由由已經亢奮起來，他的話題又轉向與女人有關，他說起自己的一些豔遇，和紋身有關的豔遇。他甚至鼓動我，也來學習紋身，你有美術的功底嘛，他叫我不要遺忘了。他說，滿好玩的。

※　※　※

朱顏過來的時候，我們已經酒醉飯飽，返回紋身店了。

我打著飽嗝，我說我們還飽呢。我意思是說，我們吃過了，她怎麼辦呢。

馬由由說，那就再去喝吧。這是他的解決辦法。

朱顏說她不餓，她說吃了零食。

她對這小店有點好奇。她也不怕生，這可能是警察的職業使然，她到處走走，站了翻看那些工具，還問這問那。馬由由顯得殷勤，邊解說，邊示範操作。

我聽見他手握的器械嗡嗡地鳴叫。他介紹說，槍，這就是紋身槍。他還將自己作品的影集翻出來，指給朱顏看。

多長時間換一次？他注意到朱顏手上的玫瑰。

不定的。朱顏有點不好意思，用手指摸了摸手腕上的玫瑰。

乾脆給妳紋朵真的？馬由由顯出躍躍欲試的樣子。

我只讓我愛的人紋。朱顏是這樣婉拒的。

馬由由顯得怏怏的。我竟然長長地出了一口氣。

朱顏問，痛嗎？

馬由由說像蚊子叮。

哦，我以為很痛呢。朱顏好像有點失望。

也有很痛的。馬由由介紹了一種方法，說是古老的方法，說用針手工紋上去之後，永不褪色的。他說，紐西蘭的毛利人，還有用貝殼來紋身的。

真的嗎？朱顏的話裡有點興奮。

正說，有一個女人進來。馬由由有點驚訝，說，還以為不來了呢。這雨下得大啊。那個女人抖落身上的雨水，在詛咒這大雨天氣，說，想它下卻不下，不想時卻猛下！

我們先走了。我拉了朱顏的手。

馬由由說，那好。他要應付那個女人，人家預約了他的。看來他還是很有職業操守的。

※　　　※　　　※

走出店後，我說去哪呢。天已經黑了，四處都是惶惶然的車子和躲閃的人流。我一下子失去方向。去逛街吧。朱顏說去這的影像店轉轉。我便隨她往步行街的唱片行逛去。

這段時間，我的生活主軸，就是和朱顏談情說愛，一起吃喝，還一起看 DVD。我們常去街上的一家店挑 DVD，那家店就叫聆聽唱片行。我陪在她的身邊。朱顏挑的碟子，總是有點怪的。我不知道是否警察都喜歡看帶點血腥味的電影。

以前我曾經留意到，每當我們要經過那家艾美影視城，朱顏就要稍稍繞點路過去。後來遇見范大軍後，我才悟到點什麼。可奇怪啊，我有很長一段時間，沒看見過范大軍了。但我從不提起這個人，這個敢於打警察的人。我希望他出現過，但又永遠消失了。

是假的嗎？我是這樣問她的，我原來以為她身上的紋身是真的（以前只迷醉，從未觸摸）。

可以亂真吧？朱顏有點狡猾地笑了，她說是貼上去的，還耐水耐汗。

妳喜歡嗎？我追問她。

你幫我紋真的吧！朱顏突然轉移了話題，有點興致勃勃。

我？什麼？我一時沒反應過來，但朱顏沒再說下去。

我們逛了幾個唱片行，也買了一些新出的DVD。出來的時候，又下雨了。我們只好搭車子回去。一路上，朱顏一手抓住裝DVD的袋子，一手緊緊握住我的手。朱顏說她這是第一次進去紋身店呢。我說自己也是的。

一路上，朱顏的話題，大多與那紋身店有關。雖然我對紋身這東西一知半解的，但卻也有種莫名其妙的好奇。

DVD我們回去就放了。看了影片，我說想看看她身上的紋身。朱顏就給我看。雖然有猶豫，她有點擔心不能如願，但還是將自己解放了，將自己的光潔美麗袒露在我的面前，讓我心跳加快，呼吸加速，我陷落進另一個世界裡。

我還用手去撫摩，我撫摩她手上的，然後就往下去，轉移到乳房了，再往下，移向神祕的地帶，我都氣喘吁吁了，但我摸下去，那裡卻是乾燥的，緊閉的門。我簡直都絕望了，就退出來。

朱顏翻身起來，她光了身體，走到牆角，伸手去拿酒瓶。我知道她的用意。我搶過去，將酒瓶奪下。我不想她又喝醉出去，在樓梯間摔得渾身是傷。

我幫你吧。朱顏也絕望了。

她伸出了她的手，就像之前的許多次那樣，向我纏繞過來。我看到了她手腕上的玫瑰怒放。

第16章　懷孕

王悅又從樹蔭下閃出來，她堵住我的去路。我總以為她已經從我的生活中消失了，但她總是出其不意出現，將我平靜的生活攪出漩渦來。我也跳起來，我閃到路邊。

我說，想幹嘛？我們沒關係了！

王悅說她有了。她語調哀怨，她說她有了。

我也沒問她有什麼，我沒興趣，也不在乎，再說，她有什麼，已經與我無關了。

我哼了聲。

她說她真的有了。

我說知道了，妳說過的，不用重複了。我心不在焉，也不想聽她說話。她有點憤怒，譴責我沒用心聽她說話。我想，我幹嘛還要用心聽她說呢？難道我連這點自由都沒有嗎？但我不想再出什麼麻煩。我壓住心裡的氣。我問她，還有事嗎？我的意思是說，沒事我就離開了。

我正手拿一本影集在看，我邊走邊看。我剛從馬由由那回來，我一下車就翻閱其中的照片，都是些有關紋身的作品。我正在研究呢，我不想被打擾，擾了我的興致。

但王悅說，這是我們的孩子！

她提高聲音，也拉長聲調，她想引起我的關注。她也的確成功了，她的話讓我的手不動了，就停在照片裡，停在那個女人肩背的一隻蝴蝶的翅膀上。然後目光也從這跳走，落在王悅的身上。

我說，王悅，妳說夠了嗎？

我懷孕了！懷了你的小孩！王悅喊了起來。

她喊起來就嚇住了我。她說得那麼明白的話，是將我嚇住了，也嚇慌嚇亂了我。

我驚慌地說，妳胡說什麼呀？我還四處張望一下，我怕別人聽見了。

我肚子的孩子是你的！王悅說得很肯定。

我驚慌過後，又覺得這有點搞笑，我說，妳這玩笑開大了。

我沒開玩笑！王悅說她去過醫院了。

此時我還在笑，但王悅不笑。沒聽到她的笑聲，我心裡就發毛了，又重新驚慌起來。

我說這不可能。我拚命抵抗，我說我們早沒關係了。

王悅說，你忘了，我可沒忘，就那天。她幽怨地提到那天，那個躁熱而迷亂的下午 —— 帶香水味的體味，光潔性感的小腿，風吹動薄薄的裙擺，柔軟的絲綢的背心，交叉又分開的雙腿，神祕地帶……

王悅是個高手，她讓我防不勝防。她一出手，我就束手就擒。我有點沮喪，但還是做抵抗，我說，怎麼可能呢？我很快就找到理由。我記得的，王悅早就裝了避孕器的。我們好的時候，她總是說，想要就要吧。她說她裝了避孕器。她讓我想要就要，她想要就要。她不想讓熱情堵塞在束縛裡，堵塞在固定的節奏裡。

妳裝了避孕器的！我有點憤怒。

我拿掉了！王悅緩和語氣，她開始感到勝利在握。她顯出楚楚動人的神態來。

那也不一定是我的！我還在做著抵抗，但顯得軟弱無力。

可以鑑定的。王悅這麼說，多麼通情達理。

妳想幹嘛？我說這話時真的快瘋了。

我累了。王悅喃喃說話，還用手去撫摩她的肚子。我看了眼，也沒什麼異常啊，但她居然說，這裡面有我播下的種子，還已經在夏天發芽了。我想想真他 × 的充滿荒誕意味。

我說，妳到底想幹嘛？我都有點語無倫次，氣喘吁吁了。

她說，我需要休息一下。

王悅一邊說，一邊看看我，然後低頭看自己的肚子。她的手在撫自己的肚子。她還抬頭看看天，太陽是很猛的。我看見汗水從她的額頭流下來，額頭上的瀏海黏在臉上了。當然，我的額頭也在流汗，但我感到了冷，連脊背也是有涼意的。

我堅持了一下，還是投降了。我說，走吧。我在前面帶路。我邊上樓，邊掏鑰匙。和上次相似，她也隨我上來，可上來後，一切都變得混亂起來。我邊想，邊走，害怕啊。我上到家門口，我的腳都有點軟了，心軟了身能不軟嗎？我掏出鑰匙開門，手忙腳亂的，一踉蹌還差點摔在門口。

你真是好人。王悅嘆息一聲。

我問她說什麼。我沒聽明白她話的意思。

你沒換鎖啊？王悅一直看著我手中的鑰匙。

我趕緊說，我換了。

其實我沒換，我總沒將這種事情放在心裡。但她的話又提醒我了，我是要換一把鎖的。否則，一切可能會變得更亂的。我常常為了圖方便偷懶，結果後果很嚴重。

王悅熟門熟路，進來就換拖鞋，就往沙發上靠。她一坐在沙發上，就將頭一仰，長長地舒氣，還閉上眼睛，神態自若，像以前回到家裡一樣自如，一副很舒坦的樣子。

我渴了。王悅小聲說了句話。她沒睜開眼睛看我，還沉浸在自己的世界裡。

我聽到了，我趕忙去倒一杯水給她，還用嘴試了試水溫。熱了，我攙入了冷水，水溫剛好。我遞給她，說，妳喝慢點。她聽見我說，這才將眼睛睜開，接過水喝了。

我看著她喝水，然後又靠在沙發上。

怎麼辦呢？她說這話是自言自語的。當然，也像對我說。

我說最好流掉。我忐忑不安地提議，沒心沒肺的。我對後面的事更害怕。

我害怕。王悅喃喃地說，還有點可憐。

怕？我有點不解，她不是個膽小的人。從來就不是。但這時她說怕。我想也許吧。我幫她找理由。我說那我陪妳去。我還是願意陪她走一趟的，這與我有關，我也希望這樣解決掉。我想現在我都無法對付她，將來怎麼能對付兩個人呢？

我怕一個人。王悅說，她是說怕一個人過。

哦，原來是這樣，她所說的怕，是這樣的，我心情一下子輕鬆點，也覺得好笑，有多少男人圍了她在轉啊，她也對此滿自豪的，她像蝴蝶在其中飛來飛去，她也像一隻蜜蜂，採摘花蜜，早出晚歸，出席各種的飯局宴席，終日顯得興致勃勃的。她和我談話的時候，總將這點輕描淡寫一筆帶過，她告訴我，但又顯得她不在意。

我說，妳再找一個好了。她的條件好啊，有多少男人想追她。我承認，當初我也是這當中的一個，但現在我已經退出了，讓位給更優秀的男人，我心甘情願地交槍投降，連滾帶爬地撤出堅守過的陣地。

都沒你好啊。王悅看著我說的。

我被說得有點飄，但嘴上還是說，我有自知之明。其實我也想盡快逃掉。

我以前不察覺。王悅這話說得有點痛心疾首。她說她後悔了。

我說我打妳了呢。

你是一時衝動。王悅為我申辯，她說她也有不對的地方。這話讓我有點舒坦起來。

我說我有自知之明，我在重複剛說過的話。

我們重新開始吧！王悅是這麼說的。

我說不可能的了。我對她是那麼陌生，以前我以為我了解她，其實我不了解她，甚至現在我也無法讀懂她。我不習慣她的翻手為雲，覆手為雨的做法。

結婚前，我們不了解，結婚後，我才明白到，身體上的和諧不能解決一切，我們還需要精神上的共鳴。我們不是同一種人，天天待在一起，遲早要互相摧毀的，所以分開是理所當然明智的做法。說到底，現在我也想換一種活法。

那我就生下來！王悅看著我的眼睛，淡淡地說出這話。

我說，妳瘋了嗎？我跳了起來。

除非你還和我好。王悅說得很悽楚，她說她還愛我。

我說我們已經完蛋了。

那我就生下來！王悅這樣堅持。

妳這是在敲詐！我憤怒了。

總好過說你強姦了我吧？王悅說出這句話，聲音很輕，但有力，輕易就將我擊倒。我一下子倒在沙發上，許久沒說話，也說不出話。王悅向我靠過來，握住我的手。她輕輕的撫摩。她輕輕地哭起來。這讓我心煩，讓我心軟。我說，別哭了。她還是邊哭邊伸手摟住我的腰。

※　　　※　　　※

過了多久，王悅說她餓了。我剛開始沒搭理她這話，但沉默一會，還是說，我去做飯吧。我找了個話題。她活躍起來，要去廚房幫忙我，但被我制止住，嘴上我說，不要她累著，其實心裡想的，是不想再讓她動我的東西。我翻動一下冰箱，還真沒什麼菜，只有我買來當水果吃的黃瓜，和做早餐的雞蛋。

後來，朱顏打電話來，電話鈴聲響起，我正在幫王悅做飯。我聽到鈴聲，神經就繃緊，打一個激靈，我慌張的喊，我來我來接！我丟下手中的菜刀，衝出廚房，猛地搶過去，將王悅正準備接電話的手按住，我將電話接過來。

我說我有事。

朱顏有點失望，她說她買了龍蝦，想做刺身。

我說，下次吧。我說我要下樓了。

朱顏說她一個人吃沒意思。

我說，下次吧，人正在樓下等我呢。我慌亂地放下話筒，然後跑回廚房切菜。

是誰？王悅走到廚房門口，扶了門框，看著我，幽幽地問了句。

我被她的出現嚇了一跳。我說，一個朋友。

男的？女的？王悅問得很認真。

我說，女的！

幹嘛的？王悅繼續追問下去。

警察！我扭過頭，看了她一眼，將一根黃瓜拍得粉碎。

她詭祕地笑了一下。

忙了半天，終於將飯菜端上飯桌。這拍黃瓜好吃。吃飯的時候，王悅在吃，在讚我手藝，她說有點有待改進的，就是拍得太碎了。但我無動於衷，連哼都沒哼一聲，我只在吃，悶頭悶腦在吃，在想朱顏會怎麼想呢，她還做不做飯吃呢？我腦子都想混了。

這醋好啊。王悅舔舔嘴角說。她說想吃醋，我就給她吃醋了。當然是很好的醋，是添加了維他命的醋。還是她以前買的，沒吃完，還擱廚房裡。我一直沒再做飯，都到我媽家去吃，也就沒動過。沒想到她還要將沒吃完的吃完。

我實在搞不懂，我怎麼會將事情搞成這樣的。我夾了黃瓜塊進口，一嚼滿口都是脆，都是酸，我的牙齒都要酸掉了，就像這整個事件一樣，說出來會讓人笑掉牙。

這頓晚飯吃了很久，從日落時分，吃到月上樹梢，再吃到月上中天。我吃得快，吃完我走到窗口，就看見天上的月亮，閃爍的星星。但我的心情輕鬆不起來。我站在窗口瞭望，是想將後背留給她。我不想和她面對，因為我們無話可說。

王悅吃得慢條斯理的，看來心情不錯。她說她有點累。我也搞不懂她累不累，但我聽她說是累了。她累了就吃得慢。

我躲到沙發上看電視。王悅還在吃，她不看電視。她邊吃，邊評價我的手藝。她說我這拍黃瓜做得絕。她說我以前不做的，現在常做嗎？我說，我都不做飯，去我媽家吃。她高興地說，那她有口福啊。我沒再吭聲，我就看電視。

後來，王悅也吃完了，她放下碗筷，還喊累，她站起身子，在拍打她的腰部，也走過來，要坐到沙發上看電視。她想和我靠在一起。我卻站起來，我不想和她坐在一起。

你幹嘛呢？王悅似乎很好奇，但我覺得她是明知故問。難道她不明白我的意思嗎？

收拾。我說話了，也走過去了，朝那飯桌的那一片狼藉走過去。我過我媽家吃的時候，我媽也是，等我們吃完，就要馬上收拾的，沒想到，這習慣我現在用上了。

※　　　※　　　※

我晚上做了個夢。王悅她說不走了。她說路太遠了。我說這不方便啊，我們這樣要出事的，我們現在這樣的關係。我說我送她，我說我可以攔計程車送她回去的。錢我出。我特意強調這點。但她說她可以睡沙發上。我說這怎麼可以呢。我們互相推搪一會，但最後的結果，當然是我睡了沙發。她睡上了我的床。

其實王悅晚上是沒走的，她是睡在床上。睡在我的床，我們曾經的床，她過去睡過的床。而我是睡在沙發上。但我睡不著，將燈關了難受，只好躺了看電視，一直看到銀幕上出現「再見」兩個字，就換另一個頻道繼續看。當這個頻道再出現那兩個字後，就轉移到另一個頻道。

等我快沒頻道轉移了，王悅就出現了，她總是在關鍵時刻出現。她什麼也沒穿，就出現在我的眼前，有點陌生的身子，散發出睡眼惺忪的性感。

王悅走過來，她朝我走過來。但我看了她一眼，心裡咯噔了一下，但還是躺著，斜躺著身體，扭著頭在看電視。她就俯下身，問我幹嘛還不睡覺。我說再看看電視。她拉了拉我，說睡這不舒服的，讓我去床上睡，和她一起睡。我說不用了，我說還不想睡覺。我讓她回去睡覺。她說我不想睡的話，那她就陪我看。

我還想說什麼。她用手壓住我的嘴巴。然後用手撫摩我，她知道我無法抵抗這種誘惑的，她的手是柔軟而纏綿的，就像河裡的水草，隨水流在飄動。

我感到身體該突起的地方猛然激動起來，高舉起拳頭。然後她就張開嘴，輕輕地咬住我，我都無法動彈了，整個人迅速膨脹起來，而後又像煙花一樣爆炸，我腦裡絢爛的煙火在天空四散。

第 17 章　用什麼來拯救愛情

有一個星期了，我總是說，我有事。這是我對朱顏撒謊說的話。朱顏聽了，剛開始還說，那去忙吧。後來我還是這樣說，朱顏就不管了。今天她來電話，她說她馬上過來。我擋都擋不住，還沒穿好衣服，朱顏就說她到樓梯口了。這下我心跳加快，樣子慌張。

你幹嘛了？她進門就問我，還環顧房間，還吸鼻子。我想開個玩笑的，舒緩一下氣氛，但我實在笑不起來。我擔心，她也許嗅出了若有若無的香水味。但她沒說什麼。

你不上班嗎？我渾身軟綿綿，打著哈欠問她。

我能有心思嗎？朱顏竟然被我問得哭起來。

我摟住她，她在發抖。我說，哭什麼啊，有什麼好哭的。我撫了她的頭髮，還有她的耳朵，小聲安慰她。過好一會，她才慢慢安靜下來。我逗她說，還警察呢！

你憔悴了。朱顏抬起淚眼看我，這樣說我的。

我說沒有。我有點亂，也有點煩，卻堅決否認。

你有心事！她點了點我。

我說，有點累。

你幹嘛了呢？朱顏坐起來，用手捧著我的頭，認真地察看，看得我發慌。你不上班啊。朱顏提醒我，她肯定覺察出點什麼來了。是呀，我不上班，累什麼呀？這理由，連我都不敢說得理直氣壯。

就覺得累。我堅持閉上眼，我怕看她的眼睛。我說，也許就是沒有上班的原因。

朱顏也撫了我的臉，要我說說這些天都做什麼了。我還只得閉著眼睛，因為我做的不能說，沒做的還沒想到。我也在撫摩著她的手，我在拖時間，我想蒙混過關。

說呀！朱顏在催我。

我，我。我在打哈哈。

快說！朱顏都捏我的耳朵了。

我還是無話可說，還是閉了眼在想。

是討厭我了吧？朱顏認真起來。

我猛地睜開眼，說我沒，從來也沒，也沒這樣說過。

是我不好！朱顏自責起來，自己找理由。

我們現在這樣也挺好的。我安慰她。

我一直和她說了，我說我不介意的。我說我們不是一直很有默契嗎。其實那樣做，我也可以達到高潮的，我也喜歡那種被她掌握住的感覺。我倒是擔心她。朱顏要達到高潮，似乎就機會渺茫。

我說這話的時候，頭扭了一下，我看到了放在沙發上的相簿。我去馬由由那玩了。我終於想到該說什麼，想到了一件可以說說的事情。

我拿給朱顏看，那是馬由由新的作品。看看多前衛啊。我這樣評價這些作品。朱顏翻開看起來，慢慢就有點入迷了，為那些花、鳥、魚、蟲、龍、蝴蝶等。我聽到她的呼吸喘起來，多美啊！朱顏在輕輕的嘆息。她手在翻動相簿，她手腕的玫瑰，也在晃動，十分妖冶。我拿過她的手，仔細看起來。

這比真的還真呢。我是這樣說的。

朱顏有點愛不釋手。她翻來覆去看。這張很棒！她指了一張，就是蝴蝶的那張紋身作品。我說我也喜歡，那個女人的背部多光潔，就像朱顏的背部一樣美麗。

我說了真話，但顯得心不在焉。朱顏注意到了，她沒說話，就看我的胸口，還放下手中的相簿。

我有點慌，我總是怕她看出點什麼來。但她沒有說出她有什麼懷疑，只是將身體移動，她從沙發移開，跪在茶几前，彎下身子，從抽屜裡拿出針線盒，拿出針和線。她將我拉過去，還將我的衣服脫下，然後坐在沙發上，幫我縫起鈕扣。

我都沒注意到鈕扣掉了，就是領口的那顆。我想是我和王悅那天搏鬥時弄掉的。我意識到這點，心裡有點慌張，也有點羞愧。但我能說什麼呢？我只好乖乖地聽她擺弄。

朱顏神情專注，我卻懷了心事。朱顏一邊縫，一邊和我說話。她問了馬由由的情況，也問我有什麼想法。我說我沒想法，我是去玩的。我說這話當下，就聽見朱顏哎喲地叫了聲。

她的手指被針刺了。我拉過她的手看，左手食指上有一顆紅色的血珠子，發出鮮活的紅來。我像被螫了一下，也顫慄了一下，嘆息一聲，說，這麼不小心的。我將她的手指放進嘴裡，幫她吮，一下一下地吮吸。是鹹的，還有點腥。我談論血的味道。我還輕輕地咬她的手指。

去學學吧。朱顏在我耳邊說了句話。

學？我沒有明白過來。

她說，以後幫我紋吧。

朱顏突然熱烈起來，激動地說出她的一個構想，讓我跟馬由由學習紋身，然後幫她紋身，她說她說過了，她只讓我動手紋。她還描繪了一番將來的景象。

我被她嚇了一跳。我說，妳瘋了吧？我不知道她有什麼用意。朱顏沒說話，又用針刺了刺自己的食指。我都看見了，一顆朱紅色的血珠子，蹦出來，她的身體顫抖了一下。

妳幹嘛啊？我將她的手攔住。

她說沒事，實驗一下。她又刺了一針！我看見一滴血珠子蹦出來，一朵血紅的花，開在她的手指上。我的心顫抖了一下。每顆血珠子蹦出來，她也顫抖一下。我和她有個呼應。

我想挽救我們的愛情！

朱顏縫好了鈕扣。她伸手抱住我的脖子，而後又用手拉住我的耳朵，認真地看著我的眼睛。我的心被她看得都痛起來。我避開她的目光，我說可以找到其他方法的。我說去看心理醫生吧。但朱顏說她試過了，沒用的。我一時也無法說出還有什麼好的方法。

這是最好的！她說得肯定。

朱顏眼裡放出了光芒。她說她剛才實驗了，她知道找到了解決的方法。她邊說，又邊用針去刺她的手指。我看見更多的花，血的花，開在她的手指上，血腥、震撼。

※　　　　※　　　　※

朱顏說她想要了！

她是這麼跟楊羽說的。她喝了血珠子，就像喝了醉人的酒一樣，她的眼睛有了醉意，帶了火花，一點就著的那種迷離。當然，她的身子也著火了。她伸出手，去拉楊羽的手。

楊羽也去拉她，他拉她，是因為他痛，需要一種藥，她也需要一種藥，互相醫治的心藥。他將她抱起去臥室的床，一張有他和她氣味的床。

兩個人滾動起來。楊羽和朱顏互相糾纏，互相撕扯。他們都很珍惜，也懂得把握。他們要加快速度，生怕錯過了，一旦錯過等待他們的就是絕望，這樣的時刻不知道什麼時候才能重來。這機會他和她等了很久。

楊羽欣喜若狂，當他向她滑過去後，他在乾旱的地上掘出水，其實也不是掘出的，是她的泉水自動湧現的。他和她在水裡暢泳，大汗淋漓，氣喘吁吁，生了又死去。

※　※　※

朱顏在甦醒後，她說感覺真好啊。我疲倦而迷茫，我突然清醒過來，恍惚嗅到另外一個女人的氣味。心裡有點慌亂。我不知道朱顏有沒有嗅到。朱顏沒說話。她還陷在激情的泥潭。臉色紅潤滿足。我也不問，閉上眼睛，胡思亂想。

朱顏起來後，說晚上幫我做好吃的。一個剛幸福過的女人，會特別的殷勤，總愛幫男人張羅吃的，這是最樸實最實在的表達愛意的方式。但我看看手錶，心裡有點著急。

我說出去吃吧。

這時是下午四點鐘。我焦躁起來，我擔心王悅突然出現，又將我堵住。我趕緊穿上衣服，催促朱顏。她卻不願意起來，還在耍賴，用手摟住我的身子，說好舒服啊，幹嘛要起來呢。

我說，妳還上班呢。

我已經請過假了。朱顏說這話時很得意。

我說，起來！

我態度有點粗暴，惡狠狠地盯住她。

你幹嘛啊？朱顏有點驚愕地望著我，對我的突然翻臉不解。我也愣住了，我也意識到出問題了。我的臉燒啊，我抱住她，親親她的鼻尖，說趕緊起來吧，要不沒座位了。她說，哪有這麼好的生意啊。朱顏還想繼續賴床。

正在爭執，我的電話響了。我丟下朱顏，走出客廳，撲過去接聽。

王悅問我，今天做什麼吃呢？

還好，她沒堵我。

我說，今天不行，我有個飯局。

她說她不管，她想吃我做的拍黃瓜。她說她想吃點酸的。

我生氣了，我說我有飯局，很重要的飯局。

我都喊起來了。連朱顏都嚇住了，她已經起來了，站在房間門口，瞪大眼睛看著我。

我放下電話，一時沒話，呆呆地站那裡。

怎麼啦？朱顏走過來，手搭在我的肩膀上，輕輕的問我。

我想和妳吃飯。我說了，有點疲累。

第 18 章　別人的手藝

你先看吧，當是觀摩。馬由由是這樣交代的。他成了我的師傅。他叫我在旁邊看，說是不急的，先看，後動手。至於什麼時候動手，他沒說，我暫時也沒問。我是想了很久才來的。朱顏遊說我很久，說得我心都軟了，再不去，我都站不住腳了，那錯的就全在我了。

你想啊，我對朱顏是多麼的愧疚，她的許多話，我都想聽的，但有些呢，我想聽，但暫時是沒辦法做的。所以，對能聽能做的事，我爭取努力去聽去做。

再說了，我再不去，我就會被王悅堵住，要做飯給她吃，對於這，我還可以找安慰自己的理由是，我自己也要吃嘛；還要陪她去散步，這我可以安慰自己說，我可以鍛鍊身體；可最讓我難受的，就是要陪她說話，這我可受不了。

話不投機半句多，這道理誰都懂。所以我想躲一躲。我得找個離開的理由。所以我就來了，來了當馬由由的助手。我跟別人說，我要上班了。

這店地方窄小，常常還塞四、五個人，空間更擠了。觀摩的我；工作的馬由由、艾末末；等待的客人。通常情況下，再來一個客人，我就要踱到店門外去透氣。白天客少，晚上客多。他們拚命工作，不說話，不抽菸，氣氛有點憋。但我覺得有踏實，或者說充實。

我做的就是遞遞工具，或倒杯水給客人，然後待在旁邊，靜靜地看，看他們描圖走筆，看他們紋刺，看他們上色。之後，那些男人、女人的背、手、乳房、臀等，就落滿了，就生長了，就飛來了，就盤踞了：奇妙的花紋、奇異的植物、生動的猛獸、嫵媚的蝴蝶等等。

這讓我大開眼界，我還喜歡沒工作的時候，艾末末坐了，馬由由也坐了，當然還有我也坐了。我是個門外漢，通常安靜地做個聽客。

他們說，我在聽，談女人、男人，談他或她的身體，談其中某株植物的丰姿，某隻動物的舞姿。他們說，一天下來，就將身體裡儲滿的熱情釋放掉了，人也舒坦起來。

夠前衛的吧？馬由由這樣說，一談到自己的作品，他總有點自豪。他當然開心啦，眉開眼笑，他可以前衛，也可以生活嘛。他說這工作最適合他，可以將生活與理想都糅合在一塊。

他說得滔滔不絕，還將小店弄得煙霧繚繞。艾末末也拿了支菸，但沒點上，只放在鼻子和嘴唇之間，只嗅，來回地嗅，一臉的陶醉樣子。

你有素描的基本功嗎？艾末末點了我一下。

他學過的。馬由由說我學過的，他說起學校生活，說起過去的歲月。

有點生疏了。我坦白自己可能忘了，但我可以撿回來的。我的看法是，手生是由於時間造成的，當然要成為熟手，時間也是個關鍵問題。這我有信心。

我們正談著，進來一個女子，白紗衣，白休閒褲，臀部豐滿。我沒見過她，長得很白，這讓我想起朱顏的白來。我有點擔心，這樣的皮膚，能否承擔鋼針的紋刺。

我一想起就有顫慄的感覺。她說是聽朋友介紹的。一個香港朋友。她說了一個名字，還說，她來紋過蝴蝶的。馬由由連忙說，記得記得。

馬由由笑了一聲，說，哦，就是妳預約的啊。

是我，就是我。那個女子又說了自己的名字。

我幫她紋過三隻蝴蝶呢。馬由由談起他的那個香港女客人。

那個女子也笑了一下，說，我先紋一隻，就在臀部。

我聽了心猛地一跳。準備一下。馬由由掐滅菸頭，站起來簡單吩咐我。他招呼那個女子過去選作品。我先幫那個女子倒一杯水。然後將工具取出，用酒精消毒，並在工作臺上依次擺放好。

艾末末將小桌子上的那一疊相簿一本一本攤開，讓她挑選喜歡的圖片，還了解她的一些生活習慣，談紋身後所要注意的事項。

要什麼，妳挑吧。

馬由由站在旁邊，一邊介紹一邊和那個女子開玩笑，帶點色的那種內容也說。我看見那個女子的臉紅過幾下，就正常了。她也咯咯地笑，還開起玩笑。我想，來這的客人，大都是比較前衛的客人，開開玩笑，當然不是什麼大不了的事。

她問馬由由是否也幫老婆紋過。

我還沒老婆呢！馬由由誇張地聲明自己是單身漢，他對每個女顧客都這樣表白的。

那女友呢？那個女子追問他。

也沒女友！馬由由作出可憐兮兮的樣子。

鬼信你啊。那個女子說。

要不，妳當我女友吧？馬由由開始進攻了。

你對每個客人都這樣嗎？那個女子嗔道。

就對妳才這樣！馬由由認真起來，他做什麼事都是認真的，至於認真的時間多久，那就不好說了，要不，他怎麼有那麼多的豔遇和故事呢？

優惠幾折給我啊？那個女子看著他莞爾一笑，也認真起來，轉到另一個問題。

就妳朋友那個價吧。艾末末插一句。我這才意識到，他才是老闆呢。

他們這樣談著看著，等選好了圖案。艾末末站起來，拍拍巴掌，說，好，工作吧。我看那個女子站起來，似乎有點緊張，將杯裡的水喝光，然後將身上的肩背包交給我，然後躺到美容床上。

我將肩背包掛在牆上的掛鉤後，掃了一眼，發現外面有人窺視，於是趕緊走過去，將隔簾拉上了，擋住外面的視線。馬由由邊戴上口罩，對說那個女子說，找妳舒服的姿勢。

那個女子蠕動身體，換了幾個身姿，伸腰，提腿，滾翻，最後找到了最舒服的姿勢，趴下不動，還長長地嘆息一聲。

馬由由走過去，將女子的休閒褲褪下去，露出她的臀部。嫩白。性感。這是我的直觀感受。也是這麼緊綁綁的，細膩而有彈性。我想到朱顏的臀部，心情有點激動起來。

痛嗎？那個女子突然有點擔心，還問了句。

像蚊子咬。馬由由安慰她。

褪色嗎？那個女子又問。

要很久才褪。馬由由一邊說，還一邊揮手，指了指放在工作臺，上面有消毒過的工具。我將工具遞給他。要幾年才褪呢。馬由由吐出這麼句話。

幾年啊？那個女子追問他。

三到五年吧，甚至更長的時間。馬由由一邊準備，一邊說。

到時怎麼辦呢？那個女子有點擔心了。

妳來這補色就可以了。馬由由說安慰她。

真的不痛嗎？那個女子哼哈了說。

此時，馬由由正在她的臀部畫圖案，他神情專注，眼都不眨。他說還沒開始呢。

哦，那顏料有毒嗎？那個女子突然擔心起來。她問會不會對身體有害。

能吃的呢。馬由由這樣說。

那個女子就側過頭來看他，似乎不相信。馬由由朝她笑了一下，扒拉下口罩，倒一點藥水，沾在嘴唇舔來舔去，還張開雙手做了個鬼臉。那個女子就釋然了，笑一下，又安心躺下，將臉埋下。

馬由由還低頭描畫。他很專注，學藝術的人做事都很專注，他的眼睛都不眨一眨，眼球就像是假的一樣。他的手在動，畫好草圖，他動手了，拿起工具工作了。

我聽到紋身槍很細小的聲音在響。有點像蚊子，在耳朵邊飛過，搧動空氣的聲音。對了，他們也說紋身就像蚊子咬的。

我看見馬由由那樣專注，我也專注起來，我也入神了，我看著他在幫人紋身，我就想像我也在幫人紋身，這個人就是朱顏。

我也在幫朱顏的臀部紋一隻蝴蝶，一隻張開翅膀的蝴蝶。一隻蝴蝶，蟄伏在她美麗臀部的蝴蝶。安靜，嫵媚。

問過妳先生嗎？馬由由看她有點緊張，就突然問了句，緊憋的空氣有點鬆動。

我沒嫁人呢！那個女子噗哧笑了聲，也放鬆了身體。

妳很性感啊。馬由由自言自語了一句。

多謝。那個女子吃吃地笑，聽到別人讚美自己，每個女人都會開心的。

男朋友呢？馬由由繼續問她。

三年了。那個女子側過頭來說。

他喜歡嗎？馬由由有點好奇。

就他叫我來紋的。那個女子趴在床上，悶聲悶氣地說話，我看見她側著的臉紅了紅。

以後我有女朋友，也幫她紋上。馬由由乾笑一聲，說這肯定感覺很好。

那個女子聽了，臉就燦若桃花。

也不知道過了多久，馬由由才將手上的紋身槍放下。看看上色後的效果，他抹抹額頭的汗水，拉下口罩，長長地出一口氣，將剛才心裡憋的氣都放出來。真棒啊！馬由由看著自己的手藝，竟然自己稱讚起來，他曖昧地說，妳的男友肯定愛死妳啦。

是真的嗎？那個女子急切地問。

楊羽你說呢？他將頭轉向我。是的。看著她臀部那隻想揮動翅膀的蝴蝶，我也鬆了一口氣，懸著的心也放下來。我不知道我為什麼會懸心，我不是紋身者，也不是替人紋身的人，我只是個旁觀者而已，但我的心的確是懸著的。

我趕緊去端了一杯水給這個女子。她接過，很快就喝光了，然後站在鏡子前，扭過身子，在看自己的臀部。一隻蝴蝶。斑斕的蝴蝶。翅膀張開，落下的瞬間，棲息的地點，就在她的臀部，一塊溫玉上。

我也看見了，這個女子的一張嬌俏的紅臉。她有點自豪，又有點不好意思。馬由由也托了下巴看，一臉的自得，一臉的滿足。

沒騙妳吧？不痛的。馬由由笑咪咪地看著她。那個女子也回他笑容。

這幾天會有點癢的，還會掉層皮。一個星期吧，然後就好了。馬由由是這麼跟女子說的。

要注意什麼呢？那個女人摘下掛在牆上的包，一邊掏錢，一邊問他。

不要去游泳，不要大運動，盡量減少出汗，防止感染皮膚。艾末末開發票給她、收錢，還叮囑她一些注意事項。

有意思吧？

馬由由問我話時，我正望了那個女子的背影出神。她走出去，我就站在門口，看她穿過走廊，走進人流裡，一會就淹沒在人堆裡。

真棒！我像在回答馬由由，也像在自言自語。

第 19 章　憤怒

你和王悅和好了？錢小男遇見我的第一句話是這麼問的。

我一聽他這麼說，我就急了，趕緊說，你胡說什麼呀，沒的事！

我和他住同一個住宅區，但不同的樓層，最近也少往來，他除了上班，大部分時間，都在牌桌上戰鬥；而我呢，都要很晚才回來。他對我的情況一知半解的，所以我得表明自己的態度。

你別胡說八道！我警告他，我擔心別人也知道了，最後傳成什麼樣子也不一定的。

我都看見了！錢小男嘿嘿笑。還說，如果是真的，就請他吃飯。他總想到飯局。

她找我有點事罷了。我努力在辯解，但又心虛。我解釋我們在處理些剩餘問題。我說，你不要亂說。我是陪王悅去散過步。

我不情願，但沒辦法，只好敷衍，都遠離了住宅區，沒想還是被錢小男看見，這世界就是這麼小，我們想逃都無處可逃。

我現在早起了。我有一段時間沒早起了，睡到自然醒，可是現在不行了。要早起，剛開始有點艱難，但習慣後就好。我甚至到了小店，他們還沒到，他們晚上都工作到午夜，早上還在夢鄉裡大展拳腳，也是再正常不過。我早來了，而門關著，只得在附近的街道遊蕩，我邊走邊想事，這樣可以躲開王悅的糾纏。

但我知道很難躲開王悅的。現在通訊科技這麼發達，人都無處可藏身。她的電話到處追蹤我。現在我的電話響了，我看了一下，還是王悅。我心跳出汗，但我不得不接。

我想過不開機，但又怕有人找，我媽要找我，她總問我幹嘛不去吃飯。我得解釋一番，說我上班了。我媽就說，上班好啊。她懸著的心終於可以放下。

也可能朱顏要找我，她要問我累不累、有意思嗎等等。我怕她們有事情找我，一個人大了，是大人了，就不能太自私，不管不顧別人，所以我只能開機。

有事嗎？我是明知故問。但她確實也沒什麼事，只是想讓我記掛她。

你在哪裡？她追問我。

我聽出她不高興。我就更不高興，她一早上就讓我不高興，就糟蹋我的心情。

我說我在外面。

你總不在家裡！王悅在鬧情緒，她找我很久了。

我說沒辦法。難道妳養我嗎？我將她一軍。

現在哪？她追問我。她轉移話題。只談自己的話題。她從不跟我走，只習慣我跟她轉。

我有點懶得說了，我打哈哈，我不想說。

王悅說，你等著吧！她說話狠狠的，說過就將電話掛斷。

她這話讓我心裡也慌慌的，我是個嘴上硬，心裡軟的傢伙，這就是我的軟肋，王悅深知道我的弱處，她時不時就給我這裡來一下，將我擊倒，就像拳擊場的常勝將軍。

我不知道她剛說的意思，但我想，她掛了好啊，我就解脫了。我是這麼想的。我一聽到她的聲音，腦袋就發脹，就眩暈。這下好了，她自己掛掉，我終於可以鬆一口氣。

但電話過一會就響了，我看了手機，我沒有馬上接聽。這是個陌生的電話。我本來不想接的，這不是剛才王悅打來的。當然，也可能是她用另外的電話打來的。但我不想接聽，我聽見手機響了很久，我還想堅持不接聽，但好奇心和擔心打敗了我。我還是接聽了。

我問，找誰？

那個人是個男人，聽聲音就知道，他很威嚴地說，就找你！

我問，找誰？我堅持問出個明白來，口氣也有點不耐煩和凶惡。

就找你楊羽！他是這麼說的。語氣也很堅定。

我問，你是誰？不說我就掛了！

他說，我是馬管區！他的口氣是很裝模作樣的。

我想了想，想起來了，想起我們轄區派出所的馬警官。他一來我家，就愛吸鼻子，就像獵犬，對別人來說，他可能是個好警察，但我不喜歡他。我以為，我們的事解決之後，他就不會在出現了。沒想到，他又冒出來。

我問，你有事嗎？我心煩起來，我知道他找我肯定沒好事。

王悅說你欺負她了！他果真沒好事找我。

我慌了，也急了。我說，她說什麼了？

她說再找不到你，她就讓我來找你！馬管區嘿嘿地乾笑起來。我一下子就懵了，馬管區掛掉電話，我還在發愣，真他媽的！還跟我玩這招。我又氣又驚恐萬分，但不知所措。

我的電話又響了。

我小聲問，你找誰？

就找你！王悅怒氣沖沖的。她問我在哪裡，她說打我家裡，整天都沒人。

我說，我在上班！

她說，你給我地址！

我說，不方便啊。再說了，妳來幹嘛？我緩和一下口氣對她說。

我不管呢！王悅說得有點蠻橫。

這多亂啊，再說，老闆不高興的。我還在打哈哈。

她說，我不管！在哪？她堅持要我的地址。

我只好說，在東門。

她窮追不捨，問我，實際在什麼路？幾號？什麼樓？

她見我還在拖延，就說，那就讓馬管區找你吧！

我頓時洩氣了，改口說，妳要來就來吧。我又哼哈一會，才將地址告訴她。

※　　※　　※

後來，我站在樓下，站在東門九龍城的樓下。馬由由和艾末末還沒來，他們還在夢鄉裡轉悠。我在樓下來回走，不時和過來的人撞上。

我不走就心煩，一走就更心煩。撞了別人我心裡就更煩，但我沒有更好的辦法。我朝遠處來的人流車流張望。我在看我等的人出現，我好結束這樣煩心的等待。

等了一會，我腿都軟了，可能是與情緒有關吧。我不斷地踢腿，我甚至去掏口袋。此時我真想抽一口菸。但我沒有摸到香菸的盒子，我只摸到一個打火機，很漂亮的打火機。那是馬由由的，昨天我拿來把玩，就喘口袋，當是自己的。

太陽慢慢爬升起來了，我感到了它的熱力，我拉開領口，想讓風吹進去。

我還在抓住打火機把玩，王悅出現了。

她下了計程車，朝我走過來。她的步伐有點難看，像一隻鴨子，一搖一擺的，模樣古怪，但我笑不出，要是我們還和好的話，我可能就會笑出聲來，跑過去將她扶住，將我的想法告訴她，讓她也笑一笑，這樣對她有好處，但現在我不笑，也無法笑出聲來。

坦率地說，我有這樣的想法，其實也是不公平的，當初我們好的時候，我可沒這麼挑剔，這麼損，她走路還是很有味道的，也很性感的。

我默默地看見她向我走來，我想躲開，但無處可躲。

她徑直走到我的面前，說她要我陪她。她說她不許找不到我。

我哼了聲，說，那妳養我嗎？

我們以前的存款都給了她，我只要了房子。我這樣一說，她就愣了一下，只好退一步，問我什麼時候下班。我說我要加班，事實上我都要加班，因為晚上客人多。

王悅想過堵我的，有時她埋伏在住宅區的路口，也可能在馬路的樹蔭下，甚至在我上班的路上。我一肚子火，煩惱，提心吊膽，我盡量不去設想，事件會如何發生，我的做法是兵來將擋，水來土掩，簡單而實用，以動制動，或者以靜制動。

我的想法複雜，但我想將複雜的事情簡單化，眼不見為淨就是最理想，我絕不讓她去打擾朱顏，我要忍耐，要熬過這段時間。我們各懷心事，談判無數次，但都無法取得理想的結果。

最後，王悅似乎退一步，她說了，我至少得照顧到她將孩子生下來。我想也許孩子不是我的，這樣我就可以一了百了，但只有孩子生下來，我們才可能做親子鑑定，所以雖然我內心認定這孩子肯定不是我的，但我又不想說得太絕對，因為真理是要靠實踐來檢驗的，沒有檢驗，就不要說死了。而且我要學成歸來，完成朱顏的願望。

王悅讓我陪她去逛逛百貨公司。她說在家裡待一天，十分煩悶的。她喜歡逛百貨公司，她一進百貨公司，就像蝴蝶看見花朵，就興奮地在各色時裝叢中，飛過來飛過去。但我不喜歡逛啊。我說我要上班了。她問我上班的地點。我在打哈哈。我不想告訴她。那我就讓馬管區找你！王悅已經找到我的死穴，她很有把握地看著我說。

我還能怎麼抵抗呢？我嘆息一聲，只好帶她去。她一路噠噠走著，那高跟鞋敲打地面的聲音，也像在一下一下地敲打在我心上。我們上了九龍城的樓上，在那家叫「蚊子」的紋身店門口站住。

你走啊。王悅見我停下來，就在後面催我。

此時我停住腳步，就站在門口。

我淡淡地說，我在這上班！

你真是出息了！王悅站在門口，瞪大眼睛看了看門邊的招牌，愣了好久，才狠狠地哼了聲，丟出一句話。她肯定以為我是神經錯亂了，發瘋了，竟然來這個地方上班，說不定是來鬼混。

我突然笑了！我都禁不住笑了！

你笑什麼？王悅不滿了，也感到疑惑。

我說我笑我沒出息啊。

那你還笑得出來！你有病啊？王悅冷笑一聲。

我說，與妳無關！我也冷笑一聲。

王悅呆住了。她沒話說了。她就怔怔地站在那裡，嘴巴抿緊，抬頭瞪眼，將看「蚊子」那兩個字看了良久，可能還將業務範圍的介紹文字也看了。我突然就忍不住，哈哈地大笑起來。這時候旁邊的店鋪陸續開門做生意，走廊上人流多起來，聽見我的笑聲，走過的人都在側目。

她猛地轉身走了。高跟鞋憤怒地敲打著地面。也噠噠的敲打我的胸口。

第 20 章　樓法醫

朱顏最近總問我，學得怎麼樣了。她有點著急。我有點窘，還沒碰那些真傢伙呢，我對她是這樣坦白的。她問我整天忙什麼。

我只得向她坦白，我目前只是實習，當助手，在他們工作的時候，幫他們做消毒，遞工具，做觀摩。

朱顏聽了，安慰我，說也好，先打好基礎。人家的皮膚可是不能再生的資源啊。她打趣補充說。

其實，我也問過馬由由的，什麼時候讓我動手。馬由由總是回答我，說急什麼急啊，還早呢。我說我怎麼能不急呢。我都快憋壞了。我說這話的意思，他沒辦法聽懂的，我也不想解釋。

他說我反正閒著沒事，在這閒著也是閒著的，也有人聊天啊。再說了，艾末末插了一句，說，現在誰敢讓你動手啊？他這話倒是說對了。但我還是覺得憋悶，總是在期盼中度日如年。

這天我又憋不住了，我說，你快說給我聽，要系統一點，告訴我從哪入手。我希望他教授我一些基本常識。平常他總要我當助手，盡做些遞工具、倒茶水給客人的事。我都有點煩了。但這傢伙不急，總用話將我的著急給化解掉。

我也只好在旁邊觀看，從他與客人，與艾末末的談話中，去小心揣摩。有時候我走近點，馬由由還說我妨礙他。這樣，我雖然也觀摩整個紋身的過程，但對紋身這事還是沒有系統的了解。

我說你總得也讓我前衛一下吧。我今天將這話說得很認真。今天見我又這樣問，馬由由還想用老招數應付我。這我可不管了，我說我可沒領薪水的。

聽了我這話，馬由由和艾末末，可能有點不好意思。這時候沒客人，他們無法裝做沒聽見。他們互相對視一眼。

你得先學點醫學常識。艾末末抬起眼睛，看我一眼。這我無法教你。馬由由點一支菸抽上。他說他是去專門學過的，他打算做這之前，就去進修過的，是有準備而來的。起碼你得了解人的皮膚組織結構吧？

艾末末不抽菸，他用右手撫摩一下他左手臂上的那條青龍。那是馬由由的作品，一條青色的騰龍，張牙舞爪盤踞在他的手臂上。我看見那伸出的爪子，抱住他的手臂。鬼斧神工。對馬由由的作品，我心裡暗暗讚嘆。

你看看吧。他走到牆角，拉開抽屜，抓出一本書，封面都扯掉了，也翻捲了，有點殘缺，像文物。我打開一看，書中有文字，還有一些人體解剖圖之類的圖畫，我猜想這是圖文並茂的醫學書。有些年月了，大概翻過無數遍，後來丟在角落裡。

我翻了翻，我都懵了，我說看不懂。馬由由說他就此去醫學院進修過的。我將書丟回抽屜，我說說給我聽好了。但他們態度嚴肅，說，我們只懂一點，但不是專家。他們說的話有點狡猾，但也有點道理，也可以說無懈可擊。這讓我一下子沮喪起來。

馬由由說，主要是沒信心，我只會做，不善說，怕教錯了壞事。

他這樣說，我轉念一想，他說得對的。我也有點不放心。我是擔心朱顏。如果我對她動手卻失敗，那會是個怎麼樣的結果呢？這樣一想，我有點害怕。我這樣想想，也認為他們說的有道理。但我還是感到沮喪，因為我沒想到，這還與醫學有關。

我原先和朱顏想的一樣，以為只要跟師傅學了，學點實際操作就可以了。沒想到事情並不如我們想像的那麼簡單。想到這裡，我心情有點壞，就說我有點事。我是過一會說的，說過了我就走出去。

這時沒客人，馬由由和艾末末正在聊天。

※ ※ ※

出來後，我心情有點茫然和落寞，但又有點輕鬆。我就在街上晃蕩。我的手機響了幾遍，我才聽到。一來是街上喧鬧，二來是我有點灰心。等我聽到了，我就想發作。

我以為是王悅的電話。她討厭我沒出息，但卻又黏著我不放。我都快被她整出神經病來。我這時就想找機會爆發，將心中的鬱悶都發洩出來，省得將我擠得崩潰掉。

妳有完沒完啊？我抓了電話就吼起來。

對方可能是愣了，沒有馬上回答。

我說，我不煩，難道妳不煩嗎？我滔滔不絕地控訴了一番。奇怪，對方沒話了，這我倒奇怪了。我說，我說得對嗎？我說順嘴了，就順勢吼叫下去。

吃過了嗎？朱顏小聲問我吃過午飯沒。

我沒想到是朱顏。我也愣住了。

吃？什麼午飯？我有點結巴，回答得有點慌亂。

朱顏說快吃午飯了。

我看了眼手錶，是十一點三十三分。我被她點醒後，還真有點餓。我說我不餓。我也不知道我為什麼會這樣說。鬱悶的人大概是不會餓的吧？只有心情好，胃口才會好。這個道理我當然懂得。這早上我什麼都沒做，一晃蕩就到了中午。這我沒想到的。

那我去吃了。朱顏說她準備去餐廳打飯，隨口問問我。

我說妳去吧。

我掛斷手機之後，我心情開始煩躁起來，這才感到熱，似乎原先困住的洪水，突然潰堤奔湧而出，我汗流浹背，額頭的汗水流進眼睛，辣得我難受。我躲進大廈之間的陰影。我抬頭望望天空，大片的白色，白晃晃的陽光，我的眼睛瞇起來，縫都沒了，都快滴水不漏。

我看見一輛車子開進公車站。我也不知道怎麼搞的，想也沒想，就從大廈之間的陰影衝出來，快步走過去，徑直就跳上車。然後車子朝我想去的方向駛去。

一路上，我腦子似乎都是空白的。也不知道過了多久，過了許多個車站後，車子停在我下車的車站。我朝前走啊走。我轉到交警大隊樓的前面。我就站在那棵芒果樹下張望。我掏出了手機，開始撥號。

我在妳對面！我是這樣打電話給朱顏的。

你開玩笑呀？朱顏不相信。

我說，妳走到門口看看。

我朝交警大樓的方向看去。過一會，我看見朱顏走出來，她走得急急的。

你幹嘛？她走過來問我，一臉的焦急。

我說，沒客人，就出來走走。

她拉了我就走，說，熱死人呢。她邊走邊抬頭望天。

朱顏問我，吃飯沒？

我說，沒呢。

她趕緊去拿飯盒幫我盛飯。在去食堂的路上，我說，妳還沒吃嗎？她說，餐廳開到一點三十分。我看一眼手錶，時間是一點十三分。我跟她進去，然後坐在餐廳的椅子上。朱顏幫我盛飯、裝菜。

我望過去，餐廳有三個師傅，一個打瞌睡，一個抽菸，另一個在喝湯。見朱顏過去，喝湯喝好了，接過餐盤盛飯菜。這時另一個交警也進來了，一身的汗水，也端餐盤盛飯。

有心事？朱顏問我。

我可能是吃得遲緩了。我哼了聲，心情還是灰色的，就沒說話。

不順利？我聽見朱顏小聲問我。

我抬頭看見朱顏臉上的關切。我說沒什麼，就是得學點醫學常識。我將心事說出來，也就不成為心事了。這好辦啊。朱顏聽了，想了想，說這也沒什麼難的，她說她認識一個法醫，請教他就可以了。

我說，妳回去吧。我說我不吃了。我將餐盤推給她。

朱顏讓我坐了，她去洗盤子。我坐在椅子上，呆呆地看著那個交警吃飯。他吃得十分凶狠。我猜他要不餓壞了，要不是遇見可以開胃的事情。我看見他的後背，都溼透了，制服緊緊地貼在上面。我此時也覺得做交警很辛苦，風裡來雨裡去的。

朱顏洗好餐盤回來，我一直在打哈欠。

去睡個午覺吧？朱顏是這樣催促我的。她說我都憔悴了。

我說，好吧，我去睡個好覺。

我一邊說，一邊往外走。我走出很遠，回頭一看，朱顏還站在那張望。我心裡一熱，身上就出汗了。我朝她揮手，讓她回去。

※ ※ ※

我沒馬上回「蚊子」那去。我是回家去了。反正他們也沒付給我薪水的。我想這點睡覺的權利還是有的。我是想睡覺了。這一段時間以來，我在該睡覺的時間總是睡不好，心裡總是不踏實，也許是我沒讓朱顏睡在身邊，又也許是老擔心王悅過來搗亂。

她總是在我意料之外出現，讓我猝不及防，將我的生活攪得亂七八糟的。總之我心裡不安寧。現在不是睡覺時間，我反而想睡覺。

我回去就倒在床上，馬上就睡死過去，期間發生了什麼事情，我都不知道，我也不想去管。這段時間，我重新體會到了睡眠的重要。

也許我真的睡得很熟吧，朱顏打我的電話我都沒接到。我想睡個好覺，不想被打擾，但又不敢將自己與外界隔絕。我的手機丟客廳裡。

後來家裡的電話響了，我才聽到。我的頭還有點重。朱顏說她和樓法醫說過了，晚上一起吃個飯。我還在迷糊，哼哼哈哈地答應。

放下電話，我呆呆地將自己放倒在沙發上。過一會，我清醒過來。我看了眼手錶，時間是下午的六點。我想起什麼，抓過茶几上放著的手機。我翻翻手機，看到螢幕上顯示，我有六通電話沒接聽。

我翻查一遍，其中四通是王悅的，一通是馬由由的，另一通是陌生號碼。我想了想，想打回去問問的，一想就心煩，就打住這個念頭。

我想，如果有重要的事，如果人家一定要找到你，肯定會主動繼續打過來的，如果是打錯了，就更不用去管它。

※　　※　　※

看時間不早了，我趕緊收拾好自己，趕去和朱顏相會。我是在「零點」咖啡館見到樓法醫的。他四十歲左右，有點禿頂，皮膚保養得好，紅光滿臉的。這與我所見過的醫生似乎沒什麼區別，他們都挺懂得保養的，人人都白淨氣色好。

樓教授氣色真好！我是這樣說的，算是寒暄。

醫生嘛。朱顏也接了句，說，醫生都懂得保養的。

樓法醫笑咪咪的，說，見笑了。職業習慣罷了。

朱顏看了菜單，招手叫來服務生，幫各自點了吃的，就慢慢聊，慢慢吃。樓法醫也沒浪費時間，他在吃的過程中，就將一些基本的醫學常識，也就是我關心的那部分，對皮膚組織做了重點的講授。

我聽得很專心致志，但慢慢的我就不吃了，只聽，並且努力不去看盤子中的食物。因為我此時沒了食慾。樓法醫不但講我關心的部分，還講了一些不該在飯桌上講的部分。比如：他很自然地講到他去過的某個凶案現場的情景。可以用幾個字來形容，凶殘，狡猾，血腥，噁心，殘酷。

他對那些不該此時講的都講了，也許他沒將那些東西與餐桌上的東西連繫起來。又也許他是個十分理性的人，不會將兩樣東西混在一起。

但我不行，我只能顧一邊。可能朱顏也注意到了，不時將話題轉移，但效果不是很明顯。後來，就只有樓法醫一個人在吃，而我和朱顏就只聽。

樓法醫是個熱情的人，也是個熱愛自己工作的人。他飯後還開車，堅持帶我們去他的工作室參觀。那是個潔淨的地方，擺放了許多的檢驗儀器，我馬上就想到一些電影的場景。當然，他剛才在餐桌上講的，也出現在我的腦子裡。

樓法醫一邊講解給我聽，還拿筆，在牆上的黑板上，寫寫、畫畫。另外還拿針，直接在自己的皮膚上比劃，講解刺多深，就到達什麼皮層。我聯想到朱顏也那麼用針去刺自己的食指，我的心就被螫了一下。

朱顏聽了，竟然兩眼放光，臉色潮紅起來。她說她願意做個示範。樓法醫幫針消毒，幫她要針刺的部位也進行消毒。樓法醫當我的面做針刺示範。

我看見針下去。針尖下去，那點的皮膚下陷，一滴血珠子冒了出來。不同的深度，不同的部位。手法十分的純熟，簡直就像在一塊白絲綢上繡花。

我看見朱顏臉上充滿一種憧憬和迷亂。

第 21 章　放映室

我沒想到我會去找范大軍。我也說不清楚幹嘛要去找他。但我還是去了，我突然想看影片，是另類的那種。他看見我，愣了一下，他不認識我了。

經過我的提點，他才啊了聲。差點認不出了！他才開口說這話。這可能是他還戴著墨鏡的緣故，也可能是他的確將我忘記了。他出來混這麼久了，認識很多人，也將很多人忘記了。這當中當然也包括我。

范大軍問我找他幹嘛。

我不是來敘舊的，跟他也沒什麼話好說。我主動找他，是想問他有沒有那類影片。我說得有點含糊了。

頂級的嗎？他說的也就是 A 片。他問我，是血腥的那種？警匪片，恐怖片，鬼怪片？

我說不要這類。要文藝的。

范大軍有點詫異，他將墨鏡摘下來擦拭。

紋身的。我只好說出我的來意。

范大軍愣了一會，竟然哈哈大笑起來。我不笑，也不知道這有什麼好笑，相反我有點緊張。我和他不是同一個世界的人，當我們相遇，自然有人要緊張的。我只好看著他在笑，等他笑夠。

他笑了一會，看我不笑，可能他也不好意思笑了，就不笑了。他將墨鏡戴上。我就看不見他的眼睛了。更不知道他想什麼。

狗子！狗子！范大軍喊了聲，他朝外面大聲喊。

外面進來一個人，剃了顆平頭。他進來沒說話，就等范大軍發話。幫忙找找《青龍》這個電影，他想看看。范大軍轉頭指了指我。那個叫狗子的朝我看過來。我感到自己的臉發燙，手也不知道放哪才舒服，就用力搓口袋裡的線頭。

我想拿走這個電影，回家裡放。但范大軍不肯，說他這貨是不出門的。這又不是什麼限制級的電影，只是我暫時沒有從唱片行和賣盜版的攤販那買到而已。他的意思我明白，我要看，就只能在這看。我只好隨他了。

那個叫狗子的，出去一會，就轉回來了。他手裡拿了張 DVD。你坐你坐。范大軍讓我坐下，這時放映室裡就三個人。我，范大軍，還有那個叫狗子的。

我們安靜下來後，狗子將帶子放進放映機，然後將燈調了調，燈光很快就暗下來，只有很淡，淡紅色的燈光彌漫放映室。

※　　　※　　　※

閃爍的螢幕上，故事在發展，向劇情的高潮推進。影片講一個浪子，一個江湖人物的故事。自小生活貧困，但從不服輸，靠打架維護尊嚴，後來加入到某江湖幫派，做打手，再後來，自己出來混，有一幫弟兄，也還是打架，與別的幫派爭地盤，鬥來鬥去，有死有傷的。幫派也越混越大，自己成了龍頭大哥。

他為了紀念他的戰績，每打敗一個幫派，他就在身上紋上一條青龍。看到後來，他心愛的女人替他數了數，他身上已經有六條青龍。兩隻手臂各一條，胸口有一條，後背有一條，兩條腿各一條，龍頭就盤踞在臀部，張牙舞爪，將整個臀部都抓在龍爪。

他的身體，就被六條青龍緊緊地抱住了。而每次打架，他都將身上的衣服除掉，這下，這些青龍，像從衣服中飛出來，確實帶給對方一股威懾力，好像他有六條青龍護身一樣。

後來他心愛的女人告誡他該收手了。他總是很想聽從，但總受到某事某人的阻礙，以至於天不遂人所願。事情的結局，就像我們所想像的那樣，是他已經無法收手了。所有的事情，似乎開始就預示結局。這好像有點宿命感。這個故事也一樣充滿這樣的意味。

最後的結局有點慘。很血腥的悲劇。這我不感到奇怪，因為江湖人物，最後的結局都差不多的，非死即殘，除非潛逃到天涯隱居。

我看過無數此類的江湖片，結局都差不多，也幾乎都能猜到結果，但我們還是不斷要去看，就是因為我們知道結果，但又想看到一個不一樣的結果。雖然我們常常失望，但我們照樣樂此不疲。就像我今天的到來一樣。

我看到的結局，和我從前看到的，也一樣的 —— 他也不例外，最後被人分屍了，大卸幾塊，就像有六條青龍，瞬間飛走了，飛上了天空。

只有他心愛的女人，望天祈禱，對心哭泣。

電影放完了，我正想起來。范大軍拉住我。他說另一個我也值得看看，不錯的。你幫忙找找《我的老婆是大佬》的電影吧。他讓狗子去找另一個電影。他對我說，這個是講女人的。紋身的。

他說他剛弄過來的，韓國片，自己也還沒看過的。他說一併看個夠。今天就算我包場了。他笑嘻嘻地打趣我，看著狗子往外走。

我有點累，剛才看的時候，我的心都是亂跳的，這弄得我不舒服，想離開。但奇怪，范大軍這麼一說，我竟然又坐下來。還是坐在暗淡的粉紅色燈光下的排椅上。

狗子轉回來後，將 DVD 丟進機子。又有人聲了，又有鳥叫了，還有車子的聲音，男人與女人做愛的呻吟聲。黑幫老大是個女人，背上都是滿滿的紋身，將她的丈夫嚇壞了。

我扭動身體，我坐立不安。范大軍也扭動身體。我聽見椅子在咿呀作響。狗子坐在最前排，半躺著，仰了頭對著銀幕。我不知道他是否在看，因為他的腦袋一直保持那個姿勢。

後來，范大軍可能累了，他打個哈欠，將腳伸出去，架在前排的椅子的靠背上，歪著腦袋。

電影放完了。我想出去，范大軍拉住我，說，就走了？我說我沒事了。他說我不夠朋友。我奇怪他怎麼這麼說，我們根本就算不上朋友的。我只好站住，聽他說說怎麼才夠朋友，其實我也不是他的朋友，我不想自作多情。

多少錢？我竟然這樣問了句。我認為自己算是包場。

你請我喝酒吧。沒想到范大軍這麼跟我說。

我對喝酒是沒興趣的。但我對他總是有點好奇。想深一點，與其說對他好奇，還不如說是對他與朱顏過去的關係有點好奇。我可能心裡有鬼吧，竟然就這麼跟他去酒吧。

※　　　　※　　　　※

我不喝酒！我跟他說了。

范大軍也沒逼我喝。他自己和自己較勁。他慢喝快喝，都喝一打了，也就是十二瓶。我數過的，是十二瓶金威啤酒，小支裝的那種。范大軍喝了不少酒，也說了不少話。我少說話，聽他講，聽他滔滔不絕地說。

他說我變了。

我說，是嗎？

他說是的，變了。他說他都快不認識我了。

我笑了一下，問他，變得怎麼樣了？

變壞了。他認真地看我一會，又嘿嘿笑。

我還是好好的啊。我喝一口飲料，然後接上他的話。

你以前肯定不會看這類影片的。范大軍說要和我打賭。

我說，看這類電影也沒什麼不好的。我為自己辯解。

你等等。范大軍喝一口酒，就往洗手間的方向走。他今天一來一往，去了許多趟。我喝著飲料，聽著嘈雜的人聲，當然還有阿杜沙啞的歌聲。我有點無聊，就往洗手間的方向張望。

※　　※　　※

過了一會，楊羽竟然看見朱顏。她急匆匆地進來，站在門口，緊張地張望。楊羽朝她招手。他對她的到來，有點慌張，他不想讓她知道是和范大軍喝酒。他不想她知道自己和范大軍來往。他不知道她來幹嘛，但既然看見了，他就要和她打招呼。她張望一會，也看見了楊羽，就走過來。

妳來幹嘛？楊羽是這麼問她的。

找你呀。朱顏是這樣說的。

找我？楊羽有點不解。

他說你出事了。朱顏臉上的焦慮開始淡下去。他對她的話一時摸不著頭腦。

誰說的？楊羽不明白她所指。

朱顏欲言又止。

※　　※　　※

妳來了？我們正說著，范大軍過來了。他一邊拉褲子的拉鍊，一邊說，來了好，一起喝酒。范大軍喊服務生拿酒杯。

我不喝了。朱顏有點不高興。楊羽。我們走吧。她拉了我的手想走。

一定要喝！范大軍攔住她，也攔住我。他將一個杯子斟滿，遞給朱顏。

我不想！朱顏用手去擋。

但范大軍堅持要她喝。他將杯子往她的手裡塞。但她就是不接，將手握成拳頭。

我說她不想喝就算了。我拉了朱顏也想走了。

沒想到范大軍生氣了，說，不想喝也要喝！他說得很霸道。他端起酒杯就要灌朱顏。朱顏將杯子一撥，就掉地上。叭的一聲，杯子落到地上，開花了。

范大軍揮起手，啪的就給朱顏一記耳光。這記耳光十分響亮，壓過嘈雜的人聲，強勁的音樂聲，在空氣中迴盪。

朱顏一愣，沒了反應。范大軍又隨手打了幾下。我看到朱顏的眼淚就下來了。我突然就冒火了，順手抄起一把椅子，從後面就砸了范大軍一下。畢竟他是喝多了，我只打了他一下，他就站不穩，也沒轉身看看我，就撲通一聲倒在地上，張開的手，還帶倒了旁邊的桌子什麼的，都摔地下。

這把椅子可真夠結實的，不像電影或電視裡的那些椅子，一摔就碎掉，木屑四散。這把椅子在我砸了他後，還是完好無損的。其他客人見了，都嘩啦地站起來。

朱顏被嚇得發愣，我拉了朱顏就跑。跑啊跑啊，我能感到風也迎了我跑過去，在我的耳朵邊呼呼過去。

我們跑了好長一段路，又坐了好一會車子，下車後，又猛地朝我的家奔起，很快就到了我的窩。我進門時都快喘不上氣了。朱顏也一樣，呼哧呼哧地，就快要斷氣了。

我們癱在沙發上過了一會，才有力氣站起來。我站起來看朱顏，竟然發現她臉色發紅，兩眼放光。我看見她的胸部大力起伏。

我說，傷了嗎？

朱顏搖頭，但沒說話。我伸手過去摸她的頭，很燙，摸她的臉，就更燙。我擔心地問她，是否發燒了？朱顏癱倒在我的懷抱，她說她想要了！她的呼吸已經紊亂起來。

※ ※ ※

於是楊羽和朱顏，立刻就陷入迷亂。她的身體，似乎變得溼潤起來，楊羽就滑進去。他們躍起，又倒下，就像在游蛙式一樣，潛下去，用力划水，之後，再浮出水面。大口地吸氣，又大口地呼氣。

後來兩人又癱在了岸上，互相擁抱著，就像水草纏繞在一起。

妳來幹嘛？楊羽是這樣問她的。

他說你醉了。朱顏說得含糊。

朱顏沒說是范大軍打電話給她，但楊羽已經猜到了。但他沒對此發表意見。楊羽開了燈，仔細查看朱顏臉上的傷痕，身體上的，還好，沒有明顯的傷痕，就臉上有巴掌印。

有點點腫。楊羽有點心疼地說。

不礙事的。朱顏反過來安慰他。

這個狗東西！楊羽罵了一句話。

他是真的醉了。朱顏似乎沒去計較，也好像忘了疼痛。

※ ※ ※

後來，朱顏摟住我，和我說話，慢慢就迷糊起來，漸漸地入睡。睡得很甜蜜。我看見她入睡的。但我睡不著，雖然有點疲勞，但心思煩雜，我想了許多，內心充滿了內疚、殘忍的自私、還有心照不宣的同謀罪惡感。

第22章　孤獨

其時，馬由由正幫一個女客人紋手臂，是左手臂上，她要一隻蝴蝶。要冶豔的。她是這麼強調的。我呢，正看得眼也不眨。馬由由說，給我藥水。我就給他藥水。之後我的手機就響了。

我一看，不是朱顏的，我就不想接。但電話還在響。我就任它響，心裡雖煩，但表面不動聲色，認真地觀摩馬由由的操作。

馬由由煩了，頭也不回地對我說，不接就關了吧。可是關了我又沒了朱顏的消息。其實我可以調成震動的，但覺得不直接。

我只好接了。不是朱顏，也不是王悅，而是馬管區！我問他什麼事。他沒說什麼事，只是說，你回來！馬管區叫我去他那一趟。是馬上來。他最後是這樣強調的。我不知道是否上輩子欠過他什麼，這傢伙幹嘛要老盯著我不放呢？

我想，也許他是個未婚的單身漢，日子過得太無聊？也許他有對婚姻的好奇吧？或許，就是心理變態？我只能這麼猜想他的動機。

我掛了手機，對馬由由說，我得回去一趟。馬由由沒回頭，也沒哼一聲，他在忙呢。艾末末哦了聲，對我點點頭。

我迅速脫掉白大褂，頭也沒抬就走了。他們不是我的老闆，也沒給我薪水。當然，他會請我吃個午飯，我好歹也是個幫手嘛。

※　※　※

我表面不急，但心裡煩，我想盡快將事情了斷，所以搭了車子，很快就到了派出所。我直撲馬管區的辦公室，看看他到底搞什麼鬼。

我沒想到，卻意外的看見，王悅竟然就坐在那裡。她和馬管區正在聊天，都坐在沙發上，側了身子在聊，聲音不高，但似乎氣氛熱烈，談得滿投機的。他們沒看見我到門口。我遲疑一下，退到門外，想想又返回去。我站在門口。我還有點氣喘，但汗逐漸收了回去。

什麼事？我問得直截了當，嗡聲嗡氣的。

來啦？馬管區抬頭看我一眼，然後坐正。

什麼事？我又問了句。我沒看王悅。

她找你！馬管區抬手指指王悅。我只好轉過頭去看她。

她哦了聲，說是有點事。

你們談吧。

馬管區雖然這樣說，但他沒起身出去，他只是離開沙發，坐回他的辦公椅，拉開抽屜，拿出一把指甲刀，開始剪指甲。我都聽到唧唧的聲音了。十分刺耳。我有點受不了。我沒有吭聲，只抱了肩膀。

你幹嘛？馬管區皺眉頭問我，他對我抱了肩膀的舉動不解。

有點冷。我嘟囔一句。

我們回去談吧。王悅站起身子，拿起放在膝蓋上的手袋，另外還有一個塑膠袋。

謝謝你了。她臨出門，掉頭對馬管區媚笑一下。

沒關係的。馬管區臉上有點失望。有事就找我。他在後面對王悅說。

※　　※　　※

有事嗎？我跟在王悅的後面，極度不滿，但又小心地問她。

她穿了白色的高跟鞋，走路帶了篤篤的聲音，我承認聲音真好聽。我也看見了，她裙擺下面擺動的小腿，真的很白，也很性感，但也弄得我心煩，因為我的目光朝上看，她穿的是孕婦專用的裙子，我看見她向前挺的肚子。她用搖擺的姿態向前走去。

這麼長時間以來，我都想辦法去躲她，一直躲她，而她總是用盡各種辦法，套住我，就像一個漁夫那樣，總是隨手將網撒向我，讓我四處逃亡，卻總能網住我。今天也一樣的過程，一樣的結果。她隨手一撒，我又被網住了。成了她的網中魚。大概今天找不著我，她就直接找馬管區了。對這，我即使是敢怒敢言也沒用。

王悅說她停止了。

那還找我幹嘛？我沒明白她的意思。惱怒地嘟囔一句，我以為她說，她停止追蹤我。

我沒反應了！她又說了句，語調顯得輕鬆，聽上去她心情很好。

什麼反應？我是真的沒弄懂她的意思。

她說她不吐酸水了，也開始想吃東西。她嘆息一聲，說，終於過了最難受的時候了。

這下我明白了，難怪她這段時間的胃口那麼好，那麼能吃。我哦了聲，這才好好打量她。她的肚子已經相當凸出。我一直努力想迴避這個事實，所以盡量不去注意她的肚子，但我也明白自己很難做到。我趕緊將頭轉方向，朝前方看去。我想掩飾自己的吃驚和慌亂。

走了一段路，王悅拿出一把傘，撐開讓我拿著。我只好伸手去舉了，和她走在一把傘下，我們的身體不時擦一下，碰一下，她的身體是很有彈性的。但我有點彆扭，有點不自然。

我看她走得也熱，額頭上都是汗。我有點心疼，又有點鄙視，我是說對她的這種做法。我真的搞不懂她到底怎麼想的。走啊走啊。我都有點累了。

去哪？我又問她，我明知故問，此時也希望出現奇蹟。

但奇蹟沒有出現。她正朝我住的地方去。吃午飯呀。她看了眼手錶，然後和我說，她要吃我做的拍黃瓜。我說去餐館吃吧。雖然我沒什麼錢，但我不想讓她又進我的家門。

我就喜歡吃你做的！王悅堅持說，還朝我一笑。

我說，我沒買菜呢。

我帶了！王悅提起手中的塑膠袋。

坐車吧。我沉默了一會，對她提出這個建議。我這樣說，一是實在熱，二是和她走在一把傘下，走路碰撞，心裡彆扭，還怕熟人看見。我突然想起了錢小男這傢伙。

這樣走路對小孩好。王悅一邊說，看我一眼，一邊用手去撫摩她隆起的肚子。我趕忙將她手上提的塑膠袋接過來。我嗅到她頭髮上和身體上的汗味和香水味。

你總不願意和我散步！王悅小聲責備我。

但我沒說話，轉身從她的一邊，換到她的另一邊去，將撐傘的手換了換。

※　　　　※　　　　※

我們進屋後，身上已經是溼透了。我將她安頓在沙發坐好。我進了臥室，去翻衣櫃，卻翻出幾件朱顏的內衣，我趕忙丟回去，用我的衣服掩蓋起來。

我又翻箱倒櫃一番，最後抓了我的一件 T 恤，出來丟給她。她認真看了眼，然後去浴室洗澡。我站在客廳裡，趕緊將朱顏來過的痕跡給清除掉。

王悅出來後，讓我也去洗洗。還問我幹嘛不開冷氣。我說省錢。我邊說邊打開風扇。空氣中馬上飄滿香皂的香味。王悅說，你該買沐浴乳。我說我習慣了。

她說，沐浴乳對皮膚好。我吸了吸鼻子，趕緊也拿了乾淨的 T 恤，進去浴室。我洗了很久，我真的不想出來。

你在幹嘛？我聽見王悅在外面問我。

洗澡啊。我回答的時候，水流將我嗆了。我大聲咳嗽起來。我不明白都在屋子裡，她幹嘛還對我不放心，連我洗澡她都想控制。

幹嘛那麼久呢？她不滿地問我。

王悅推門進來看個究竟。我連忙一下子捂住下面，趕忙轉過身子去。

妳幹嘛呀？我有點火大，也有點尷尬。

我又不是沒看過！王悅竊竊地笑，將門掩上。

我出來一看，王悅正在站在窗子前，雙手叉腰。高瞻遠矚。我馬上想到這個跟上司有關的四個字。她可能在想什麼。我沒打擾她，坐在沙發上，吹著風扇。

我餓了！王悅突然說了聲。她沒轉身，就這麼對著窗子說的。

我說，我去幫妳做飯吧。我還真的嚇了一跳，她的眼睛似乎能看見後面。

王悅卻走過來按住我，不讓我起來。然後她彎下身子，將頭埋在我的膝蓋上。

我真的很孤獨！她用手輕輕地摸著我的腿。

我說，妳會有新朋友的。我這樣說，有安慰的意思，也有想將她推開的意思。

她的話讓我嘆息，城市裡的人，有誰不是孤獨的？你以為那些周旋於飯局酒桌歡場的人，就不孤獨嗎？他們一樣是孤獨的人。我這樣說，這有點殘酷，但我只能這麼安慰她。她又說她現在為了孩子，把工作都辭了。

我知道她是希望我問她，生活有沒有問題。但我沒有順她的話意走。我說妳坐吧，這樣妳不舒服的。她的這種姿勢，壓迫她的肚子。

她坐上沙發，將身子靠過來。我只好努力撐住。她的手在撫摩我的腿，搞得我癢癢的。

我說，熱呢。

她沒理會我，繼續摸，還向下面進攻。

我說，妳要注意身體。我渾身躁熱，但還是控制自己的情緒。

我可以用嘴的！王悅哼了聲，抬起眼來看我。她的眼睛裡已經是一片迷離了。只要我稍稍放棄抵抗，我就會陷落在那片江山美人的世界裡。

※　　　　　※　　　　　※

我說我幫妳做飯吧。

要不是前幾天剛和朱顏做過，將體內的熔岩釋放了，我想我自己是控制不住的。我小心地將王悅扶正，坐好，然後我去廚房。

我出來拿塑膠袋裡的黃瓜，我看見王悅在梳理亂了的頭髮。她的臉是潮紅的。我只好無聲地嘆息一下，就又進廚房了。

我淘米，洗菜，拍黃瓜，醬肉等等，一忙起來，我心情稍稍好點，我專注的就是眼前的一切，我可以將一些事暫時忘記掉。我很快就弄好了，將飯菜端了出來。我喊王悅吃飯，她高興起來，扶腰過來了，坐在飯桌上，一言不發地吃。

她不說話，我也不想說話。彼此只聽見黃瓜被嚼碎的脆響。我吃得很快，然後就坐回沙發上看電視。偶爾我會轉過頭去，偷偷地觀察一下王悅。

我想去游泳！王悅突然說了句。

我說，妳說什麼？我沒聽清楚，就問她剛才說什麼了。

我要你陪我去游泳！王悅重複她說過的話。

我說我還要上班呢。

你得陪我！王悅說得有點霸道。

我沉默了一會，說，好吧。我突然沒有心情工作了。

王悅的臉上馬上有了喜色。我不明白她怎麼能這麼折騰，而且絲毫不顧及我的感受。我想這就是我們之間的問題了。我說，快點吃吧，吃完去游泳。

※　　※　　※

我們去了一間中學的泳池，是室內型的。是一對夫婦承包的。泳池微微晃動，但靜悄悄的，一個人也沒有，除了我和王悅。我換好了泳褲，來到池邊，身體活動開了，咚地跳進泳池。我閉氣從池子的這邊潛到對岸。我一口氣也沒換。從這邊到那邊。我很久沒游泳了。

我浮出水面，就看見王悅走過來。她走得小心翼翼的，像個企鵝，一搖一擺的，還用手扶住腰部。我這才發現，孕婦有時也是挺性感的。我雖然對她有點討厭，但我不討厭事實。

看她走路的樣子，我有點不放心，趕緊爬上去，扶了她走到扶梯旁邊。她扶著扶梯慢慢下水。她一接觸到水，就喊，好舒服啊。她笑得十分開心。

她游了一會，靠在池邊，對我說，寶寶在肚子裡也游水的。王悅撫摩著她的肚子說，還踢腿呢。她臉上的滴水，模糊了她的表情，瀏海也耷拉著貼在額頭和臉頰上。在我看來，她有一種怪怪的得意感。

我知道王悅是對我在說話。但我沒說話，裝做沒聽見她的話，將頭轉開，望向門口的櫃檯後，看那對夫妻坐著聊天。

第 23 章　別墅裡的女人

這天，我對馬由由說，我該動手了。馬由由愣了，停住手。他看我一眼。我說我該動手了。我又重複了一次。看他沒明白我的意思，就補充說，我該動手實習了。

我的意思是，我來這麼段時間了，不能只看不動手，既然是實習，就該也動手實習的。馬由由哦了聲。又轉過身去工作，他正在幫一個男人紋一隻蚊子。

看他沒說話，我也不好繼續說下去，悶悶不樂起來。馬由由幫男人紋都不說話，很專注。其實從事藝術的人都這樣，別看他們瘋瘋癲癲的，但做事很專心的。我只好靜靜地待在旁邊看。他要某種工具，我就趕緊遞給他。

幹嘛不紋一條龍呢？我覺得奇怪，就問了句話。我按一般的邏輯這麼考慮的，男人嘛，當然要紋龍。我看過許多男人，都紋了龍的，就在肩膀，手臂，胸口等處。

龍有什麼稀奇？那個男人扭過頭，看了我一眼。是啊，紋條龍就不稀奇了。

你先練習畫草圖。馬由由突然說了句。透過口罩說了句話，悶聲悶氣的。

畫草圖？我沒馬上明白他的話。

不畫怎麼紋呀？馬由由解釋，先要有草圖，然後才可進行紋刺。

畫在哪？我有點茫然。

你的腿呀。馬由由顯然對我的反應不滿。

他的話讓我興奮起來。我想自己是該拍腦袋了。我怎麼沒想到呢？看他在忙，也不用我了。我趕緊去找了筆。我穿的是休閒短褲，將褲腳象徵性拉拉，就可以工作了。我小心翼翼的描畫，用墨水畫了隻蝴蝶。

畫完一看，我都覺得彆扭。我又重新畫過，這次是一朵玫瑰，我想玫瑰我應該可以畫好的，畢竟我在朱顏的身上看過無數次。但等我一收筆，還是讓我失望。

怎麼搞的！我聽見馬由由說話。我啊了聲，抬頭望他。你都忘到西天了？他瞥我一眼，責怪我將原來的手藝都忘了。在學校我跟他學過的，那時我對此比較痴迷，也夢想成為一名畫家，雖然我學的不是繪畫專業。

他也說過我的素描還可以。不過這是十多年前的事情了，出來做事後，生活的波折一多，也就管不上這夢想，於是手就生了，就慢慢荒廢掉了。

我說我再試試。我換一條大腿，用力地描畫，我想畫一隻螳螂，我在他的作品裡看見過的。但結果還是讓我洩氣了。我丟下筆，都有點喘氣了。

要用心力畫，不是用蠻力畫。馬由由批評我沒用對方法。

這話說得我沮喪，我丟下筆，說算了，不畫了，就看他紋刺。馬由由就笑了，說你現在知道了，也不是隨便就可以前衛的。他說過，就轉頭還忙他手頭的工作。

我問他，艾末末呢？

出去上門服務了。

馬由由說他們接了個大客，但要提供上門服務。這的確太小了。馬由由抬頭看了眼小店。他說，等有錢後，再找個大點的門店，否則給人的感覺是層次上不去，有礙進一步的發展。

你給我藥水。他朝我示意了一下。我從櫃檯上拿了藥水給他。他一邊幫客人上藥水，一邊對那男人叮囑注意事項。等那個男人穿上衣服走了，馬由由才站直腰。

他說他的腰都站不直了。他邊說邊捶自己的腰。不過呢，他又補充說，也沒什麼，人家醫生動手術的，也是幾個甚至十幾個小時呢。

還好，是紋一隻蚊子，要是青龍的話，你不趴下了。我有點幸災樂禍笑他。

但青龍就賺大了。馬由由倒沒在意我的嘲笑。其實他心裡是有數的。

我怎麼辦啊？我突然擔憂起來。

去北京進修？馬由由走過牆角，倒了杯水回來，對我提議。

我明白他的意思，他們都忙，無法引導協助我。我問去哪學好。當然北京好。這是馬由由的意見。但我對此建議很猶豫，一是錢的問題，我還在吃從前儲下的「穀種」呢，二是我不想離開朱顏。見我沒說話，馬由由又說，在深圳找個家教也可以的。

我覺得他的這個提議不錯。還想問他在哪找好點，我對這一行不熟悉。這時候，他的手機卻響了。他哼哈地接聽一會，還找筆和紙張，記下什麼。

有興趣一起去嗎？馬由由合上手機，問我想不想和他一起上門服務。他說這是艾末末的電話，他是幫這家男主人紋的，說女主人也要紋，並要他馬上趕過去。他大概是忙不過來了。

我說好啊。然後和他收拾工具。出去之前，馬由由在門口寫個牌子，意思是說，暫停營業，有約請打某某手機。然後我們才關門離開。

※　　　※　　　※

我們是搭計程車去的。到槐花苑社區門口下車，因為保全不准計程車進去。看我們提了工具袋，保全還仔細查問一番，又打電話進去問房主人，才對我們放行。

我們是步行進去的。路兩旁的樹很大，陰森森的，看來發展得比較早。社區行人少，十分安靜，路的兩旁，都是些獨立的別墅，三層或五層，早聽說這是富人住宅區。只是這社區的名取得有點土氣，怎麼叫槐花呢。我說出了自己的疑惑。俗透了就顯雅了，這名有點鄉村味。馬由由想了想，說大概是這意思。

我們按門牌找到了 12 號樓，站在大門口按門鈴。過一會，一個保母來開門。我們進了屋子，才感到涼爽。我放下工具袋，環顧一下，這房子是真的氣派，屋頂都很高的。

從落地窗望出去，後花園還有一個小泳池呢。一個女人正在游泳。我看到水的波光閃動，然後都反射到窗子的玻璃上，一晃一晃的。我感到眼睛有點花。

我們等了一會。保母將我們帶進一個房間，艾末末也正在那裡。你們來啦？他頭也沒回，低頭工作，就哼了聲。我看見那個男的，就趴睡在一張按摩椅子上，一動也沒動。來啦。馬由由也回了他一句，然後拿出工具，做準備。

一個女人進來了。她披了浴巾。她走到另一張按摩椅上，然後將浴巾丟下。她說也是背上。她已經將泳衣褪去。我看到她被壓迫的鼓鼓的乳房緊貼在按摩椅上。她的身材真棒，修長而結實，這大概與她經常游泳有關的。

酒精！馬由由喊我。

我還沒反應過來，還在發呆。他再喊一次，我才回過神來。我拿酒精給他。他小心地幫那個女人擦拭消毒。那個女人的頭髮被一條白毛巾包裹住了。否則，一洩而下的髮瀑，可能更有味道。我一邊遞東西給馬由由，一邊猜想某種情形的出現。

這一點我挺佩服從事美術的人，他們面對美好的事物，特別是美麗的裸體女人，總能心平氣和地欣賞，一絲不苟地臨摹。但我就不能，比如說，一看到朱顏的裸體，或者王悅的裸體，甚至她們只是做出一些曖昧的舉動，我就會激動，就會氣喘吁吁，只是我裝做若無其事罷了。這讓我心懷慚愧。

幫那個女人消毒後，接著就是畫草圖，然後就是紋刺。這時屋子裡，馬由由是動的，艾末末是動的，他們手中的紋身槍，也在嗡嗡的鳴叫。我只在他們叫我的時候是動的。

除此之外，都靜悄悄的，我聽見外面，有蟬在叫號。我們偶爾咳嗽一聲，蓋過紋身槍鳴叫的聲音。艾末末，或馬由由，他們叫我也是小聲的，他要某某器械，我就遞過去給他。

……一條青龍飛落在那個男人的背部；一隻老虎跳落在她的背後。我想到那部電影，那六條飛走的青龍，我在想，如果這樣，這個女的，那隻老虎，會怎麼樣呢？如果朱顏紋的是老虎，又會是怎麼樣的效果呢？我的腦子裡，許多影像都混雜起來了……

我一邊觀摩，一邊胡思亂想，我的想法有點色情。我在想像他們做的時候，肯定是很刺激的，無論是誰在上面，都是一幅龍虎鬥的情景。那個男的，背部紋的是龍。而這個女人紋的是虎。我聽人說過，青龍白虎是絕配，我不知道這一對是什麼配法。

忙了五個小時。我眼都花了，身體也變得僵硬了。雖然房間裡開著冷氣，但艾末末和馬由由都在擦汗。看得出他們很認真，但也很緊張。那個男人站起來後，我才看清楚這個男人有多壯實，我猜他是練健身的，他一用力，身上的肌肉就結成塊狀。那個女的，雖然用浴巾圍了身體，但還是看出她身上有股野氣。

我偷偷地喘了喘氣，將所有的器械收拾好。臨出門前，馬由由對那個女人說，暫時不能游泳。那個女人微笑著點頭致謝。那個男人將一個信封遞給艾末末，說，點點看。艾末末在手中掂了掂，說，不用了，有什麼需要就打他的電話，然後就告辭出門。

艾末末的車開出一段路，我還在回頭看。

想那個女人吧？馬由由在逗我，他笑得很曖昧。

我說，他們做起來一定很帶勁的！

是夠刺激！艾末末認真地糾正我的話。

車到社區門口，艾末末打了個哈欠。他們兩個人，看起來都很疲倦了。我猜想，他們做這行當久了，該遇見過無數的奇遇吧？或許見怪不怪？我不敢肯定，但我沒問他們。

第24章　理想

我回來跟朱顏說了，我要學點素描。她說好啊。她還給我學費，這讓我臉紅。朱顏安慰我，說我的事就是她的事。聽她這麼說，我就沒話講了。我接過錢後，說不出話來。這個決定，我也對王悅說了。我說我需要進修一下。

但她聽了，卻十分不高興，猛地拉下臉，責怪我不陪她。她說她都到這程度了。她這樣說，坦率地說，讓我有點難做，但我矛盾過後，我說，我連吃飯錢都沒了。我一說這話，她就沒話了。她懂得該在什麼時候煞車。

※　　　※　　　※

我拿了許多朱顏的錢。朱顏真奇怪，不逼迫我去賺錢，還貼錢給我用，是一百元一張的大鈔，一共是五張，粉紅粉紅的，拿在手上挺刮，唰唰作響。我去藝術學校報名的路上，我想了。王悅呢？一想到王悅，我就頭痛，一頭痛我就不願意去想她。

總是這樣，一想她，我就不得不去想另一個人，一個正埋伏在她肚子裡，準備向我踢腿，發起進攻的人。他或她，該什麼時候跳出來呢？這我沒好好去想過，也怕去想，但王悅不斷地向我提起。還有，跳出來後，他或她，還會做出什麼來呢？還會向我舉起拳頭？

我是邊想邊走的。事情沒理出個頭緒來，倒弄得自己大汗淋漓。走路，等候，上車，坐車，換車，下車，走路。在風景不斷換來換去中，我終於到達學校，將錢交了。

報名處的老師說，下午就可以來了。我沒想到有這樣的辦事效率，這是我喜歡的。但當時快到中午，我走出校門，但不打算回去。我抬頭望天，太陽熱辣辣的。

我去路邊的麵店坐了，我說我要一碗刀削麵，然後吃起來。再後來，我往前走了不到一百公尺，在一家文具店買了繪畫用具，鉛筆、寫字板、橡皮擦、白紙。然後回去學校等。我沒想到，我又走回頭路，成了學生，又恍惚回到許多年前，我的學生時代。

中午的校園除了我就沒人了。我不安地走動起來。我找到A101教室，湊近窗戶一看，沒人，我就轉圈。校園裡很靜，只有蟬在饒舌。我是唯一的聽眾。牠在咿呀咿呀地唱，一長一短的，起起落落，樂此不疲。

而我呢，一開始聽，覺得好，好久沒這麼靜心聽蟬鳴了，但又漸漸厭惡起來。好一個從興趣盎然聽到百無聊賴的過程。我一屁股坐下去，將頭抵在膝蓋，一會就打起瞌睡來。

我竟然還夢見王悅捏我的耳朵，她連連數落我，說看我還能逃到哪裡去！我一邊掙扎，一邊哼出聲來。我是被她弄痛了。她將我的耳朵拉成橡皮筋，我在另一頭往回拉。

我說那我就逃到別的城市去。

王悅狠狠地說，除非你離開深圳，去另一個城市。

我說我是不會離開深圳的。

我說我不會離開深圳，其實我心裡想的是不想離開朱顏，但我嘴上沒敢說出來，我怕王悅去找朱顏的麻煩，雖然朱顏是警察，但我還是不放心。

那你就逃不掉！王悅是擰著我的耳朵叫起來。

我也叫了，還睜開眼想逃。

我猛地醒了，但發現還坐在臺階上。我睜開眼睛，朦朧中，首先看見的是一雙腿，是美麗的腿，很瘦的腳踝，鑲嵌在白色的高跟鞋裡。

我想到一個人。我打個激靈，還是往上看去，我看到了白色的裙子，裙擺蓋住她的膝蓋，用手夾著的教具，白色的手，手腕上還有幾點顏料呢，再望上去，就見到她的長髮和臉頰。哦，不是我想到的那個人！

我趕忙站起來，大家都笑了，他們都圍住我。

徐老師說，該上課了！她笑咪咪地看著我。

我知道她姓徐，當然是之後的事。她在上課自我介紹說，她姓徐。她站在講臺上，用筆在黑板上，寫了一個大大的「徐」字。我們就叫她徐老師。我坐在教室裡，拿出鉛筆、白紙、寫字板、橡皮擦，做好了準備，就等她上課。

奇怪，我能聽見自己的心跳聲呢。多年前，剛剛入學我也如此激動過。但徐老師沒教授我們一些繪畫理論什麼的，就叫我們動手，這出乎我的意料。

我看見身邊的同學都動手了，也許他們早前學過一段，知道該做什麼。只有我還乾坐著。我一時不知道自己該幹嘛。

你該幹嘛就幹嘛。

我聽見徐老師是這麼說的，但我不知道該幹嘛。我叫她徐老師的時候，身上還是一身的大汗。她以為我什麼都懂得，其實我什麼都不知道，這是我剛闖入的另一個世界。

她問我，幹嘛不動手？

我說，妳沒說幹嘛呢。

她就笑了，她說你畫幾筆來看看，我就知道你該幹嘛了。

我有點疑惑，但她的眼神是認真的。我就只好畫起來。我用鉛筆，在白紙上畫玫瑰、蝴蝶、螳螂、青龍等等，也就是我觀摩到的。

她看了就說，你有基礎的啊，就是散了，手生而已。她說我的玫瑰畫得最好。我想也是，我對這印象最深刻。她說的話與馬由由的相似。她說你要用心力，而不是用蠻力。她安慰我說，多練習我就會找到感覺的。

這一個下午，我就是在紙上塗抹，也就是塗鴉。但徐老師說這很好，這就對了，想到哪裡就畫到哪裡，想到什麼就畫什麼。她說話隨意，行為也隨便，她不是一本正經的老師，她一會坐在椅子上，一會又坐在臺角上，顯得心不在焉，又吊兒郎當的。

我放眼看去，整個課室有點雜亂無章，畫板、畫架、調色板、畫筆，丟得到處都是。空氣中有股顏料的味道。學生就坐在箱子上，或者高腳椅上，又或者書桌上，甚至有離譜的，就坐在地上，盤腿打坐。徐老師不失神的時候，就走過去，還看這個瞧那個的，說你，也說他。

徐老師是這樣說的：你的色用輕了，加重點；這線條不流暢，放鬆點；你的色用散了，要飄起來了；注意比例，下面部分可以伸展點等等。

我聽見她走動的聲音，她在畫架和學生們的縫隙穿插過去，小聲的指導，偶爾還拿起筆，做出示範。

按我以往的觀念，我會覺得，如果今天她穿一條牛仔褲，會和她的行為顯得更般配點。但今天我覺得這樣也挺好的，畫了一會，我漸漸放鬆了，我沒了剛來的拘謹，我也放開了，隨手塗抹我的畫紙，我看到上面的塗鴉，就知道我的心情是多麼的好，它們都快飛起來了。

※　　　※　　　※

當然，回去的路上，我又不禁又疑竇叢生，徐老師這樣算是教學嗎？她都沒教我什麼呀！是不是個騙子？但又一想，這樣的騙子也不錯，至少讓我度過了一段愉快美好的時間。

回去後，朱顏再見到我，就很認真地看我。我有點不好意思。我的臉紅了。我總覺得自己有祕密，我總怕她發現什麼。

我說，妳幹嘛？

朱顏說，看你啊！

我說，有什麼好看的，妳都看了無數遍了。

但我看不夠啊。她竟然噗哧笑出聲，臉上的認真消失了。

我笑了笑，問她是否有什麼新發現。她就努力想起來，是很用力地想的那種。她好一陣子沒說話，我就笑她別想傻了。對了，想起來了。她突然興奮起來，因為她想到了。她這麼說，我心裡還真有點打鼓呢。難道她發現了什麼。我等待著。

你的眼睛很色啊！朱顏幽幽地說了這麼一句話。

我可沒想到這會是她的新發現。我說，妳說什麼呀。我不好意思了，被人揭穿祕密的滋味可不好受。但她說的，不是我所懼怕的，也就沒什麼好擔心。

你看人都色瞇瞇的！朱顏點醒我。將我嚇了一跳。

我說，妳胡說！

以前只看我是這樣，現在看誰都這樣。朱顏邊說，還邊示範。一副認真的樣子。

我一下子就被她逗笑了，是哈哈大笑，還倒在沙發上翻滾，我的肚子都痛了，等我不動了，臉上的肌肉還保持原來的笑容。

朱顏可嚇壞了，她抱住我，問我，怎麼啦？我想回答她，但我說不出話來，我還捂住肚子，保持著原來的姿勢。朱顏又叫喊起來，聲音都帶哭腔。

我說沒事。等我緩過氣，終於能開口了，我趕緊用力說出這句話，我想讓朱顏放心。

你嚇死我了！朱顏聽我說沒事，臉上緊張的肌肉開始鬆弛下來。但她還是用手去撫摩我的額頭。她問我哪裡不舒服。

我說沒事。我是沒事。我解釋說，我瞇眼，是上這美術課上成的。我和她說起我上課的見聞和趣事。朱顏聽了，也覺得這老師和學生滿有意思的。

※　※　※

徐老師的課我上了一段時間了。上她的課的學生，慢慢都成了瞇眼動物，看人看物，都瞇著眼。開始我沒感覺，沒有意識到這點變化。後來，我有問題不懂，我先問旁邊的同學，發現他們都是這樣瞇著眼的。就覺得奇怪了。覺得不解。

我就說，你們幹嘛瞇著眼？

他們都比我早上徐老師的課。以後你也一樣的。他們沒做解釋，是這樣笑著回答我的。

我有點擔心，我認為這樣看人和物，怎麼能看清楚呢？為了弄清楚，我去問徐老師。瞇上眼，看你要畫的物體，就有整體感，不會拘泥於局部細節，要抓重點，同時也把握全域。

瞇眼，就會有整個物體的朦朧印象，就忽略掉沒用的細節，抓住事物的最主要部分。這是她給我的解釋，她說這是學畫最簡單有效的方法。

我好奇，也想快點進步，所以我也跟隨這樣做。我試驗了一段時間，果真如她說的管用，我就慢慢也成了瞇眼動物。

我對朱顏說，不要擔心，現在流行單眼皮，也就是瞇瞇眼。我還舉了幾個例子，比如香港的歌手林憶蓮，她就有一雙我們稱做「矇豬眼」的小眼睛，但她很受歌迷的歡迎。我說得振振有辭，還興高采烈。

朱顏被我逗笑了。她說就是流行才擔心的啊。她還是不放心。我安慰她說，在家裡，我瞇眼看妳，但我出門在外，一定努力將眼睜大，看別人看世界。朱顏就咯咯地笑起來。

我還開始替朱顏畫肖像。朱顏通常坐在窗口，那裡的光線很好。她坐功好，能很久也不動，不知道是否是警察的緣故。

她看我，或是看某個方向，是瞪大眼睛的，她的眼睛是很大很圓，當然也很亮的。我喜歡這樣的眼神，她讓我感到自己受到關注。

我拿了畫筆，也是望向她的。我的眼睛是變化的，一會是瞇著的，一會又是睜大的。朱顏坐累了，就起來伸伸腰，然後再坐下，擺出同一個姿勢。我稱讚過她，說她是模特兒的職業精神。她聽了十分開心。

朱顏是個很有耐心的人。她能坐很久，我都累了，她還走到牆角，幫我倒一杯水來。此時屋子是靜的。就是有電話打進來，朱顏也不接的。我的手機沒關，但我也不去接的，我要畫完了，才看看是誰的來電。

如果是王悅的電話，過後我就胡亂找個藉口敷衍。如果是我媽的，我就說我去旅行了，現在正在某處山裡，某條路上。

※　　　※　　　※

這一段時間，我不敢回家裡住，就偷偷待在朱顏這。王悅也用電話追蹤過我。她搞得我有家不想回。我沒在家裡接過電話，通常我說我去了北京。

我說在美術學院進修。之前我對她說過的。這是個很好的藉口。王悅追問過我什麼時間回來，還追問過我錢的來源。

她說，你不是說「蚊子」不給薪水嗎？

我說，跟人借的。

但她表示不相信。我有點惱怒，就想發作，就乘機捅她的軟肋，我說，要不妳借給我好了？這時候電話那端是暫時失聲。這時王悅就會支吾說，她也辭職了呢。一說到錢，她就有這樣那樣的問題。見她這樣我就暗暗冷笑。

我很享受這樣的時間。我不去上課，就在房間畫。朱顏做我的模特兒。我一畫好後，她拿了肖像畫，認真地看，然後提出意見給我，說這次比上幅好。

我在她的言語裡，總能找到進步的依據和鼓勵。我高興啊，知道自己一直在進步，我沒有辜負她的期望。

我又上了半個月的課，自己畫，也觀摩別人畫，後來，心裡就蠢蠢欲動。我想知道自己是否可以了。我就拿了自己的作品，跑去問徐老師，我的水準到哪程度。我想得到她的認可，我想自己該畢業了，該做點想做的事情。

你想幹嘛？徐老師拿了我的作品看，沒馬上回答我，倒是問我將來的打算。

我想成為紋身師！我很堅定地說出我的理想。

徐老師似乎有點吃驚，我想她的學生裡，大概沒有人是抱這個目的來學習的。

我想成為一名出色的紋身師！我強調了「出色」兩個字。

那再努力一把吧！徐老師想了想，認真地說出她的意見。

第 25 章　詭計

馬管區說，你快回來吧！

我聽他的聲音有點急促。我有點煩，一聽到他的聲音，我就煩，這都成條件反射了。我沒馬上吭聲，我顯得被動，我不知道他又想幹嘛。

幹嘛？我有點火了，我不是嫌疑犯，我們之間的關係，也只能是合作關係。

在哪？馬管區又追問我。

外面。我不想告訴他，就說得很含糊了。

現在你人在哪？馬管區緊緊咬住我不放。

我只好說，在深圳市區。

那你回來！立刻回來！馬管區說得不容置疑，好像我是他的部下。

我說，我在忙呢！

那就丟下趕回來！我還想說理由，馬管區就不耐煩了，他說我命令你馬上回來。

什麼事？我還是堅持問出個究竟。

與王悅有關！馬管區是這麼說的，他說她不舒服。我立刻將他假想成了她的共犯。

我本來想說，那你就照顧一下她嘛。但我想想又不妥，就改口問了句，她在哪？

在家裡！馬管區是這麼回答我的。聽他說這話的口氣，有點惡作劇的意味。

家裡？我懷疑自己聽錯了，就又問她在哪裡。

就在你們家裡！馬管區叫起來。

我們家？我對他的話頗有微詞。但我沒說話，大腦裡閃了一下，馬上看了眼手機的號碼，這傢伙竟然是用我家裡的電話打來的。

我的火就呼啦就冒起來。他也在我家？怎麼進去的？王悅也在家裡？她是怎麼進去的？他們在合謀騙我嗎？

我猛地叫了聲，趕緊將手機掛了，跳上車就往家裡趕。我叫了輛車子，不斷催司機快點。我不知道出什麼事了。這傢伙竟然撬我的門了？

我一邊想一邊趕路，心裡的憤怒也想跳出來。我想馬上就飛回去看個究竟，如果真是這樣，我就去法院告他擅闖民宅。我一急起來，就渾身飛汗，車上的冷氣都不管用。下車的時候，我丟錢給司機也沒讓他找零。

※　※　※

我蹭蹭跑上樓，進去一看，差點把我氣暈過去。王悅坐在正對電視的沙發上，馬管區坐在窗前的沙發上，正聊天喝茶，談笑風生呢。我進來沒說話，我也說不出，就站在客廳門口，呼呼地喘氣。

哎呀，回來就好了。馬管區的身體扭過來，朝向我說話，朝我笑。王悅也笑了。但我還是沒說話，站了一會，我還沒找到該說的話。為了壓抑自己的情緒，我氣呼呼走到牆角，給自己倒一杯水，仰頭就喝下去。

那，我就走了。馬管區站了起來。他有點不好意思。

再喝杯嘛。王悅說了挽留的話，就好像這是在她家裡一樣。她當自己是主婦。

他回來了，我就放心了。馬管區笑了說，這話好像盡到了自己的責任，他端起茶杯，將剩下的茶水喝了，然後往外走，臨出門，他說，恭喜你！他的臉上是笑嘻嘻的。送他的王悅也笑咪咪的。

我沒聽懂他的話，我想也許是王悅透露過小孩的資訊吧？我沒打算去追問他的話是什麼意思。我只想他趕緊離開。馬管區一出去，我就砰地將門關上。

※　　　※　　　※

我說，妳怎麼進來的？我憤怒地責問她。

用鑰匙啊。王悅說得挺坦然的，還一臉無辜的樣子。

我竟然又犯傻了，我早就該換鎖了。朱顏也說過我，我媽也說過我，錢小男也說過我的。但我都沒放在心上。現在好了。她可以隨時進出。她本來就當這是她家，自進自出的。

妳怎麼能偷偷闖進我的家呢？我憤怒地質問她。

我光明正大的。馬管區都在旁邊。她又搬出警察來壓我。

我說，妳別老拿馬管區來壓我，我說妳到底想幹嘛？我吼起來。

我不舒服。王悅的氣焰消了下去，換了個話題，聰明啊。

我說，這是理由嗎？

但王悅又說，沒人照顧她。她說得可憐兮兮的，還開始嗚嗚地哭起來。她抬頭看我一眼，淚眼婆娑的。

王悅的哭聲擾亂了我的情緒，我趕緊說，妳家人呢？叫他們過來不就得了。我沒臉跟他們說呢。我怎麼跟他們說，說我勾引妳？說妳強姦我？說我們離婚了還亂搞？王悅頭也不抬，哭哭啼啼，還用手去抹眼淚。她的這一招真厲害，她對我用過無數次了，而且具有奇效，這次也一樣。

我說，別哭了，馬管區說妳不舒服，哪不舒服？我的口氣也變軟了。

王悅走回沙發上坐下。她就坐在靠窗的那邊。我也慢慢走過去，坐在正對電視的那張沙發上。我問她哪裡不舒服。

就是這裡。王悅指了指肚子，她說老踢她。她說照過超音波了，是個女孩。她說是一個做醫生的朋友私下透露給她的。我看了一眼她的隆起的肚子，將頭仰靠在沙發背上。我將眼睛閉上，我想安靜下來。

我的腿都腫了。王悅又在說話了。

我睜開眼睛，看見她在用手去揉她的小腿。她原來漂亮性感的小腿，都有點變形了，臃腫起來，與她的身體一樣膨脹起來。

妳的腿變難看了！我說出了自己的感受，有點憐惜，有點快意。

都是你害的嘛！王悅癟了癟嘴巴，責備我，她還說，她走點路都累。我想想好像也有點愧疚感，你想想，對一個愛美的女人來說，還有什麼比身材走樣更可怕的呢？那妳就少動點。

我想了半天，才找到這句安慰的話。醫生要我多走動，多動動，對寶寶有益。她又搬出醫生的話來對我進行教育，增強自己的說服力。

王悅一說起醫生，跟著就說到醫院，說到照超音波的瑣事。她說剛一個月的時候，她去照過超音波的，想知道懷的是男孩還是女孩。

但醫生不肯告訴她，說是他們有制度的，不能說懷的是男的還是女的，生怕人們重男輕女，將女嬰流產了。那個醫生還說，現在社會進步了，生男生女的都一樣。

喂！你喜歡男孩還是女孩？王悅扭過頭，認真地問我的喜好。

此時我正在打瞌睡，整理自己混亂的思維。

都一樣。我說話的口氣是無所謂的。

王悅說她喜歡女孩，她說女孩不費心啊。我聽了就打哼哈，說妳也有道理的。我心想，妳可讓我費心了。但我沒說出來。那個醫生還說，現在男女比例失衡，男多女少，將來女孩值錢呢。王悅又將那個醫生的話轉述一次。

但我沒接她的話，繼續打瞌睡。突然，我聽到篤篤的走路聲。我感到奇怪，就趕緊將眼睛睜開。我看見王悅換了件新衣服，竟然在客廳走貓步。她竟然挺著雄壯的肚子，在我和電視機之間的通道走貓步，一臉的神采飛揚。

這副模樣我在路上見過的，我的印象裡，路上走過的孕婦，都是神采飛揚的。特別是身邊有丈夫陪伴的。

剛買的，好看嗎？王悅見我醒來，怔怔地望著她，就扭頭驕傲地問我。

還，還可以吧。我支吾著說。妳小心點。我說話的當下，她腳步踉蹌。我嚇了一跳，趕緊跳過去扶住她，讓她坐到沙發上。

你還是在乎我的嘛！王悅驚慌過後，仰臉看著我說。她臉上是欣慰的表情。我聽了這話，並沒去附和她，將她扶去沙發坐好後，我又一言不發。

我餓了。她撒嬌說。

我聽見王悅還在說話，說她的食慾，說她買的衣服，說她肚子，她總是沒話找話，一刻也停不下來。也許平日沒人和她說話吧。但可能嗎？

她是個討男人喜歡的女人呀。她是一隻花蝴蝶，但被男人圍著。要不，就是現在她這模樣，也暫時讓男人們躲開了？我真搞不懂了。我閉目養神幾秒，掙扎著站起來。

我說，我去弄吃的給妳。

馬管區都恭喜我們了！王悅突然說了句，似乎不在意，又似乎話有所指。

什麼意思？我這麼問了句。我沒明白，對了，這句話我剛才沒明白，現在還是沒明白。她說這話是什麼含義呢？

恭喜我們和好啊！王悅天真地望著我，笑容燦爛地說出那句話的含義。

我一聽，嚇了一跳，誰和妳和好了？我頭腦一熱，像要無限膨脹，又馬上冷下去，無限縮小。頃刻間，我的思維都停頓幾秒。

我弄吃的給妳。我清醒過來後，喃喃地將剛才我說的話，又重複一次。

我往廚房走去，還看了眼牆上的鐘，是正午時間。但我在廚房忙的時候，我開始擔憂以後的日子。我們和好了？這是她說的，可不是我說的。但她說了，就怕會發生點什麼。這是我所擔心的。對，明天發生的事，我總是又怕又期待。

第26章　結業

我喊了一聲，我可以啦！我有點興奮啊，一踏進門就喊，好像這麼一喊，心裡憋的那一口氣就會呼啦地吐出來，讓自己輕鬆起來。

馬由由在忙，整理他作品的相片。他總是這麼勤奮，創意不斷，他又有了一本相簿。艾末末呢，也沒閒著，對了鏡子，翹起下巴，拿一把剪刀，小心修飾他的鬍子。他們聽見我的喊聲，都回頭看我。他們沒馬上弄明白我的話，所以怔怔地看著我。

我說我畢業了，可以動手了。我將話重複一次。

馬由由一笑，說，還以為是大事件呢。然後繼續忙他手上的相簿。艾末末頭復原位，還是專心修剪鬍子。他這段留落腮鬍，挺酷的。這時他更像是理髮師。

還好吧？我這樣問他們。不是長時間沒見，而是最近我的行蹤有點飄忽。還行！兩個傢伙一前一後答我，二重唱的味道，但萎靡不振。那就好。我說完，就走過去，看馬由由的新作。

馬由由問我，過得怎麼樣？

我說，一半一半。

我沒有明說，也不想解釋，其實，自己的私事，別人怎麼能明白呢，所以我含糊回答他的話。我捧起他的作品集，細看照片，又走到檯子前，對上面擱著的工具看來看去，還拿起來比劃。

手癢了？艾末末微笑了一下。

我不好意思，也回他一個笑。我說，我想學有所用嘛。

教我吧？見沒有客人，我就提了要求，還拿起紋刺的器械把玩。

先學畫圖。艾末末說了聲。他丟下手中的小剪刀，用手抹了一把臉。

在哪畫？我來勁了，興致勃勃的，但不知道用在何處。

你身上啊。馬由由笑咪咪說。他用手指朝自己畫了個圈。

我聽了就在身體找，從手上開始找，後來找到大腿。我走到工作臺前，拿一支畫筆，將休閒短褲一捲，然後拿畫筆畫。我畫得很小心，也很細緻，用了不少的時間。

畫完我就喊，怎麼樣？快評論啊！我有點心急，很想知道成績。

大有進步！艾末末歪頭看了一眼，點點頭說。

不錯！馬由由瞇眼一看，也說了一句。

我聽出來了，他們話中有肯定，也有不滿意，但相比之下，我知道我進步了，比以前進步了許多。我的熱情被鼓動起來。接下來的時間，我都在大腿上作畫，畫好了，叫他們評判，然後擦掉，再重新畫過。

時間一長，我身上畫過的部位，留下各種龍虎走過的蹤跡，蝴蝶飛過的影子，也有玫瑰，梅花開放過的殘跡。墨黑一片，但我興奮起來，好像自己馬上就可以捕捉到他們的靈魂。

間或有了客人，我還做老本行，趕緊收手，收拾心情，幫他們倒水，遞工具什麼的。看馬由由或艾末末忙這忙那的。聽見器械的鳴叫聲，心裡就有衝動，手癢，當然，我最好的處理辦法就是用力掐自己的大腿。

手癢？馬由由送走客人，就笑話我。我也笑，但不出聲，被他看破了。他還說，要多練，要熟能生巧。他現在手藝了得，簡單的紋身圖案，他可以不畫，直接就紋身槍「雕刻」出來。複雜點的，也只需幾筆，就用線條勾勒出來，神態栩栩如生的。

關鍵是個「巧」字。艾末末將客人給的錢收好，特意強調了這個「巧」字。我也看出他們畫圖，幾乎是一筆成形的，氣韻流暢自然，形神兼備，手工讓人驚嘆。

接下來，店裡安靜下來。馬由由和艾末末都在打瞌睡。我還是畫啊畫，大腿都弄得髒兮兮了。我擦洗乾淨，再畫過，我反覆練習，簡直就是樂此不疲。他們醒過來，偶爾走過來看一眼，給我評價什麼的。我聽了意見，靜思一會，再畫一遍。

後來我再問他們，馬由由和艾末末都沒說話。他們看我的眼神，有點研究的意味。我說，你們沒看過我嗎？我笑問他們。

馬由由就不看了，扭過頭去想了想。艾末末還是那麼嚴肅。我慢慢就笑不出。我以為出什麼問題了。但艾末末走開了。

你近視？馬由由轉過身子，突然問我。

我說，沒啊，視力正常。

那你幹嘛瞇眼？艾末末也轉回來，他說也發現了這個問題。

原來是這麼回事！我說了徐老師的教法。還說了她的一些趣事。馬由由和艾末末都笑了，說還真古怪呢。我說還真管用的。還建議他們試驗一下。他們則哈哈大笑，說哪天也去進修一下，去會會這個美麗的美術女教師。

一連幾天，我都十分勤奮，只要有空，我就不停地練習，在大腿上畫畫。我畫過青龍、白虎、紅狐、蝴蝶，當然，我畫得最多的就是玫瑰。

我想起朱顏身上的玫瑰花，心裡就有種熱情，思緒就特別飄，連畫出來的玫瑰，都有一種動感。馬由由都說了，神了，這玫瑰會動呢！這話說得我更飄了。我一整天都處於飄的狀態中。這種感覺真的好！

※　　　※　　　※

這天晚上，我回去已經很晚了。一路上，我有點累，但心情輕鬆，甚至對一個剛上車、稍稍胖點的婦女，也讓座了。我以為是個孕婦呢。

她白了我一眼，我有點尷尬，但還是滿高興的。我沒敢回家，而是去了朱顏那裡。我還將手機關了。我上去的時候，顯得很亢奮。

有豔遇啊？朱顏見我進來，就逗我，還給我倒了杯涼水。她說喝了就會冷靜下來。

我說，我可以啦！我喝了她倒的涼水，但沒有馬上冷靜下來，而是變得嘮叨起來。

我讓朱顏坐下，然後對她說起剛才發生的事，還有白天的事。我說我的畫不錯了，他們都說了，我很快就可以動手了。但現階段還要多練習，熟能生巧，這是他們說的。我說我可以為你做示範的。

我認真坐下來，將大腿的短褲捲上去，然後在上面作畫。而朱顏就在邊上看。開始她看見我墨黑的大腿，就大笑起來，後來才認真地看我畫起來。

剛開始的那幾天，我都是在自己的大腿上畫的。我回去後，盡量和朱顏待在一起，我就繼續畫，我想保持這種良好的狀態。

後來，我的手藝日益精湛，而且我畫的地方更多了，我在自己的大腿上畫，也在朱顏的身上畫，在她的乳房、臀部、手腕、後背、小肚子等等，我畫完了，就擦掉重新來過，我看見各色的植物、各種動物，在她的身體上生長，奔走。

※　　　※　　　※

我回去「蚊子」後，還跟馬由由說起，說起這種無法遏制的衝動。我說我興奮，激動啊。我理解了馬由由和艾末末他們的熱情和幸福了。但他們聽了我的話，卻沒有反應，沒和我產生共鳴，好一會沒說話，而是定定地看著我。

我說你們說話啊。

他們還是那樣看著我，而不說話。

我說，你們有病嗎？

他們就憋不住了，他們說，我們沒病，是擔心你有病，擔心你會瘋掉！他們終於說話了，我也終於將憋在胸中的那口氣，長長地吐出來，吐出來也就不會瘋掉。

我說，馬由由沒瘋，我也不會瘋。

為什麼這樣說呢？聽我這麼說，他們都問我。

他前衛了這麼多年也不瘋，我就更不會了。我是這麼說出自己的想法的，我只是擔心自己做得不夠好，畢竟我不是學藝術科班出身的，我需要更多的努力。

那就好，希望這樣。他們彷彿也鬆了一口氣。

我練啊練啊，他們畫草圖，我不練，在旁邊觀摩，然後他們紋刺，我就坐下來畫，我得過這一關。後來，他們都認可我的熟練程度了。

你來畫啊。

他們都讓我在客人身上畫草圖了。我畫上去，悄沒聲息的，畫筆落在皮膚上，沒有聲的，筆尖在上面走步，也是靜悄悄的，甚至比在白紙上寫字還要靜，但可以看到筆鋒走過處，皮膚在下陷，顯出一條清晰的路痕，一條流暢自然的線條，走啊走啊，最後就走成了一條青龍，或者一隻蝴蝶什麼的，真的很神奇，也很過癮的。

後來，我的工作有了點變化，就是除了倒水，遞工具，還負責畫草圖，在客人身上走筆，那種感覺十分美好。

我心情激動，但努力使自己平靜下來。我畫得很專注，也很用心，對了，我終於懂得了他們說的，畫畫要用心，而不是要用力。

我不停地想，自己就快要可以動手了。可以動手了，那是多美妙的事情啊，那簡直就是在繡花，在一塊白色的絲綢上繡花。我是這麼想的，對以後的日子充滿了憧憬和想像。

第 27 章　破門而入

這天我照常上班，還是當馬由由的助手。臨近中午，我直起腰身，做了個伸展運動。我將手高高舉去，又做了幾十個划船的動作。

這時我的手機響了，我沒有馬上接聽，繼續做了幾個彎腰的動作，我的手指沒辦法觸到地上。我努力去觸自己的鞋子，但總是差點距離。

艾末末說，你韌帶不夠柔軟。

馬由由就開玩笑，說我的腰柔軟度這麼差，是不是少做愛啊。

他的話搞得我臉紅了。其實，我哪會少做愛呢。但我又怎麼能說出來呢。我不想和別人分享這一份幸福。這時電話又響了。

我趕緊收起身子，掏出手機，接聽電話。我聽到一個人在嘿嘿笑。我以為是打錯了。我問他找誰。他沒報姓名，只說找我。

我問，你是誰呀？

那個傢伙還在笑，不說話。他嘿嘿乾笑幾聲。他還是沒報姓名，只是笑，然後說，聽出來了吧？這時候我聽出來了，就沒好氣問他，找我幹嘛？他為什麼總是纏著我呢？

我沒找你。他是這樣笑著說的。

那好。我說完就想掛斷手機，長長地舒一口氣。

他卻說，是王悅找你！

王悅就這麼纏我的。總是在我以為要淡忘掉她時出現，突然地。我努力想將她擺脫，但總是不能得償所願。我聽了馬管區這話，心煩死了，又來了，她在我最愉快時出現。

我說她沒手還是成啞巴了？我的意思是她有手有口，幹嘛老叫馬管區帶話，讓這傢伙摻和進來。我覺得這是我的隱私，當然也是妳王悅的隱私，而馬管區是誰，他是外人！是個與我們毫不相干的人。

更何況我不喜歡這個人，即使他是人民保母。他不幫助人民解決困難，還總是給我添麻煩。可是馬管區對我的質問並不在意，他又嘿嘿乾笑幾聲，說，還是快回來吧。

你叫她在你那等著！我是這麼跟馬管區說的，我不知道她又想做什麼。

沒想到馬管區說，我們在你家裡等。

我一聽頭就炸了，他 × 的！又來了，居然在我家裡？沒搞錯吧！我已經將門鎖換掉了，就前幾天偷偷換掉的。我做了一直想做該做而沒做的事。他怎麼說在我家裡呢？

我趕緊翻看手機螢幕，沒錯，就是我家裡的電話。× 的！搞什麼鬼啊。我都跳起來了。我把手機掛了，將腰包繫好。

你去幹嘛呢？馬由由看我慌張的樣子，就問我出什麼事情了。

我掉頭往外走，我說得回去一趟！

看樣子像去救火！艾末末笑了說。

我的臉很燙，我想肯定燒著了火。我急匆匆地出門，坐上車子就往家裡趕。

※　　　※　　　※

我一路趕，一路想。我想得最多的，就是他們怎麼進門的。我仔細想了往日的許多細節，就是有關和王悅相處的細節。我找了一遍，還是沒找到哪有紕漏。

我換過門鎖後，就沒給過王悅鑰匙，即使有時被她堵在家裡了，我也一直是防備她的，鑰匙是隨身帶的，走哪帶到哪的，她應該沒法子從我這複製鑰匙的。

我想呀想呀，將腦袋想痛了，也沒想到王悅和馬管區是用什麼辦法進去的。除了砸門鎖！我腦裡一閃過這個念頭，我的肺部馬上就有氣炸的危險。我努力控制住自己，安慰自己說不會的，至少馬管區不敢這樣的。

車子還沒到站，還有老遠的一段路，我就站到車門口。我不站起來，我就呼吸困難。我站起來，才感到氣出得舒暢一些。我不停地按那個停車鈴。車子一到站，車門一打開，我就跳下去。往家裡的方向跑去。

我是奔跑著上樓的，我跑到家門口，一看，門是完好的，門鎖也是完好的。從外面看，沒有撬門的痕跡。我推了一下門，門是鎖上的。我就奇怪了。我將耳朵湊近門聽，聽到裡面有說話聲。我趕緊掏了鑰匙開門。

我打開門，就看見王悅了，還有馬管區。他們也還坐在沙發上，就是上次各自坐的位子。

回來了？王悅看我進來，就問了聲。

怎麼進來的？我氣呼呼地喝問他們。

王悅費力地站起來，說她都等急了。

我問你們怎麼進來的？我有點氣急敗壞了。

馬管區端起茶杯喝了一口，他沒有著急回話的樣子，也可能他覺得讓王悅來回答更適合些吧。他看了王悅一眼。他想將說話的機會讓給她。他此時更像個旁觀者的態度。

你說呀？但我將臉衝向他，堅持要他回答。

叫鎖匠打開的！馬管區慢悠悠地解釋。他說王悅的鑰匙掉了。他說得輕描淡寫的。王悅附和他的話。她說，是呀，她拿手袋裡的鑰匙試遍了，也沒一根是對的，只好找鎖匠了。我還專程叫馬管區過來幫忙，他也是建議我找鎖匠來弄。

我伸手就給了王悅一記耳光。我打得有點狠了，我都昏腦袋了。我什麼都不管了，即使我看見她朝我走過來的時候，腳步都很是蹣跚。

我不管不顧地給她一巴掌，即使我發誓不打人，特別是不打女人。我將所有的憤怒都聚集在那一巴掌上。

妳憑什麼呀？妳！我吼起來。

王悅被我打得身體一晃，差點都倒下去。她在倒下去的半途，扶住放電視機的櫃子。她站起來的時候，嘴角流出紅色的液體。馬管區馬上跳起來，身手敏捷地搶過來，將王悅扶回沙發坐好。

你幹嘛打人？馬管區轉過身來，揪住我的衣領問我。我想我要是和他打起來的話，此時我不一定會輸給他的。我們的實力相差不多。他占優勢的，大概就是警察的身分。

你也太他媽的欺負人了吧？我沒理睬他，轉過身子去，對王悅破口大罵。王悅沒反擊我，只是低頭，嚶嚶地哭。她使出她的致命武器，用得恰到好處。

馬管區說，還不快住嘴！

我說我不住嘴，我要罵，我要出氣！

我越說越快，越說越痛快。馬管區的臉也漲紅了。我已經罵王悅的祖宗，也加上馬管區的祖宗了。馬管區讓我煞車，但我說順嘴了，煞不住，也不想煞車，這樣痛快啊，車毀人亡。

再這樣我就不客氣了！馬管區警告我。

不客氣又能怎麼樣？我已經不在乎他的話。

馬管區手一動，伸向口袋。我以為他想拔槍。我心裡打個激靈。

我喊起來，你想幹嘛？想在我家拔槍嗎？

就在我一愣的幾秒中，馬管區手提起來，掏出一副手銬，將我銬上。我掙扎起來，和馬管區拉扯在一起。我也開始有點怕了。王悅過來按住馬管區的手。你是想進去坐嗎？王悅是這麼對我喊的。我頓時鬆了手。

馬管區你走吧。王悅是用這樣的話讓馬管區安靜下來的。她說我們會處理的。

馬管區放開我，很不情願地掏出鑰匙，將我手上的手銬打開。我鬆脫手銬後，看見自己的手腕上，都有一圈紅紅的印痕。馬管區收好手銬，罵罵咧咧地出門去了。

犯賤！我是這麼罵王悅的，我說，幹嘛叫他插手？

誰叫你總不理我啊。王悅說得可憐兮兮的。

我說我很忙的！

我想找又找不到你。王悅是這樣辯解的。

找不到就可以撬我的門嗎？我的怒氣還沒有消掉。

我需要人照顧！王悅擦了擦眼淚。

我看了她一眼，她臉上都是淚水，而且還腫了。我不知道是剛才我打的，還是懷孕的原因。或許兩者的原因都有吧。我的心被螫了一下，剛剛還很堅硬的心軟了下來。

我快要生了！王悅又哭起來。

我肚子裡的怒氣一下子消散了。我好一會才想去該說什麼，我說我只是不喜歡妳的處理方法。我說，我們的事，幹嘛要他來無端生事？他有病，變態！我還在怒罵馬管區。

我是沒辦法啊。王悅幽怨地哭訴她的委屈。

我聽了，也無言。這要怪我自己，貪圖一時的痛快，結下的果子真的不好吃。但現在我只好硬著頭皮啃。現在都這樣糟了，不知道將來還會糟成什麼程度。想想就更害怕。

我坐在沙發上，聽王悅訴說，她說她害怕，越來越害怕一個人待，所以她希望我多陪陪她。她說一會，我心煩一會，我訓斥一頓，她就換上哭，這我就更煩，要我安慰一番，才停止哭泣，繼續訴說。

如此這般反覆。我本來就亂的心思，被她的話扯成了一團亂麻。我被捆在裡面，拚命掙扎，但動彈不得。

第 28 章　豬皮

我替王悅弄好早餐後，照舊去「蚊子」上班。我坐在椅子上，一直在打哈欠。

昨晚偷雞啦？馬由由逗我。

這年月，窮人都吃肉，偷什麼偷的。我邊打哈欠邊回答他。

整晚做愛吧？艾末末也來逗我。

這話有點那個，我聽了，臉是燙的，心是酸的。我哭笑不得，沒話說。我站起來，用手捂住嘴巴，又打個哈欠，走過去將胡亂丟的器械收拾好。

每次都這樣，我都分門別類收拾好，但我一不在，他們就亂丟。大概藝術家都這樣，隨意，懶散。我想，要是我自己做老闆，我肯定不這麼亂的，一定搞得井井有條。

馬由由說我可以動手了，做些實習工作。我說好啊。折騰了這麼久，終於可以邁入下一道門檻。我拿起檯上的紋身器械。我問，怎麼操作它呢。以前我看他們使用，也問過，他們說了，也是一句半句的，我呢，也是聽得一知半解。沒客人，我就讓他們教我使用。

馬由由接過，邊示範，邊講解。我聽了，又接過，照樣模仿。紋身槍的震動是細微的，但我的手在動，身體就動，心神也在晃動。這玩意兒握在手上，還真有點重呢。

你握緊它。馬由由提醒我，他說我走神了，還說，我該練練手力。

我見過他工作，一隻蚊子叮他，也毫無感覺的。你說他是全神貫注也可以，說他是由於專注而不察覺也可以，當然，也可能是他的忍耐力驚人。而我呢，一被叮了，立刻就給自己一巴掌，聲音響亮，將自己和客人都嚇一跳。

我有點慚愧，重新振作，操起紋身槍，不斷地對了空氣，一下一下地下手，我心裡在喊，刺！刺！刺！沒多久，手就痠得抬不起來。而艾末末則盯住我看，笑咪咪的。

去買塊豬皮。艾末末突然對我發話。

做午飯？我扭過頭問他。

快去快回。馬由由也附和他的話，也在笑。

我只好丟下紋身槍。要哪個部位的？我臨走問他們。

豬皮。他們一邊說，一邊哈哈大笑。

剛出去，我還沒想明白乾嘛要我去買豬皮，從來沒有過的事。我一路上，也沒想出他們幹嘛要笑。我到了附近的百家超市，在肉食攤位轉來轉去。

要什麼？服務生問我。

我說要豬皮。

那問我的小姐噗哧笑了。我瞪大眼望著她。她說沒有專門賣豬皮的。我哦了聲，看著架子上的肉塊，我為難了，怎麼辦呢？

她說你回去自己取吧。

我想了想，說，我轉轉看再說吧。

我出了超市後，又來到菜市。這裡人聲鼎沸，地面也潮溼。我小心地行走，在肉攤前轉來轉去。眼前是白花花的豬肉。我用手去拍，那些豬肉就顫悠悠的動。但我卻還是為難。

來點什麼？每個肉攤的老闆，看我走近，就用切肉刀拍打那肥肥的豬肉，慫恿我買點。

我說我要豬皮。

他們就笑了，說哪有單賣豬皮的，這裡沒有。我轉過去，又轉回來。我都不知道怎麼辦好了。最後只得買了一塊豬肚的那部分，我覺得這個部位最接近要求，薄嘛，是真的薄，我掂量了看，除一層肥油，就是皮了。

我興沖沖地回到紋身店，我喊買到了，還強調真難買。我去洗了手，然後跟他們講經過。我一邊講，一邊擦滿頭的汗。

他們也可能在聽，但半天沒回應，我問，是不是要這個？我將丟在檯上的袋子拍了拍。他們只哼哈一聲，又專注地忙手頭的活。

他們在忙，馬由由對付一個女人；艾末末對付一個男客人。我打住自己的話，將手放在褲子上，用力擦乾，然後就湊過去，細心地觀摩他們的操作。嗡嗡滋滋的聲音令我振奮。我想過不了多久，我就可以像他們一樣操槍上陣。一想到這裡，我的手就微微發抖。

快到中午，馬由由的工作做好了。他擦擦汗，舉起鏡子讓客人左照右看，還問她滿意不滿意。女客人左照右照。她的這個紋身在肩胛處，紋一隻紅色的蜘蛛。我看見她滿意地點頭，然後掏錢交費。

她走之後，就是那個男客人了。艾末末也忙完他的工作，也舉了鏡子。很好很好。男客人對紋在他手臂上的虎頭感覺良好。

這做什麼用的？我見他們都忙完了，就拍拍放在檯子上的那塊肉發問。

要你做呀！馬由由點支香菸抽上說道。

做什麼？我問他們喜歡吃什麼菜，我實在想不出做什麼合適。

艾末末卻笑了，馬由由也跟著笑。他們哈哈大笑。馬由由還被煙嗆了。一個老菸槍被煙嗆了，我也被弄得笑起來。後來我不笑了。我問他們笑什麼。他們說笑我啊。我說，我有什麼好笑的？他們說，就是好笑。馬由由一邊咳嗽，一邊笑。

我再次問他們，那塊肉做什麼用。艾末末說，就給你用啊。我問他們是否有飯局。他們說都叫了便當。我說晚飯我回家吃的。我的意思是說，這肉中午不做，晚上我也用不著。

馬由由笑夠了，將剩下的半截菸慢悠悠地抽完。他拿過那個袋子，拎出那塊肉，仔細看了看，搖搖頭。也還可以。艾末末這時給了個評價。

你就在上面紋吧！馬由由這麼對我說的。

我說，你說什麼呀？我給他的話嚇一跳。

你就當是人皮來練習吧！艾末末也這麼說的。

開玩笑？我驚訝得嘴都合不上，沒想到他們竟然出這樣的餿主意。

難道你想拿人皮開玩笑嗎？艾末末將這話說得很認真。

沒有客人的時候，馬由由和艾末末就打瞌睡。而我抓緊時間練習。我也不想驚醒他們。他們已經對我講授過，我現在需要的就是練習。

我先在那塊豬皮上畫草圖，畫上青龍、猛虎、蝴蝶、玫瑰等圖案，然後就是紋刺。我小心地畫，也細心地紋、刺。我的手會微微發抖，除了激動，就是我的手的力量不夠。我這才意識到的確應該多練習。

他們醒過來後，就問我，好玩嗎？

什麼好玩，這是藝術！這是我回答他們的話。

他們就笑說，沒想到吧，前衛是從這起步的。

我聽了這話，竟然也給逗笑了。我一笑，手就無法握住手裡的工具。

※　　　　　　　　※　　　　　　　　※

下午生意清淡，只來了三個紋虎頭的，一個紋蝴蝶的。工作量不大，這樣的圖案，他們紋過多少，他們都不記得了，是再熟悉不過的圖案。

馬由由做了一個，就是蝴蝶的。他對女人特別熱心，做得也賣力。艾末末做了三個，都是虎頭圖案的。

剩下的時間，他們要不打瞌睡，要不就是湊過來看我幹，和我打趣，還說些他們學畫的趣事。

關門回去時，艾末末將那塊肉丟給我。別浪費了，回去也練練，廢了就當菜做了吃。馬由由是這麼叮囑我的。我將肉丟進袋子。然後和他們告別。

我說，我回去前衛了。

他們都笑了，說，前衛到死啊。

※　　　　　　　　※　　　　　　　　※

我回去的路上，一想到這件事，就忍不住發笑。進門後，我看見王悅在看電視。她像一隻肥碩的貓，斜躺在沙發上。她看見我回來，身子動了動，對我說，她有點餓了。

我聽了她的話，但沒吭聲。我心裡想，妳餓，難道我就不餓？一定要我做？我的情緒又低落下來。我也有筋疲力盡的感覺。我將袋子丟在飯桌上，然後坐在沙發上。只一會，我就打瞌睡了。

我餓了！

我迷糊中聽到王悅的話。我哼了聲，努力睜開眼睛，腳步輕浮地往廚房去。我說我給她弄吃的去。王悅在我這住一段時間了。自從上次她來這裡後，她就沒再離開，她說她需要人照顧。我也想趕她走的，但看她那個可憐的樣子，我的心無法不軟下來。

※　　　　　※　　　　　※

我跟朱顏撒謊說，我要去北京進修一段時間。

朱顏說好啊，她會等我的。

※　　　　　※　　　　　※

王悅走過來，站在廚房門口對我說，還有菜丟客廳呢。她遞給我那個裝有豬肉的袋子。我走過來接了，但又將它丟回飯桌上。王悅不解地看我一眼。但我沒解釋，也沒看她，繼續忙炒菜。一時間，飯菜的香味就飄起來，連王悅都說，真香啊，她拚命地吸鼻子。

吃飯時都是王悅說話。她話多，她說待在家裡很悶。她說沒人和她說話。那就自己跟自己說。我心煩了，就這麼對她說了句。那也說煩了啊。王悅很無辜的樣子，也不知道她聽出了我話裡的意思沒有。她說她就是這麼過日子的。

其實，我家裡的電話費，自從她住這後，就增加了不少，不是她和別人聊電話，難道是我與別人聊電話嗎？我敢在她面前胡吹亂侃嗎？但我懶得提這些，省得她不心煩，我心煩，自找麻煩可不是個聰明的做法。

吃過飯，王悅還拉我陪她散步。我說我累了。摔壞了妳得負責的。王悅沒理睬我的反抗，她邊說邊朝門口走去。我沒辦法，只得跟在她身後，就像一根尾巴一樣。

她顯得興奮，不斷掉轉頭，說些將來的打算。我沒興趣，也害怕，故意不想去聽，只聽得心不在焉。我和她老打哈哈。她也不管我怎麼樣的反應，只要聽到有我的回應就行。

散步回來，王悅就捶著腰說，真是累死了。她將身體納涼後，就去洗澡。我坐在沙發上看電視。她在裡面喊我也去洗澡。她說，你給我擦擦背嘛？我沒辦法，只得起身，進去一看。王悅溼漉漉的身體，還是很性感的。那流下的水流，順了她突起的肚子流動，十分有意思。

我拿了擦背的毛巾，讓她轉過身。她一邊轉身，一邊說，你也一起洗嘛，省得弄溼衣服。她暗示很久沒和我一起洗澡了。她甚至說，她可以用嘴的。她想讓我將衣服脫掉，站在她的面前。她說她可以坐在馬桶上。她的話讓我熱血沸騰。但我一想到那塊還擺著的肉，就努力將情緒平復下來。我說，妳少動來動去的，摔了可不是好玩的！

王悅說她要睡了，她是有點失望走進臥室。我長長地舒一口氣。坐在沙發上，心還是煩，走到客廳的窗口前張望，也還是心煩。我踱回來，站在那塊肉前，若有所思地想一會，然後又從另一個袋子裡，將紋身的工具拿出來，在客廳裡做起來。

我沒想到，我會越做越起勁，最後連王悅起來上廁所也沒注意到。

你做什麼呀？

我聽見王悅驚叫起來。我一抬頭，就看見她站著，用手扶著門框。

你幹嘛？她指著那塊豬皮尖叫。

沒做什麼。我是這麼說的，頭也沒抬，手上也沒停。

你真是神經病，無藥可救了！王悅叫喊起來，一臉的驚惶。

我沒理睬她，低頭繼續忙手上的工作。

第 29 章　媽媽的態度

我想我是個勤奮的人。我的努力頗見成效。我一示範自己的成果，他們就說，夠前衛了。他們都笑了。我說我可練得夠多長時間了。

他們也看見的，我在店裡很刻苦，回到家裡，我也還繼續苦練的。我紋掉了多少的豬皮啊。但得到他們的誇獎，心裡總算感到寬慰，有點成就感。

上午客人不多。我抓起豬皮繼續練，做得不亦樂乎。

你幹嘛？有個女人在尖叫，她站在我們的店門口。

我也被嚇一跳，將手上工作停住了，呆呆地望著她。

小姐有事嗎？馬由由殷勤地走上前去詢問她。

那個小姐站在門口，呆呆地望著我。我，我來，紋身的。那個小姐捂住嘴巴喃喃說。

妳坐妳坐。馬由由趕緊吩咐我搬椅子，做準備工作。於是我趕緊丟下那塊豬皮。

我不紋了！她掩了嘴巴說，神情驚慌。

那個小姐剛坐下，就跳起來。好像她是被馬由由按在椅子上似的。我的手藝很好的。馬由由趕緊拿過一本相簿，想翻給那個小姐看他的作品。真恐怖！那個小姐驚恐地站起身，看了看那塊豬皮。

妳想紋什麼呢？艾末末在詢問她。

我不紋了！那小姐還說好呢。真恐怖啊！她邊走邊說，她什麼也不想紋了。

馬由由說他可以給優惠價的。但那個小姐逃也似地跑了。

都是你！都是你！馬由由點著我的額頭說。

你快收拾好，否則我們得收攤了。艾末末也在催促我。

我說，膽小就不要紋身嘛。

他們說，你還廢話多多呢。

我將那塊豬皮丟進塑膠袋，然後就沒事可做了。你看書嘛。馬由由見我在店裡踱來踱去，就喊我看書。我沒心思看書，倒是拿了紋身的工具在比劃。

他們問我想幹嘛。我說練手臂的力量。後來，我又翻看馬由由的作品集。我看了幾張，我媽就來電話了。我媽責備我，回來也不過去吃飯。

我說我忙嘛。

我媽說，再忙也要吃飯呀。

我說你別管我了。

我媽說，我可以不管你，但不能不管王悅。

我聽了一愣，之後又一慌。她怎麼提起王悅了？自從我們的關係結束後，我表明自己的態度，我原來自己不提，也不許他們提，一提這名字，全家都得傷心，我們被折騰得夠了。現在我媽的哪根神經搭錯了呢，居然主動提起來。

別提她！我怒氣沖沖說。

她都和我說了。我媽責備我，幹嘛不早點說，現在她知道了。

我說，早說什麼呀？

我媽說，就是你和王悅的事啊。

我惱怒地說，有什麼好說的！

她都說了！我媽說這話是很高興的，我可以照顧她的，我媽自告奮勇地說。

我已有幾個月沒見我媽了，她一打我的手機，我就撒謊說在北京進修。後來我媽不再一直打電話給我，她說電話費貴。她是個節省的人，一分錢要掰成兩分錢花的人，她常常也這麼教育我的。

我也順手推舟，說我在北京很好，首都啊，還保證一回來就打電話給她。但我一直沒給她電話。我對她說過的，我沒電話，就說明我過得好。我本來還以為，我這謊撒得高明。

沒想到日子一久，我媽媽就按捺不住，試著打電話到我家。按她的思維邏輯，我回來了，肯定就在家裡。沒想到，電話是有人接聽，是王悅接聽的。我沒辦法對我媽解釋清楚。

我說，妳少管閒事！

你和她晚上過來吃飯！我媽用不容置疑的口氣和我結束通話。

我拿了手機，呆呆地站在門口。這事又出新狀況了。接下去，不知道還要出多少的狀況呢。我越想越怕。汗就出來了，冷冷的。過了很久，我聽見馬由由問我，你幹嘛呀？我說是我媽。我有點答非所問。我剛說完，我的電話又響了。

我開口就說，我說過了，不想去！我口氣十分不耐煩。我以為又是我媽。

你早點回來，你媽讓我們過去吃晚飯！王悅說話的語氣是喜滋滋的。

掛了電話後，我真的要被氣瘋了。但我還能怎麼樣呢，我顯得有點無助。我盯住那裝豬皮的袋子看。後來我又開動了紋身槍，在空氣中比劃。這樣一動，我的感覺好點了。

我不斷地紋刺空氣中假想的那塊皮膚。我感到眼前出現許多圖案。它們是旋轉的，色彩是變化的，我甚至嗅到植物和動物氣味。我感到一陣眩暈。

你幹嘛呢？艾末末修剪好他的鬍子，走過來問我。

我媽讓我回去吃飯。我說這話的時候也沒停下手來，答非所問。

那幹嘛悶悶不樂呢？馬由由也有點不解。

我沒做什麼解釋，我還在舞動手中的工具。

再過些日子，你可以做些簡單的。艾末末丟下剪刀，對我說了這麼一句。

※　※　※

晚上我還是去我媽那了。剛開始我拖著不走的，但電話一通接一通來催。有王悅的，有我媽的。最後我只得投降，我怕要是我不去，王悅自己去了，不知道她在我不在場的情況下，又要說出什麼駭人聽聞的話來。我先回家，帶王悅上路。我是不放心她獨自一個人去。

她的肚子越來越雄偉，我每天看著她，都擔心會爆裂。她走起路來，也是一手扶了後腰，小心地往前挪動，戰戰兢兢的，生怕一不小心會摔倒在地上。

是我媽開的門，她早就守候在那裡，她有點迫不及待。她說她剛又打了電話，但我的手機是關機的。我只好說是電池沒電。

來了就好。我媽連聲說，來來來，小心點。她將王悅扶去沙發坐。我媽對王悅噓寒問暖的。她說馬上就開飯。說完就去廚房端菜。

對王悅的到來，我爸顯得平靜，也許之前我媽和他說過。對我們過去的事，他總是說，兒子大了，他愛幹嘛就幹嘛。他就是持這樣的態度，看似大度，其實他是聰明，知道想管也管不了我，乾脆順其自然。

此時他坐在陽臺上，邊看報紙邊喝茶，一副悠然自得的樣子。王悅過去喊了他一聲。叫什麼我沒聽清楚，但我看見我爸點點頭，表示他聽見了。

我媽端完菜，就喊我們過去吃飯。也喊我爸吃飯。我爸應了聲，但過好一會才走過來，他臉色和平常沒什麼兩樣，但他沒什麼話，就端了碗筷吃飯。

我媽做了許多好菜，蓮藕煲骨頭湯、白斬雞、豆腐等等，我都懶得看，夾了什麼就是什麼。我只吃飯，不說話。而我媽就話特別多，不斷地往王悅碗裡夾菜，還叮囑她要注意身體，注意飲食。王悅聽了就直點頭。

這頓飯吃得我百感交集，但又無人可以傾訴，心裡那個難受啊。我媽忙前忙後的，簡直就沒真正坐下來過。吃完飯，她就忙著收拾，洗碗筷，然後洗水果給我們吃。

過日子嘛，就這樣的。我媽一邊削水果，一邊嘮叨，叮囑王悅要多吃有營養的食物。

當初我們鬧離婚，我媽也是又哭又鬧。我被兩個女人煩得都快瘋了。我們的事，好像倒成了她的事。現在這樣，就真合了她們的心。但不合我的心。大概也不符合我爸的心思。只是他不說，他從來不對我的這類事發表意見。

這也好，否則我就要幾面受敵。對這類事，我從來就不是個好對手，我通常是以退為守。有時候我還對朋友津津樂道這方面的經驗呢。

我們又坐了會才走。其實我早就不耐煩，屁股幾次離開沙發，又在我媽的嘮叨中坐下。我只得跑到陽臺去待著。留下我媽和王悅在客廳說話。我爸呢，早躲進他的房間去了。

後來我說，王悅該回去休息了。我媽才放我們走。她還送我們走一段路，一路嘮叨些養兒育女經。我催她趕緊回去，不用送了。直到看見了車站，她才轉身回去，還戀戀不捨的回頭張望。

你媽比你好。王悅抬頭望我一眼。她總是表揚對她有好處的人。

以前也沒見你表揚過我媽。我心裡有點失落，就用如此的話來回敬她。

王悅卻裝做沒聽見，只指了指遠處，說車子來了。

等上了車，我占了一個座位給她。王悅就心安理得地坐上去。

第 30 章　第一次

這天早上，沒人光顧「蚊子」。我想努力，但又沒對象。我只得翻看馬由由的作品。艾末末說他也有幾個新作品。我也看了，他做的是一些樹葉，是我叫不出名字的樹葉。

這有人紋嗎？我覺得太簡單了。艾末末說有，他昨天就紋了三個。也許，有人就不喜歡跟著多數人說話或做事，別人有的，他不希望有。昨天我沒來，送王悅去產檢。

艾末末說就紋在肩頭部位，看上去像黏了片樹葉，有點風吹落葉的韻味。有點蕭瑟，有點傷感。就這調子。他對自己的新作有點得意，他說他回歸了，強調簡單而自然。馬由由說話了，他說他要永遠前衛。我笑了說，這下就品種齊全了。

當然，新作不是很多。要創新，也不是天天能做的。有了構思，還要練習，才敢在客人身上動手。當然，他們不需要像我那樣要在豬皮上做練習。

我看完作品，無所事事就有點無聊。這時候，即使他們對我教授紋身的技巧，我也不感興趣，我現在需要的是親自動手。

我說我們比比手勁吧。我看他們也昏昏欲睡，就大聲提議。馬由由說，好啊，活躍點氣氛。艾末末也摩拳擦掌。來回扳了幾個回合，結果冠軍是艾末末，亞軍是馬由由，我是季軍。你小子也滿有勁的。馬由由活動著痠了的手讚揚我。

我也沒想到，近來我對著空氣紋刺，手腕力量大增。當然，我還不時用舉啞鈴來增強手臂的力量。這真是意外的收穫。

艾末末拿出小剪刀。你照樣畫給我看。他一邊修鬍子，還指了照相簿叫我臨摹。我照本宣科地臨摹了幾片樹葉。艾末末看了，又推給馬由由看。我看見馬由由點頭，說可以了。

你真希望做個紋身師嗎？馬由由認真地看著我問。

還應該是出色的！我也很認真地答他的話。

那你動手吧。艾末末放下剪刀，拍拍我的大腿。

我明白他的意思，猶疑一秒鐘，就將褲管往上捲。我一翻捲褲管，才意識到時間過得這麼快。我剛來這裡還是夏天，熱得人都快發昏。現在店裡的冷氣也關了，大家都穿上長褲了。

我一邊捲褲腿，一邊感慨說，真快啊。其實我是感慨時間過得真快。馬由由和艾末末卻誤會了。他們笑了，說，是你自己吵著要動手的。這會可不准抱怨了。他們催我快快動手。

我先給大腿消毒，也就是擦上酒精。再拿筆劃了一片樹葉。我畫的樹葉線條很流暢自如。經過前段我的反覆練習，應該說是苦練，我的功夫也了得。就一會，我就畫好了，抬頭問他們如何。

馬由由說，好！

我還不放心，扭過頭去徵詢艾末末。

他也認真看了，也說，好，說像真的一樣。

我長長地出一口氣。然後拿了紋身槍，也就是我曾經握在手上，對豬皮和空氣紋刺過的工具，對了大腿。但我沒勇氣紋刺下去。我舉起，又放下。紋身槍在我手中空轉，嗡嗡地鳴響。

幹嘛？馬由由緊張地看著我。

刺下去呀！艾末末做了個下去的手勢。

但我的手有點發抖。我說我的手沒力。

放屁！馬由由罵我，說，剛才我還稱讚過你好手力呢。

我說我想休息一下。我有點緊張呢。我放下手上的工具，然後就擦汗。天氣都這麼涼了，我沒想到竟然還出汗。自己真有點不爭氣。

你放鬆點。艾末末安慰我。他說，對自己有信心，顧客對你才有信心。

我喝了四杯水，是涼的水。我感到心跳平靜下去。我又抄起紋身槍。我說我再試試。我開動握在手中的紋身槍。往下，快到皮膚了，我又提起，就想心臟都被提到嗓子眼。

停了幾秒，我咬牙放下去，是帶了我手的巧力放下去的。就像蚊子咬。當時我是這樣的感覺，但比蚊子要厲害，至少我有感覺到進展如何的。

放鬆。慢點。我聽見艾末末的話。

我想我可能是有點緊張的緣故，沒有掌握好力度。我提起來，又慢慢地刺下去。反覆幾次之後，感覺好多了，我慢慢變得有把握，力氣和信心回到了我的身上。

對了就這樣，由輕淺到深入。馬由由也在旁邊指導我。

我反覆紋刺，漸漸地，那紋刺過的皮膚，就微微紅了，顯出了一片葉子狀來。我看到葉子了！我高興地喊起來。好了。我在馬由由和艾末末的笑意中結束了紋刺。

我一放下手中的工具，手馬上就在發抖。我想大概是心情複雜的緣故吧，有興奮和喜悅，更有緊張。

我看著那片樹葉，又喊下面怎麼辦。我想站起來。馬由由按住我，去取了藥水，然後替我塗抹，還對我講解步驟和方法。這個步驟還要再練習。艾末末讓我不要著急，說先將紋刺練熟練了，上藥水下一步再學習。我認真地看著馬由由幫我上藥水，長長地舒氣。

我說我真緊張死了。

你以為是紋豬皮呀。

馬由由這麼一說，我和艾末末都忍不住哈哈大笑起來。

我笑過之後，感到放鬆了。我拉著捲起的褲腳，低頭察看。這時候，我的手機響起來，我馬上就接聽了。我看見了來電顯示，是朱顏的電話。她問我有什麼喜事。她說聽我的聲音就知道遇見好事了，她總和我心有靈犀。

我說，我動手了！我語氣中夾帶著興奮。

動手？朱顏沒明白，就轉而有點擔心，她沒說她擔心什麼，但我知道她擔心什麼。

我趕緊說，我紋了一片樹葉！

在哪呢？朱顏發出驚喜的聲音。

我說，就在我的大腿上！

朱顏說那她要看看。她迫切地問我，幾時回來。

我馬上說，晚上就回來。

朱顏喊起來，她說好啊。她問我到達的時間，她想去接我。

我說不用了，我想給她一個驚喜。

說實話，我也激動，也想去見她，我都有好長一段時間沒見她了。我撒謊說我去北京進修。在電話裡，我說我收穫頗大，我說起紋身來，已能講得頭頭是道。她也相信我，熱烈地和我討論。

此時，我也想和她聊個痛快，面對面地聊，但這麼久我都不敢，我說擔心電話費。現在我想也是該和朱顏聊個痛快的時候了。

下午，「蚊子」的生意很好。我沒有機會再做試驗，但也好，讓我有時間平靜下來，想想晚上的見面。我打電話給王悅，說我要加班。王悅說，隨便吧。聽她的語氣，也沒什麼不滿。我知道我媽在她那。

自從我和王悅的事，被我媽知道後，我媽常常跑我那裡，而我就可以脫身了。讓她們聊個痛快吧。我是這麼想的，我也聊個痛快吧。

好不容易熬到傍晚下班，我興奮地跳上公車。我站在車上，將手吊在扶手環，充滿期待地想像我和朱顏的約會。我身邊一個座位上，有個女人在吃香蕉。她剝了皮，車上馬上就有芬芳香味。

我看到牙黃色的肉體了。我吞了一下口水。我的味覺和嗅覺都動起來。要是在平日，我對在車上吃東西的人是很煩的。但今天沒有，我覺得自己的心，就像那根香蕉那樣，柔軟而芬芳。

※　　　　　※　　　　　※

楊羽下車就直奔朱顏的住處。他感到自己就要飛起來。他心情激動地按響門鈴。朱顏一開門就抱住楊羽。她身上圍了圍裙，她真在燒菜呢。屋子裡飄散的香味，讓楊羽直咽口水。他的心在唱歌，肚子也開始唱歌。

想壞我了！楊羽聽到朱顏喊。

朱顏的嘴巴和楊羽的嘴巴咬在一起。她還啃他的肩膀，是用力地咬的，她也示意他咬她。他感到了痛，他也啃她了，用力咬下去。她發出歡快的呻吟聲。嗚嗚噫噫的叫喊起來，和屋子裡和各色香味混雜在一起。

用力！用力啊！楊羽聽到朱顏在喊。

他就用力了。雖然激動，但他控制住力度，是漸漸地加大的。他後來聽到她喊，她想要了！他感覺到了，她的身體的變化，柔軟而纏綿有力。他就將她抱到臥室，然後翻滾起來。鍋裡的湯這時也翻滾起來，骨頭與骨頭，互相地摩擦、碰撞。

都死去活來！朱顏是這麼和楊羽咬耳朵的。

激情過後，楊羽展示大腿上的作品。朱顏嘶嘶地吐氣，說真好啊。她用手輕輕地按了按那片樹葉。

她說像真的一樣。

我是出色的紋身師。楊羽說出了他要奮鬥的理想。

你幫我紋吧。朱顏有點迫切。

還需要點時間準備。楊羽說，他還需要練習。否則，怎麼會是出色的呢。楊羽靦腆地笑起來。朱顏說好吧，她會耐心地等待的。她說你就好好努力吧。

※　　※　　※

朱顏做了許多菜。我喜歡喝骨頭湯。我一咕嘟咕嘟地喝湯，就聽到骨頭與骨頭碰撞的聲音。我喜歡這種痛感了。我也說不清楚是從什麼時候開始，我也像朱顏一樣，喜歡上了一種疼痛感。這讓我欣慰，對生活，我還擁有真切的體驗，還沒麻木掉，讓我還有熱情地去愛一切。

我說過，我不打人的。那次給了王悅一個耳光，違背了我的誓言，讓我愧疚和自責很久。雖然朱顏曾經暗示過我，她喜歡那種疼痛，也不介意我對她動手，甚至暗示過我，鼓勵過我要對她動手，以便維持我們之間的關係。

我也想起過范大軍這個人的話。但我不喜歡打人產生的痛感。這對我來說，這也是一個困局，是我和朱顏面對的困局。為了解決這個困局，我可謂說是煞費苦心了。現在，這個問題的解決，似乎出現了曙光。

我回去已經很晚了。本來朱顏要留我的。她抱住我，說不要走嘛。她的手和身子像是軟軟的藤蔓。我有點迷醉，但我說不行，我說我那來了親戚。我得回去關照一下。

朱顏糾纏一會，只得放行。臨出門，我們又纏綿好一陣子，才依依不捨地分開。

※　※　※

我一離開朱顏的房間，我的心情就有點下沉。但我還是得邁開步伐，往家裡的方向走去。我一路上擔心，我進門後，要發生什麼，我不停地設想。腦子鬧哄哄的。

等我上了樓，掏出口袋裡的鑰匙，輕輕插進去，扭開門鎖。我輕手輕腳地打開門。我進門後，我沒拉開電燈，窗口透進來的月光足夠的亮，我換上拖鞋。

我發現王悅早就睡了。在黑暗中，發出均勻的呼吸聲。我進浴室洗了個臉，然後躺倒在沙發上。

第 31 章　我的作品

有一段時間了，我整天摩拳擦掌，蠢蠢欲動，對即將發生的，充滿熱情。我老問他們，我可以動手了嗎？我這樣急迫，我想這與季節有關，都春天了，萬物甦醒了，都顯出勃勃的衝動，都想發生點什麼，都想做些什麼。

我說我練好了。我對紋身槍的操作已經很熟手了。我就像一個熟練的刺繡藝人，可以在一塊白布上，繡出各種的圖案。但馬由由和艾末末，總是說，給點耐心吧。

我說，還等什麼呀？

我捲起了褲管，我叫他們看。我的大腿上，已經落了許多片葉子。這是我的作品，神態各異，各具神韻。

當然，仔細看的話，還是可以看出手工有粗有細，雖然我沒有刻上日期，但我知道它們生長的時間次序，一片比一片好看。我的手藝也是日益精湛。

他們見我這麼急迫，這麼認真，就笑，說可以了就會叫我上的。他們總是這樣說，已經說了好長一段時間。

他們總是這樣拖延，這是我的感覺。但他們是有道理的。這點我卻又相信的。這使我很矛盾。但我想知道什麼時候可以。

這樣的情形多了，我都有點洩氣了。我只好不再提。見我情緒低落，馬由由是這麼解釋的，他說，區別就在於，顧客是顧客，你是你，知道嗎？艾末末也說，我可不想將招牌砸了。

我雖然不服氣，但回去想想，他們也說得對的，要不，朱顏讓我在她身上動手，我幹嘛總也是說，再等等吧，給點耐心啊。

※　※　※

今天我一到「蚊子」上班，我就將要用的工具消毒。我在低頭做這些的時候，艾末末說要和我說件事。我說我聽著呢。我低頭還在忙。

艾末末說，你今天就上吧！

我起初沒在意，就問他們上什麼。我以為他們說的是上某個女人。因為此時他們正在談風月之事。馬由由是個風流才子，各色的豔遇就特別多，當然，艾末末也旗鼓相當。他們經常和我探討這方面的風流韻事。但這時他們笑了，說你憋壞了吧，想到哪裡去了。

艾末末說，你不是很著急嗎？這下你下手的機會。

我以為自己聽錯了，停住手中的工作，再次問我有什麼機會。

宰人啊！馬由由和艾末末都哈哈大笑起來。

※　※　※

客人是九點鐘到的。是個男子，中等身材，一百六十公分左右。紋虎頭。那個男人說，他要紋一個虎頭，就在他的左手臂上。他想捲起他的衣袖。我說不急的，我讓他挑選，想要什麼姿態的虎頭。

我拿了馬由由他們的作品集給他看。他挑了一個張開的虎口，那牙齒尖銳地向外刺來。他說就要這張，夠凶狠的，他用手摸了摸虎牙，又摸摸自己的左手臂。

我收好相簿，將他安頓在椅子上。他坐不安分，總扭動身體。

我說不痛的。我還說了些安慰的話。

你動手吧！他可能被我說煩了，說知道了，他早就知道了，否則他也不做的。

那好吧。我說這樣的話，好像有點無奈。我整天吵著要動手，現在終於等到這樣時刻，倒又變得猶豫起來。

你可以開始了。艾末末站旁邊，輕輕地說話。

我拿起棉球，蘸了酒精，在他的手臂上塗抹，仔細地做消毒工作，然後是畫了一隻張口的虎頭草圖。這些我都不緊張，我都練習過無數次了。但我拿起紋身槍，手就有點發抖。這畢竟不是在幫自己紋刺，是在幫客人做呢。我遲疑著不敢下手。

你可以的！我看見馬由由和艾末末用微笑鼓勵我。

我屏住氣，像個射手那樣，瞇了瞇眼，然後就照了手臂上的線條刺下去。我開始用很小的力量，在做試探，一下一下地試探性刺下去，重複再重複，下去、上來。這種動作我練習了很長時間，今天我用上了。

我在找感覺，是心的感覺，手和腦和眼的感覺。我慢慢進入了狀態，在緊張過後，我下手的節奏和力度，都達到了最和諧的程度。

馬由由和艾末末就在旁邊盯著看。我聽見除了紋身槍的鳴叫聲，就是他們的呼吸聲。後來，慢慢地我將他們遺忘了，我做得很專注，我以前的生活，好像沒做過如此專注的事。

這樣過了多久，我也不知道。再後來，在我紋刺的部位，皮膚現出一塊輕微的紅色來，一隻老虎頭埋伏在那裡，然後我幫他上藥水。藥水慢慢地滲進皮膚，安靜下來，最後我看到了，是一隻怒吼的虎頭，好像要從男子的手臂上跳出來，撲向我們。

在我收手的時候，他們發出了驚嘆聲。我這才意識到他們的存在。

我拿了鏡子，給客人照看。夠凶狠的。那個男客人興奮地喊起來。我擦了把汗，將鏡子放回去檯上，我叮囑他接下來要注意的事項，也就是要注意不要感染。他哼哈答應我。

給我相機。我朝馬由由喊。

我接過他從抽屜裡拿出的數位相機，給那個男客人的紋身拍了幾張照片，我想當資料保存。沒想到，我今天終於也有了自己的作品。我希望自己的作品越積越多，就像他們一樣，都好幾本了。那客人交了錢，興沖沖地走了。我翻看數位相機裡的電影，還問他們怎麼樣。

你有這天賦！艾末末很肯定地說。

你可以前衛到死。馬由由拍了拍我的肩膀，他說我是他的一個強而有力的競爭對手。

我嘿嘿地笑，說，但願吧。

你回去就可以吹牛了。他們是這麼笑我的。

臨關門離開，他們問我，知道為什麼給你這個客人嗎？

我說不懂啊。

他們就都笑了，說這客人個子小，紋壞了，和人家打架，你也還是個對手。

我聽了，倒不好意思也跟著笑了。其實，我也知道，這是玩笑話。至今，我們這店裡，還沒出現過糾紛的。

我想想也是啊，假如今天是個女人，我說不定會手忙腳亂的，渾身冒冷汗呢。對呀，我怎麼沒想到啊，要是紋壞了結果會如何呢？我整天只想到紋出美麗的東西來，卻從來沒想到會有不好的後果。

我這麼一想，還真有點後怕。我口上雖然沒說，但心裡還是很感謝他們的。當然，後來我又想，我沒怕，說明我自己有了充分的自信。

我出門前，打電話給了王悅，說我要加班。

王悅說，隨便你。她說得心不在焉的。

有我媽照顧她，她就很少找我的麻煩了。看來，她也不是非得有我的，是吧？我這麼想，有點失落，又有點慶幸。她不找我是對的，本來我們就沒什麼話好說的。我媽現在的排程是這樣的，早上幫我爸做好早餐，然後就趕來我的住處，找王悅聊聊天，又幫王悅做好午飯，之後趕回去幫我爸做飯，下午再趕來，幫王悅做好晚飯再回去。

我媽對我說，對她你不要有成見嘛。

我只好說，好好，我沒有成見。

※　　※　　※

我直接去了朱顏那裡。朱顏要我講講在「蚊子」發生的故事。她每次見我，都顯得興奮，對那個小店發生的事頗感興趣。我就邊吃飯，邊說起那些人。

我說的有男人，也有女人。我說現在來店裡紋身的，大多是年輕人，還有的是成雙成對來紋的。

我說他們做愛時肯定很刺激。

朱顏聽了，眼睛裡就蕩漾起醉意。

我講些別人的故事，後來才說到自己。我打開數位相機，給她看我的作品。我說這是我的第一個作品。

朱顏認真地看了，然後纏住我，也要我幫她紋。我說等等吧。我說的還是老話，都說了很長時間了。她都聽膩了。

朱顏果然不高興，說你都說了無數次。我就將馬由由和艾末末說的話重複一次。朱顏這才不鬧了。看來，我還是有點自私的，對同一件事情，有雙重標準，我需要檢討一下。

是呀，紋壞了怎麼辦呢？我對她做鬼臉。

紋壞了也不怪你。朱顏說，只要是你紋的，我就喜歡。

我抱了她，說那我不捨得，妳皮膚那麼好。我伸出手去撫摩她光潔的身體。

朱顏怕癢似地扭動身子，躲來躲去，還咯咯地笑，說紋壞了可以用雷射去除嘛。

我說我才不想傷了妳的一根毫毛呢。

我們打鬧了一陣，我心裡躁熱起來。我的手開始不老實了，變成纏繞她的藤蔓。但我發現，我最想去的地方，還是乾枯的，所以我的手又轉回來。

我沒說話，朱顏也沒說什麼。但我知道，其實朱顏和我一樣，都是著急的，想的心事也都心照不宣。

第 32 章　手藝越來越好

過了些日子，馬由由說，我的手藝越來越好了。他沒說錯，我勤奮嘛。在店裡，有工作時就努力做，回到家時，我也拚命練習，手藝當然是日進。當然，有一個原因我沒說，我似乎只有沉浸在這當中，才能將現實中的煩惱拋開。

我說得付薪水給我了。我說這話，半開玩笑，半認真。我想，即使我是學徒，也得付薪水吧。我有壓力了，而且越來越大。

王悅說她快要生了。我就要生了！此前她雖然說過無數次，我只當是撒嬌，我沒上心，最近我媽也開始嘮叨了，我就不得不上心了。我想，真出問題了，我怎麼扛啊。這需要錢，傻子都知道，接下來的一切，都要用錢來解決。所以我需要錢。

我說這話後，故意看了看馬由由。他尷尬地笑了一下，沒回應我的話。這不怪他，他不是老闆。艾末末呢，他可是老闆。他笑了一下說，你也得交學費啊。

這話讓我有點憋悶，好像我是來吃白飯，占便宜的。但我沒吭聲，也就一笑了之，但我有了想法。

最近來找我的客人多起來。馬由由和艾末末就輕鬆多了。他們接一些預約，出去跑外單，就留我守店。我也樂意這麼做。

我一直想做女客人，但馬由由在，他就不願意，理由是我還得多練練。女客人都由他親自操作。我只好在男客人身上練。

※　　　　※　　　　※

今天他們談笑了一會，接了個電話，又匆匆出去了，將我丟在店裡。

屋裡一下子安靜下來了。我顯得無聊透頂，就翻他們的作品集解悶。

我看了一會，覺得裡面有遺憾，到底是哪點，一時又說不出。我只好胡亂翻動，想找出毛病，但又徒勞無功。心想大概是我的水準與他們還差點吧。但我自覺夠敏感。

我正煩悶，門口站了個女人在顧盼。她的臉正朝走廊張望，樣子猶豫。

我問了句，我可以幫忙嗎？

她聽見我的聲音轉過臉來。我愣了一下，想了想，覺得這女子有點面熟。我走過去，走過去我就想起來了，這個女人我見過。

我記得那天，記得她了，就是被我紋豬皮的舉動嚇跑的。我想起來，忍不住笑起來。我不知道她是否還記得我，記得當時的情形。

我說，請進來吧。

她進來，轉了一圈，說就你一個啊？我說他們出去了。她這才對我正視起來。也想起了什麼，眼睛一閃的，臉上有了變化。我笑了，她也笑了。都有點不好意思了。她說她朋友介紹的，找楊羽。

我說我就是楊羽！

她有點尷尬地笑了。我沒問她朋友的名字。她說她看過我的作品。我哦了聲，說多指教。她有點不好意思，說真的很棒的。我說多謝。

聽了人家的稱讚，雖然有點不好意思，但也暗暗得意。其實最近找我的人是多了起來。我心中有數的。

我還是翻出那幾本相簿給她挑選。她沒接我遞過去的東西，只說要蝴蝶。

她說要小桃紋在肩頭的那隻蝴蝶。她說要一模一樣的。

我忘記誰是小桃了。雖然我會問客人怎麼稱呼，但人多了，就不容易記得。我翻到一張蝴蝶的照片，指給她看，就這隻吧？沒想到她一見，就興奮地喊起來，說，就是這隻蝴蝶。這是我的作品，這讓我有點驕傲。小桃也說是你幫她紋的。她補充了一句。

我想起來了。其實我幫小桃紋這隻蝴蝶，還是有點偶然的。當時馬由由和艾末末跑外單去了，就丟下我照看店裡的生意。

小桃就是這時候進來的。當時她看我一個人，就問我，就你一個呀？我說他們有事出去了。她說是香港來的，她說她有預約的。

我為難了，我說我幫妳問問吧。如果是男的，我就動手了，但他們叮囑過我的，女士就等他們來，因為女士是比較麻煩的。他們怕我對付不了。

我打電話給艾末末，說小桃過來了。

那你幫她做吧。

艾末末是這麼說的，他可能正在忙，或許有點不耐煩吧，總之他說完就掛了電話。我本來想再問一句的，一想就算了，既然艾末末都說了，他是老闆，更何況，我一直就想幫女顧客做，我想就我來吧。這樣想的時候，心裡還是有點緊張和亢奮的，但我得控制住。

說實話，幫小桃紋，我是有點緊張的，畢竟是第一次幫女人做。因為緊張，所以就更小心，更細緻。當我感到肚子有點脹的時候，我趕緊去洗手間將問題解決掉。

回來後，我是嚴格按程序做了，消毒、畫草圖、紋刺、上色。我替她紋了一隻蝴蝶。這既是她的選擇，也是我的推薦。她說她喜歡斑斕的蝴蝶。

在紋的過程中，小桃問過我，說都老手了，還緊張啊。我說是激動。

小桃就笑了，回頭瞥我一眼，說，是見了我吧？她的笑有點嫵媚。我也被逗笑了，說就是啊。

可能我跟馬由由久了，也變得口甜舌滑了。但奇怪，這麼一說，我感到自己放鬆下來。不知道馬由由是否也因為這樣的原因，才說些嘴甜的話，為了使氣氛變得融洽起來。

整個過程我做得一絲不苟，我還幫這個作品拍照，然後存檔，以便以後查找。以至於小桃走的時候，還取笑我的性格像個女孩，她說我真的很細心很溫柔，這倒讓我很不好意思。

艾末末和馬由由回來後，問起情況來。我一說過程，艾末末就喊，謝天謝地，沒出差錯。我問他幹嘛這麼緊張。他說，他以為來的是小陶，他是個男的。

我也出了一身汗，真的有點後怕。原來他錯將小桃當小陶了，所以才讓我動手的。我是誤打誤撞對了。有了個開頭，幫女顧客做。

還好，今天小桃的朋友來了，說明我的作品好。我心裡又有點得意起來。我想自己的手藝其實是不錯的，我都練壞了多少塊的豬皮和豬腳啊。我覺得我對得起它們了。我一想起那些我練過的各色豬皮和豬腳，我心裡就會思緒萬千，有時會突然爆笑起來，覺得這簡直是不可思議的事，竟然是我做的。但現在我不能想它們了，我得想想如何做好手上的工作。

我讓小燁坐好。是她讓我喊她小燁的。我將她安頓在椅子上，然後幫她做消毒，然後畫草圖，再細心地紋刺。紋身槍遊動的過程中，小燁主動提起那次的經歷，說她被快被嚇死了。我也跟著笑起來，又努力控制住手力。

我開玩笑說，我總不能拿妳做試驗吧。

那是那是。小燁一說這句話，就咯咯地笑起來。

我說，妳放鬆點吧。

小桃都稱讚你呢。小燁的意思是說她對我有信心的。

我現在感覺到這工作的美妙了。我感覺到自己越來越享受這個過程的樂趣了。我每紋完一個細節，我就會停下來，休息片刻，和小燁說笑，然後才繼續。

小燁說，她以後和小桃並肩走在一起，人們就會看到，有兩隻蝴蝶在身邊飛來飛去。因為她的紋在右肩，而小桃的紋在左肩上。

我說人們看到妳們，就像看到了春天的情景。

小燁聽了，就咯咯笑，說在鋼筋水泥的叢林裡，有點春意有點野趣是多麼的好。她說這話時眼裡有種神采，讓我想到朱顏，她就是一株生機勃勃的玫瑰花。

當我完成手頭的工作，我送走小燁後，我又接著做了三個客人，一個男人，紋了個蜻蜓，很少人男人紋這個的，我是充滿好奇地做完這個工作。我沒問他幹嘛要紋這個，一般我都不問客人的，除非客人主動問我意見。

另外兩個客人是女孩，她們要紋紅玫瑰。我本來還想讓馬由由來紋的。但既然他不在，我又有信心，就自己又動手了。

我在紋的過程中，十分的專注，我告訴自己，這是在幫朱顏紋。其實我幫所有女士紋的時候，都想著是在幫朱顏紋，這樣使我更是充滿熱情和想像力，更加專心致志。

馬由由和艾末末是下午回來的。看來他們有點疲倦。他們丟下工具，就喝茶，然後問我店裡的生意。我說還不錯。我給他報了數，談了情況。

艾末末有點著急了，說，沒什麼事情發生吧？

我說，沒事發生啊，還將抽屜的錢拿給他。我又將數位相機給他們。馬由由看了，好像鬆了一口氣，說還好。我說，店裡應該買臺電腦，將照片都放進去，隨時可以調給客人看。

艾末末說，以後吧。

我說這樣會提高「蚊子」的層次的。

那要錢啊。艾末末還是對我的建議搖頭。

我看看馬由由。他沒發表意見，點一支菸抽起來。沒有人響應我的號召，我心裡有點洩氣，但想想，我又不是老闆，心裡就想通了。這不是我該操心的份內事。

我還想說點什麼，我媽的電話來了。她說我爸有點不舒服。我說我回去看看吧。我媽趕緊阻止我，說有她就可以了。她特地打電話給我，是要我下班趕回去幫王悅做飯。

※　※　※

我回到家裡，已經是六點鐘。王悅正坐在沙發上，一邊磕葵瓜子，一邊看電視，香港亞洲臺正在播新聞。她一見我回來，就喊她餓了。她說中午她沒吃飽。我問她幹嘛不吃飽。她說菜不好。她補充說，還是我做的好吃。

我丟下包就上廚房去。我將冰箱裡的黃瓜做了個拍黃瓜，然後還弄了幾個素菜，蒸了一條魚，都是清淡的口味，但營養還算是合理搭配。我另外做了個滷豬腳。這個是向朱顏學的。

菜一端出來，王悅就發脾氣，說，你都幹嘛呀？近來她的脾氣大了，而且變化多端。此時她叫喊起來，說，恐怖！真的恐怖！她說看見豬腳她就反胃口。

我只好說，我吃好了。我將清淡的菜推到她的面前。我獨自對付那隻豬腳。我喜歡吃這菜，我說，女人吃了能美容。

天天都豬蹄子。王悅對我買豬腳不滿，叫喊過，發洩過後，她終於坐下來吃飯。她對我的吃相不滿，對我啃豬腳更不滿，她不停地譴責我不顧她的感受，吃出那麼大的聲響來。

她說，我是孕婦，你沒見我都這樣了嗎？你媽比你好。

我聽了就不說話，將勁都使在嘴上。我拚命地啃，還用手用力撕扯，吃相凶狠，張牙舞爪，一個豬腳，三兩下就被我吃掉。這段時間，我買了許多豬腳，做完紋刺練習，然後成了做菜的材料，一點都不浪費。

※ ※ ※

飯後王悅又拉我去散步。她腳步蹣跚，都快要生的樣子。我怕她走在路上，就生下來。我對這總是充滿想像。我說算了吧。她卻堅持要去，說運動對小孩好。我就悶悶地跟去，但幾乎沒話說。

我在想事情，在想朱顏現在會幹嘛呢。我想朱顏應該沒事，我都告誡過她了，有事就打我的手機。我說有親戚住我家裡，不要打到家裡。我這麼想著走著，最後繞了一圈，又回到家裡。

※ ※ ※

我讓王悅洗澡睡覺，然後我就坐了看電視。王悅睡熟了，我就起身，將放在塑膠袋裡的豬腳拿出來。然後拿出那些紋身的工具，動手做起來，我發覺自己又有精神。

我這樣做了很長時間了，但我還是覺得自己還可以再進步，我知道勤奮的重要性。這樣一做，我忘記自己身處何處，彷彿進入到另一個境界，朝另一個充滿神祕的世界陷落進去，將之前的煩惱拋在腦後。許多個夜晚，我都是這樣打發掉的。

第 33 章　嬰兒床

我說我需要錢了。

也許是事發突然，也許這話有點突兀。艾未未對我的話，感到有點愕然，他擦掉眼角的眼屎，瞇起眼，認真地看一眼我。

這段我滿腹心事的。王悅住院待產了。我媽給了我一萬元。說實話，我接過錢就慚愧。都這把年紀了，我還要用我媽的錢。現在是該我給她錢的時候。但我卻不能。這慚愧讓我鼓足勇氣。我說我現在非常需要錢。我心情顯得急迫了。

我是認真看著艾未未說的這句話。

現在這行競爭激烈。艾未未沒直接回答我的問題，只說了這行業的利潤薄。也許他說的是事實，可我的理解是這樣的，是激烈，但做得好的，與做得差的是不能比的。我們這邊一天做的顧客人數，是其他店做一週的數目。

馬由由當然不好插嘴，雖然他也是朋友，但他不是老闆。他在低頭整理工具。

我聽了艾未未的話就沒再說話，後來覺得悶，就找相簿低頭看，也找白紙，寫寫畫畫。我似乎該想想出路。我現在的手藝，開始讓我有自信。我沒透露過，有別的店邀請我加盟。我現在也不是吃乾飯的。我的作品，都被同行臨摹。

我以前不提錢的事，是因為之前，我雖然到我媽那白吃，但我沒拿過她的錢。我媽常說就多一張嘴巴而已。我也就吃得心安理得。但現在我都潦倒到這個程度，就坐不住了。

我只坐那看啊想的，但沒說什麼。我是個方向感模糊的人，我選擇這個行業，動機也是模糊的。要不是朱顏，要不是馬由由，我根本就不會與這沾邊，根本就不會深陷這種神祕與激情的境地。我胡思亂想，神遊萬里。後來第一個客人到了，艾末末幫他做了。第二個客人到了，馬由由幫她紋。

以往，他們還會主動叫我上。這樣他們就可以休息。當然，我也就多了實習的機會。但今天他們都主動上了。我也沒吭聲。如果後面再有客人，我就主動上了。他們沒說什麼，不像以往，偶爾會和客人調笑一下。今天的氣氛有點沉悶。

三支紋身槍在嗡嗡地鳴叫，偶爾也有咳嗽聲，但大家都不說話。

中午吃飯，大家只說點不鹹不淡的話，小心迴避敏感的話題。吃過飯，艾末末在椅子打瞌睡，馬由由說聲有點事，就丟下我們出去了。

我坐在椅子上，無聊透頂。我的頭轉來轉去，就是不去看艾末末。我望了眼牆壁，看到了牆上的掛曆，默默算了一下，我在這工作都快十個月了。

我一想到十個月了，心緒就起波瀾。有過那麼多的事發生。我後來可能是想累了，竟然坐在椅子上睡著了，做了許多噩夢。

我醒來後，就去洗了把臉。整個下午，馬由由都沒回來。店裡就我和艾末末。這樣的局面有點尷尬。沒客人的時候，我要不看他們的作品，要不寫寫畫畫。艾末末呢，要不打瞌睡，要不抽菸。他很少抽菸的，但今天抽了，還被嗆了，不斷地咳嗽。他咳一聲，我的心就跳一下。

有客人來了，一個就他做，我照舊做助手。多來一個，他不喊我，我就自己上，自己動手。我們都不說話，但配合默契。

傍晚離開前，艾末末主動提議，他說他沒事，可以送送我。我猶豫了幾秒，就同意了。我進了他的車子，但沒說話，他倒說了不少的話。

我直到醫院門口下車，我也還是沒主動說話，只是被動的哼哼哈哈地回應他的話，然後謝過他，揮手告別。

※　　　　※　　　　※

我進了婦幼醫院的大門，逮住幾個人才問明婦產科的方向。那有電梯的，但我沒用，是走樓梯上去的。我走得慢，一步一步走，我不急，還有點心事。

上樓後，我站在樓梯口，看看牆上的房間號碼指示牌。然後我走進301 號房，見王悅正和我媽說話。我媽見我到了，朝我一笑，起身就說，她要回去了。她說她得為我爸做飯。她將帶來的雞湯交給我，叮囑我趁熱讓王悅喝了。

我媽匆匆走後，我就叫了便當。然後就沒話了，坐在椅子上，心神不定地想心事。我在張望，看鄰床的說話，人家是親熱。

可能是對比強烈，王悅有點不高興，就說她要吃飯。我趕緊將雞湯倒出來，端給她。她只喝湯，將肉揀出來，說這燉得都沒味了。

王悅吃飽飯，我就去洗手間洗飯盒。我回來後，我要的便當才到。我不是很餓，但也吃起來。不吃飯乾坐這裡，我有點手足無措。王悅在說醫院的事，但我聽得心不在焉。

我其實想說話的，但不知道說什麼好。我一下一下，慢慢嚼著口裡的飯粒，口腔的蠕動，使我感受好受些了。

※　　　　※　　　　※

楊羽和王悅默默地待在一起。他的臉老是轉來轉去。她就老是喊他轉過來。

王悅說，你摸摸她吧。

現在已經知道了，她懷的是個女孩。楊羽轉過頭來，很淡地笑了笑，幾絲笑意爬上了他的臉上。王悅還抓了他的手過去，放在自己的肚子上。她說，你摸摸，在動呢。

楊羽就很勉強地摸了一下，又受驚似地將手收回來。他像被某個陌生人踢了幾下。他只有恐懼，沒有喜悅。

踢了三下。王悅是這麼數給楊羽聽的。

※　　　※　　　※

鄰床的男主人走過來，熱情地和我打招呼，想和我交流做丈夫的經驗。我慌亂起來，我說我不懂的，我說我只聽我媽說過一點。他就知道幫我煮吃的。鄰床的妻子丟過來一句話，話像在責怪丈夫，但聽得出口氣是讚美的。這話說得好像也是在責備我似的。

他專煮豬蹄子。王悅說完這話，就咯咯地笑。

吃豬腳美容的啊。她是這麼回答的。

那個女人是這麼說的，還讓她丈夫向我討教，說以後也要他做給她吃。我笑了笑，就說起做滷豬腳的方法。的確，我還有點心得的，我吃了多少的豬腳啊！

後來，王悅又問我幾件事，問我準備的情況，語氣就像是我的上司。我說就差嬰兒床了。其實這不怪我，看了許多商店，都沒有選到合適的。確切地說是王悅沒有選到合她品味的。

此前，我陪她逛過無數家商店，去找合適的床。但每次都無功而返。她要的品味，似乎永遠和商店裡擺放的存在差距——她都不滿意，以至於到她住院，也沒買到合她心意的嬰兒床。我離開前，王悅又數落我，說我讓她住院了還要去為這擔心。

我說我這就馬上去買。

王悅又說了她的要求，她說要進口的，歐洲的最好，歐洲人最講安全了。

我說好的。

你都記住了？王悅還是不放心。

我就拿出本子和筆，她說一句，我就在上面記一句。然後拿給她看。她滿意地說，沒錯，你就照這買，準沒錯的。

※　※　※

我走出醫院大門口，深深地吸了一口氣。一股淡淡的消毒水的氣味，將我嗆得不斷地咳嗽。我捂住嘴巴，快步走到路邊，招手攔下一輛計程車，接連跑了許多家具商店，最後也沒有買到王悅要求的。我只好挑最接近的，然後就交錢了，填寫送貨的位址。

什麼時候可以送貨？臨出門，我又問了句。

你要什麼時候送貨？售貨員反過來問我。

最好現在。我想盡快結束這件事。

最後我得償所願，還坐了免費的車子，隨送貨車一起回家。送貨工折騰一番，就將那張嬰兒床組裝好了，站起來，拍拍手，讓我看看，是否滿意。然後收了我給的小費，興高采烈地走了。

※　※　※

屋子就只我一個了，頓時安靜下來。那張嬰兒床，安靜地待在客廳中央。我坐在沙發上，呆望著那張嬰兒床。後來我眼花了。

一下恍惚，我彷彿看見，一個小傢伙，突然從那裡蹦出來，大聲叫喊，向我踢腿示威。我嚇得猛地跳起來，還驚叫一聲。四周看看，原來是自己做夢呢。

過了很久，我突然想打個電話給朱顏。我撥了她的號碼。電話響了很長時間她才接聽。我想她可能已經睡下了。她聲音模糊，問我幹嘛不接她的電話。她說打過電話給我的。

我說我沒聽見，還問她是有什麼事嗎？

她說沒什麼事，就是有點擔心我。

我聽她這麼說，就忍不住嗚嗚地哭起來。

朱顏嚇了一跳，人好像立刻就清醒過來，焦急地問我，出什麼事了。我只顧哭，沒回答她的話。她都急死了，不斷追問我在哪裡，她說她這就趕過來。

我還是在哭，是放聲大哭。朱顏急得沒辦法，不斷地叫喊，後來她也安靜下去，耐心地等待我結束痛哭。

等我收住了哭聲，朱顏又焦急地追問我在哪。這時，我說沒事，就是憋得慌，放鬆一下，現在好了。我還自嘲說，我都不知道自己為什麼就哭了，真是莫名其妙。朱顏寬慰我說，還能哭出來，就不怕了。

有事就告訴我。朱顏顯得憂心忡忡的。

第 34 章　尷尬

這段時間，最高興的人就是我媽。她整天喜氣洋洋的，那張蒼老的臉上，洋溢著幸福和喜悅的神采。但我的反應與我媽大相徑庭。

我媽看我愁眉苦臉的樣子，就不高興了，說，喜氣的事，幹嘛拉著臉？我還能說什麼呢？我說就是累的。我只好撒謊。你要是手頭緊的話，我支援點。我媽顯得很豪爽，她老憧憬著做奶奶的幸福。我還能說什麼呢。

我日子過得規律，照例每天早起，去醫院準備早餐給王悅。然後去「蚊子」上班。我說我手頭緊。這話我說了幾次，我幾次重提舊事。今天艾末末給了我一千元。

我收下沒話，就是悶頭工作。我只有工作，才不心浮氣躁。整個上午，我都沒多餘的話。快到中午，我媽來電話了。她要我趕過去，說王悅進去產房了。

我只好丟下工具，脫下白大褂，洗手。送飯的剛進門，馬由由在分便當，他叫我吃飯。我說要去一趟醫院。我走得急匆匆的。也沒說我去幹嘛，也沒說什麼時候回來。

※　　　　※　　　　※

我出了門，才覺得冷，在車上也縮頭縮腦的。到了醫院，我就直接奔去產房。我媽正待在走廊等。見我來了，就說，進去了。我媽喜形於色，焦急地搓著手。我媽說菩薩保佑啊。

我走來走去。看她嘴巴不停地叨唸。我說，妳煩不煩啊？我媽就說，跟著我唸嘛。我說臨時抱佛腳有什麼用呢。我媽懶得理我，繼續唸唸有詞，召喚她的神靈過來幫忙。

我聽見王悅在裡面的叫聲了。一聲大，一聲小，呻吟過後，就是叫喊，聲浪拍擊我的耳鼓。我心裡一凜一凜的。我這是第一次接近婦女的生產地，也不知道該做什麼。我不斷看手錶，也看牆上的鐘。我希望趕快結束。感覺時間過得真慢啊。

我在長條椅子上坐了又站起，然後從走廊的這頭走到那頭，再走回來，如此反覆。還是我媽有耐心，她就坐在長條椅上，半瞇雙眼，口中唸唸有詞。

也不知道過了多久，伴隨哇哇的哭喊聲，產房的門開了。我媽反應敏捷，起身衝過去。醫生抬手在擦汗，她的額頭都是汗，臉上還有疲憊和喜悅。

醫生說，母女平安！

我媽衝進去。我也跟進去。王悅躺在床上，神情極度疲憊。我媽趕緊拿一條毛巾幫她擦汗。這時護士抱了嬰兒過來給我們看。王悅親親她的前額。

小傢伙就哭了，放聲大哭。其他人都笑了，當中就我沒笑。我這古怪的模樣，不知道他們注意到沒有。

我走近前，看到的那張嬰兒的臉，真的醜，像個小老太婆，皮膚是紫紅色，而且還皺皺的。怎麼這麼醜的啊？我嘀咕了一句。心想，這會是我的小孩嗎？我可沒這麼醜啊。以後就漂亮啦。護士解釋說，初生嬰兒都醜的。王悅說，越長越漂亮。

我媽還想看仔細點，護士卻抱走了。讓她休息一下吧。護士臨走前叮囑我們。我媽說她懂的。護士將王悅推回原來房間的床位。

我媽坐不住了，她向護士要了乾爽的衣服。她從手袋裡掏出一條毛巾，然後幫王悅擦掉汗，又將乾燥衣服給她換上。都溼透啦。我媽一邊做，一邊嘮叨。

忙完這一切，我媽她向我要了手機，然後打電話給我爸報告，說生了生了。是個女孩。我媽喜氣洋洋的。她倒好，沒有重男輕女的思想。

也許我們以前說過，男的女的都不要，不打算生小孩，所以我媽覺得，有了就好，管是男的女的。我沒說話，就坐在椅子上發呆。

我媽說，生女孩好啊。我媽以為我喜歡男孩呢。我說都一樣的。我媽讓我別擔心。她說她生我時，我爸也手足無措。男的都不懂。我媽數落起我爸來。我只聽，沒插話。

王悅說，他就不懂得關心我。

我還是沒話。王悅見我不說話，就喊她口渴了。我媽就讓她喝雞湯。她一早就準備好的。她說是昨天晚上就熬的。我媽平常熬湯，可不這麼浪費瓦斯，她燒滾後一會，就關了瓦斯的。她說這瓦斯要錢的啊，再說了，營養也出來了。

她一直就教育我們要節儉持家。她餵王悅喝，我就在旁邊看。王悅喝了整整一盅雞湯，連以前她不吃的雞肉，都吃得一點不剩，看來她是餓極了。

你媽比你好。王悅喝好之後，就這麼說我的。

男人都這樣的。我媽笑咪咪說話，她又說起她生我時，我爸也手足無措的。

喝過雞湯，王悅就睡著了。她搏鬥了多時，實在是太疲憊了。

後來，我的手機響了。艾末末問我，還回來嗎？

我說我有事。

艾末末說，客人太多了。

我說回不去了。

艾末末哦了聲，很遺憾地掛斷手機。我突然也想到，這個女嬰孩也是我的作品啊。我想紋身是紋外面的，我倒紋到裡面去了。整個下午，一直到傍晚，我就坐著胡思亂想。

等我的手機再響起，我發覺自己剛才在打瞌睡。我捏了手機出去。我走到走廊的盡頭說話。這裡是個陽臺。我望著遠處的樓頂，和朱顏說話。

她問我，在幹嘛？

我說在打瞌睡。

她就笑了，說，沒生意嗎？

我說有啊。

那你還打瞌睡？朱顏咯咯地笑。

我說我累了。此時我說話的聲音也顯得十分疲憊。

朱顏哦了聲，說，那就偷偷懶吧。

掛上手機前，朱顏說要我去吃飯。

我說，今天不行，改天吧。

就今天！朱顏鬧彆扭了。

我說，今天我累了。我還想對她撒謊。

一定要今天！聽起來朱顏在撒嬌，但口氣又不容商量。

我說，妳別鬧了。

我媽來了！朱顏突然冒出這句話。

我一下子就懵了。我沒想到是這麼回事。她來幹嘛？為她的事，還是為「我們」的事？我還在猶豫不決，朱顏就說了，就去「零點」吧。她說我們直接去那裡碰頭。她說完就掛斷手機了。

我捏了手機，在走廊上走了很久。後來，我媽出來幫王悅洗保溫壺。看我踱來踱去，就過來問我幹嘛。我剛開始沒說什麼。我媽就提了保溫壺回去。一會我媽又出來。有事就說吧。我媽看我還愣在那裡，她的臉上有點擔心。

猶豫了很久，後來我說了，晚上有飯局。

我媽說，那你去好了。

我說，我有點不放心。

我媽說，早幫你爸做好飯放冰箱了，放微波爐一熱就可以吃。

我說，完事後，我陪王悅吧。

我媽說有她就可以了。她說我什麼都不懂。她說對了，我什麼都不懂。我走的時候，我媽的臉色又好了。她擔心我有事，看看是這麼件事情。她也就放心了。

※　※　※

我下了樓後，趕緊跑出醫院，到路邊攔了車子，匆匆趕去「零點」。進門就看見朱顏朝我招手。旁邊座位上，一個婦女也轉過頭來望我。

我走過去，在另一個位子上坐下。朱顏介紹了她媽媽。我和她媽媽握手。我們互相打量對方。說打量，其實我就瞥她一眼，跟著我的頭低下來。我有點躲閃對面的目光。

接下來發生的，就是電影或電視裡的場景。大家寒暄幾句，才進入實質性的話題。

朱顏媽媽問我是做哪一行的。

我說是個紋身師。

我是徑直從醫院趕來的。我沒換衣服褲子，我的衣褲上還有點滴的藥水痕跡，加上精神不好，樣子肯定有點落魄。我這樣一想，就有點後悔沒有稍事打扮，但後悔也來不及了。但想想，也不可能，事發突然啊。

聽說我的職業是紋身師，她媽媽一副驚愕的樣子。我看見她張大嘴巴，半天沒說出話來。她的表現，我大概是可以想像到的。

當聽到自己的女兒的男朋友是個紋身師，這是很正常的反應。我說出自己的職業後，就低頭靜靜地吃東西。朱顏媽媽沒說話，端起酒杯，喝了下去。

朱顏有點慌了。她沒想到我那麼坦白。

紋身這行在深圳很旺的。朱顏匆忙中為我說好話。

但她媽媽對她的話不做回應，只是打哈哈，要不就喝酒。當然，偶爾她想起，也會和我碰碰杯的。後來，朱顏努力找其他話題，企圖化解這個尷尬的局面，但都是徒勞的。

第35章　周旋

一連幾天，我沒在「蚊子」露面。說實話，我忙得團團轉呢。心亂身忙的。艾末末都在找我。我也沒打電話給他們。我也管不上了，也懶得解釋，我怕越解釋越亂。我幾乎都待在醫院裡，和我媽輪流換班照顧王悅。

什麼時候回來啊？艾末末是這麼問我的。

我說不知道。我真的是不知道。我整天都暈乎乎的。我早上一起床，就跑醫院替換我媽。其實，我跟她說過的，不用陪夜的。但我媽堅持要。我也沒辦法了。

我媽一般這樣，早上她離開的時候，將保暖壺帶走，中午再帶雞湯什麼的來，之後又再換班。我一回到家裡，倒頭就睡死過去，外面發生什麼事情，我都無暇顧及。

我媽每天都喜滋滋的。我看著她跑進又跑出，有幾次就想衝口而出，說出點什麼來。我擔心要是我說出真相，我媽能否受得了。再說，我也不敢肯定那一定不是我的孩子。所以我只好不說。我想，走著瞧吧，時間總會幫我把事情搞清楚的。

我總是胡亂想著。我媽有時見我發呆，就會追問我有什麼心事。我說就是累的。我媽總鬥志昂揚，說有她呢，不怕不怕。她說以前一家有三個小孩都沒問題，現在才一個呢！她說這話有點自豪，又對現在只生一個的政策表示遺憾。

※　　　※　　　※

這天照舊，我去醫院接替我媽。我帶了麵包和牛奶給她。我媽說醫院食堂有早餐的。她的意思是我不用忙了，爭取多點睡覺的時間。我說我吃過了，還說妳不吃就浪費了。

我媽只好吃，她是最怕浪費的。但她是不會讓王悅吃麵包的。她總擔心營養不夠。她快快吃完，然後提個袋子匆匆走了。

我扶著門框看。我媽走到走廊的盡頭，沒按電梯，走樓梯下去了。我聽見背後王悅哼了聲。我轉回身子，問她想吃什麼。王悅說，雞蛋吧。

我將雞蛋剝了殼遞給她。她咬了口，又喊沾喉嚨了。我趕緊把牛奶遞給她。她吃一口，喝一口。

我有點無聊，就看臨床的那個少婦餵小孩。小孩叼住乳頭，匝匝地吮吸。她媽媽不時哼一聲，很滿足的樣子。後來，又撫摩孩子的臉，自說自話，一問一答，說，寶貝寶貝你愛誰，是愛爸爸還是媽媽呢？我愛爸爸，當然更愛媽媽啊。我竟然被她有趣的話題逗笑了。

有什麼好笑的？王悅不高興了，撇了嘴巴說。

我說好玩啊。

你不和咪咪親。王悅有點惱火。

我只好走過去，逗逗睡著的小孩。睡了。我給自己找了個理由，就走開了。

王悅吃飽了，打了個嗝。我問她，吃飽了？她點點頭，然後認真地看著我。我的眼神閃躲了。

幹嘛不高興呢？王悅問了句。

我說，沒啊。

幾天都沒見過你的笑容呢。王悅緊緊地追問我。

我說累的。

我將剝下的蛋殼收拾好，放在塑膠袋裡，出去倒在垃圾桶。我洗好手出來，我的手機響了。

是馬由由打來的。他問我，在幹嘛？

我說，在侍候人啊。

馬由由就笑了，說，是被人侍候吧？

我長嘆一聲，說，真是就好了。

你說笑吧？馬由由還是不相信。談談你的想法吧。

馬由由慢慢切入了正題。但我沉默了。

錢的問題我和他談。馬由由還在遊說我。

我回答說，這不是關鍵問題。

馬由由追問我，到底想怎麼樣？

我說，真的有事。

馬由由問，能幫上忙嗎？

我說，抱歉！

快掛電話前，我才問他過得怎麼樣，這段時間生意如何。我都有一段時間沒過去了。馬由由說忙不過來。我想應該也是這樣的，昨天就有三個客人打我的電話，催問我什麼時候回「蚊子」上班，他們和她們都喜歡我的手藝。我解釋說，自己暫時有點事要辦。他們都很遺憾的。

收了電話，我回到房間。王悅就叫我去洗洗奶瓶。她只給小孩餵奶粉。我媽說過，餵母乳對孩子好。醫生也是這個意見。但王悅不肯，她要好身材。

她擁有傲人的身材和挺拔的胸部。懷過孩子後，她的胸部就更迷人了。我媽說了幾次，見沒有效果，只好搖頭作罷。

我洗好奶瓶回來，王悅已經睡著了。她老說晚上小孩吵，她睡不好。

我感到無聊，也坐在椅子上打瞌睡。我媽是午飯時間來的。她喊醒我吃飯，倒雞湯給王悅。王悅睡醒後，食慾很好，吃得津津有味。我也在吃。我媽就看睡著的孩子的臉。過一會，小孩張了張手，似乎想抓住什麼，哇地哭喊起來。

我媽臉帶笑容，將小孩抱起來，問我們餵奶沒有。王悅說就早上餵過一次。我媽說餓了餓了，大人都餓了呀。她哼著含糊不清的歌謠，張羅著給孩子餵奶。

我先將奶瓶用溫水熱過，泡好牛奶灌進去，又用嘴試試溫度，再滴在手背上試溫度，然後才給小孩喝。奶嘴一靠過去，小孩的嘴就叼住，匝匝地吃起來，就像小狗小貓吃奶的急迫樣。

吃飽喝足了，小傢伙又精神了，張牙舞爪動作。我媽就逗她，王悅也逗她。就我偷偷地溜出去，到醫院的後花園走動。

我又撥了朱顏的手機，但還是關機。這幾天，打過無數的電話給朱顏。我打過她辦公室的電話，同事說她沒上班。打家裡，沒有人接。我憂心起來，我就打她的手機，但也是關機。

那天見過她媽媽後，她就沒有消息了。我焦慮，但又無計可施。我大概是傍晚回來的，我媽有點急了，她說你都到哪裡去了，我得回家做飯呢。

我還是陪王悅。聽她逗孩子，說一語雙關的話。我當沒聽到，胡思亂想。等我媽再送飯過來，我就回去了。她說看我這樣子，不在這裡她還放心點。

我就走了。我走出醫院的大門，有很長一段路我沒坐車，我慢慢地走，風吹過來，心裡涼涼的。

※　※　※

我一回到家就將自己丟在沙發上。我睜大眼睛，就看見擺在客廳角落裡的床，一張米黃色的嬰兒床。

再過一個星期，王悅就要回來這裡，她要在這裡安營紮寨。我真不知道自己該怎麼辦。我想了一會，竟然昏昏沉沉地睡著了。後來又被什麼吵醒了。

我意識到是電話響。是我口袋裡的手機響了。我打開一看，是朱顏的手機號碼，這讓我心跳加速起來。她的聲音是沙啞的，她說要到我這裡來。她馬上就過來。

我放下電話，在屋子裡轉來轉去。還將頭伸出窗口張望，然後又轉回來。樓下的防盜門一響，我就豎起耳朵聽，我以為是朱顏上來了。其實她要按門鈴，我才能開的。

※　※　※

朱顏進來就哭。她的臉色不好。嘴角有點腫。楊羽問是誰欺負她了。朱顏沒回答他的話。接下去問她話也不答，就嗚嗚地哭，身體一抖一抖的。他用手去摸了摸她的嘴角。朱顏痛得躲開了。

楊羽起身替她找藥油。他從抽屜找出一瓶紅花油，讓她躺下來，安慰她說，沒事了沒事了，一會就好的。朱顏又在他的懷裡嗚咽了好一陣才安靜下來。

楊羽沾了藥油的手一碰，朱顏馬上就叫喊，好痛！楊羽只好更加小心地揉。他問朱顏，這幾天到哪裡去了？朱顏就說，我們到臥室去吧。

※　※　※

我和朱顏的搏鬥是激烈的，整個臥室都搖動起來。然後就慢慢地安靜下來。整個房間，飄滿曖昧的體香、汗味、藥油的味道。身體裡積聚下來的冰，沉而硬的冰，在大火的燒烤下，一下子就消融掉，汽化起來，飛向了天空。

我覺得自己也飄了起來。

第 36 章　王悅失蹤了

這個早上我起得遲。我睡得昏昏沉沉的，也不斷地做夢，自己置身於雲裡霧裡。在迷霧中，我在尋找自己，也在尋找朱顏。

我和她，都在隱現。似乎看見了對方，又好像無法接近彼此。我只聽見她的聲音，但總也找不到她。我驚恐地大聲喊叫。但我聽到回應的，卻是我的呼喊聲。

電話鈴狂響了很久，我才意識模糊地爬起來，摸到客廳去抓話筒。

你手機幹嘛不開？我媽開口又在嘮叨我。

我含糊地說，還沒起來嘛。

她到家了嗎？我聽見我媽這麼問我。

我說，我在家啊。

我媽說不是問我，是問王悅。

我說，她，她怎麼了？

我媽說，王悅在你那嗎？

我說，她不在醫院？

我在醫院！我媽的聲音焦急起來。

我說，那就好了。

我媽急了，說，但她不在！她看我還沒明白她的話，就喊了起來。

接著，我媽張嘴就哇啦哇啦的說了一通。她打過早餐給王悅，幫小咪咪餵好奶，然後一直等我來。期間，她們還聊得很開心的。

後來，快到中午了，王悅說我可能路上塞車，讓她先回去，說我等會就到的。王悅住了一段時間醫院，身體漸漸恢復過來了。我媽於是不像以前那麼擔心了。我媽等王悅吃飽，小傢伙吃飽，就收拾好東西，然後回去幫我爸做飯。

我媽說，她將我爸的午餐安頓好，她帶了雞湯回到醫院。卻發現王悅的床是空的，問了院方，說是辦了出院手續。

我媽說，王悅是談過要出院，但沒說是今天啊。

我清醒點了，說，大概在路上吧。

我媽說，所以她就打了電話過來問問。

我捏了電話發愁呢。牆角的嬰兒床，我想朱顏肯定也看見了。但她走得早，我不知道她是怎麼想的了。昨天我實在太疲勞了，一下子就睡死過去。

放下電話，我趕緊去浴室收拾好自己，出來看看太亂了，就又捲了衣袖，動手收拾起房間。

這屋子是該收拾了，我洗過的衣服，晾在浴室裡，剛換下的，就丟在一個柳條筐裡，發出淡淡的霉味，晒好的衣服，胡亂地丟在沙發上，種的花草，葉子都黃了，花朵也枯了，家具上落滿了灰塵。

我媽呼哧哧一進門，就叫喊開了，問我王悅她人呢。她還轉到臥室去找。

我直起腰說，還沒到呢。

我媽說，可我都到了！她意思是說，她晚走還先到了呢。

我說，也許路上堵車呢。再說了，她還抱了個孩子。

我媽說，也許吧。她看我在整理房間，說完也動手幫我收拾，她給花澆水，埋怨我說，以後看我如何養家。

我說，我也不願意這樣的。

我媽說，真不像樣，都到這個年紀了。

我做完了坐在沙發上歇氣。我聽到我媽也在喘氣，呼哧呼哧的。我媽看我一眼，說怎麼搞的，人還沒到的？她站起來，推開窗戶朝外張望。

看我媽那擔心的樣子，我想還是打王悅的手機吧。我掏出通訊錄翻找，但沒有找到。我想起了，自從我們分居之後，我就沒主動撥過她的手機。我們離婚後，我就換了新的通訊錄，將她的名字勾掉了。之後，都是她打我的電話的。

我回憶了好一會，才跑進書房，去翻查所有的盒子、抽屜、櫃子，最後找到一本舊的通訊錄，黑色的膠皮封面上，已經長出白色的黴菌。我小心地翻開，找到王悅的手機號碼。

我試著撥了那個號碼，但被告知這是個空號。我想她大概是換了手機，我又拿出我的手機，查看最近的十個來電號碼，發現也沒有她的號碼。其實她住院之後，她就沒再給我打過電話。她要找的，都是我媽。

我對我媽說，那就等吧。

其實也只好等了。我媽聽我這麼說，就轉回身子，將袋子裡的保溫壺拿出來，她說她將雞湯放鍋裡熱熱。我突然感到有點餓了。我媽將飯菜熱了，叫我吃飯，我端了碗就猛吃。我媽卻不吃，在客廳的窗口徘徊，不斷朝外面的馬路張望。我叫她吃，她卻說不餓。

王悅一直就沒出現。整個下午，我和我媽都在等待中度過的。後來我媽等不住了，總催我再打打電話。我說我打過了，是空號。我媽說是否半路轉去了朋友那玩了。

我只好一通通電話找過去。許多我的朋友，或者過去的朋友，都驚訝地問，怎麼，想她了？這搞得我只好打哈哈。我將通訊錄上有關的名字都找遍了，得到的結果還是一個，王悅沒出現過。

我媽頓時慌了，問要不要報警。

我說這麼短時間，太短了，警察不會接手辦案的。

我媽頓時就沒了主意，在客廳裡轉來轉去。最後，她竟然說她要出去找。我說妳瘋了，滿大街的去哪裡找啊。她說那怎麼辦啊。她的嘮叨還真讓我發慌。

我後來有個念頭一閃，我想她會不會回老家了呢？因為她說過的，她沒將這件事告訴家裡的。

我又倒回書房，將那本舊的通訊錄找出來，找到了她家裡的電話。我試著撥號碼。電話通了但沒有人接。我就一遍一遍撥，心跳也越來越快。最後是他爸接的。他一下子沒馬上聽出我是誰來，這也難怪，我們很長時間沒打交道了。

他爸問我是誰。

我說，我是楊羽呀。

他爸聽了我的名字，馬上破口大罵，罵我是個混蛋，還問我是不是想討罵挨。他爸將我罵了半個小時，將所有的陳穀子爛芝麻都倒出來，細數我的罪行。後來他罵累了，停下來休息。我聽到他呼哧呼哧的喘氣聲。我遲疑了一下，才鼓起勇氣插話。

我問，王悅在嗎？

他爸惡狠狠地問我，找她幹嘛？

我說，有點事。

不在！他爸答得很乾脆。

我小心地問，來過電話嗎？

沒有！他爸狠狠地將話筒扣上。

從我撥號直到我掛斷手機，我媽都緊張地盯住我。看我將話筒放下，她催問我情況怎麼樣。我看她是一臉的期待。我說沒有人，她沒回老家。

我看見她的臉色馬上換了顏色。接下來，她就開始自說自話。怎麼會這樣呢？我媽轉來轉去，也將這句話重複來重複去。

天色暗下來後，我勸我媽先回去。我說有消息就告訴她。我媽走得戀戀不捨，好像她一走，王悅就會馬上回來。但她還得回去做吃的給老頭子。

我媽走後，我真的感到累了。我倒在沙發上亂想，也不著邊際，最後竟然睡著了。

※　　　　※　　　　※

我被門鈴驚醒後，給朱顏開了門。朱顏進門後，四周環顧。我認真看了她一眼。她以前不這樣的。

這個——

果然，她指了那張嬰兒床問我。我沒說話。我是真的疲倦了，連說話的欲望都沒有了。

你真好！朱顏好像想到什麼，猛地上去抱住我。

我想她是誤會了，但我沒做解釋，只撫摩她的頭髮，沒說話，也抱住她。其實以前我們也談論過小孩的事。但都沒有提出具體的時間來。

我們擁抱一會後，她問我吃飯沒。我說我剛起來。朱顏說她去幫我做吃的。我鬆開她，看見她對我咧嘴一笑。這笑顯然將她的嘴角扯痛了，她的笑容就顯得古怪了。

朱顏在廚房裡面喊，你燉了雞湯啊？她的聲音充滿了驚喜。

我沒說話回應她。我坐在沙發上發呆。後來朱顏轉出來，說冰箱是空的。

我說，煮麵吧。

朱顏說，麵也沒有。

我說，叫外送吧。這個時候，只好叫外送了。

朱顏還問，你的親戚呢？

我說，走了！

※　　　　※　　　　※

楊羽和朱顏吃了晚飯，就坐了看電視。楊羽滿懷心事的，看著竟然睡著了。後來朱顏要楊羽去接電話。是楊羽的媽媽打來的，她聽到是個女的接電話，愣了幾秒，以為打錯了，經證實沒錯後，才問她，王悅回來沒有。她的聲音憂心忡忡的。

楊羽接過電話，和他媽說了一會，安慰她說，有消息就打給她。臨掛電話，他媽又問楊羽，剛才接電話的是誰。楊羽說是一個來訪的朋友。他媽說還以為是王悅呢。楊羽說王悅回來就打電話給妳。

※　　　　※　　　　※

朱顏等我掛了電話，就問我王悅怎麼了。

我說，失蹤了。

朱顏愣住了，然後才笑了笑，說，你媽將我當是王悅了。

我掩飾地笑笑，說，老人家嘛，耳朵不好。

朱顏問我，今天生意怎麼樣？

我說，我沒去了。

朱顏就問，那幹嘛了？

我說，待在家裡啊。

朱顏不相信，說，那怎麼看上去很疲倦的？

晚上朱顏沒回去。她說媽媽還住她那，她不想與她吵架。不過就快要回去了。朱顏說這話似鬆了一口氣。我說，那就睡這吧。我說這話時，竟然沒去考慮，假如王悅真的回來了，怎麼收拾這個殘局。

朱顏說了很多有關她媽媽的事情。她說以前她媽和父親經常打架，她討厭那樣的環境。她對她漠不關心，連打她都沒興趣。她只關心她自己。

朱顏說，真奇怪，她爸媽要是有一段時間沒打架，反而會感到不舒服，好像缺少了什麼似的，總要找碴打一架才感覺到是在過日子。朱顏是這麼說她媽的。我只是聽著，我很累了，連做愛的力氣都沒有了。我們就相互擁抱了睡。

第 37 章　國外來信

還是沒有王悅的行蹤，最後只好報警。也只好這樣了。我不想去派出所，一想起要去那個地方，我就心有餘悸，我一直努力避免去那個地方的。但現在是沒有辦法了。我抗拒了一陣，就翻箱倒櫃。我找出馬管區的名片，照號碼撥號。我想透過電話，與他保持一段距離。

馬管區問我，是誰啊？

我頓了頓說，我，是楊羽。

他一聽，就語氣嚴肅，問我，有事嗎？

我說，我，要報警。

他大呼小叫起來，說是嗎？語氣中有高興的成分。他說等等，他拿枝筆做紀錄。

我說是的。我說王悅不見了。

馬管區哦了聲，說，還以為正幸福生活呢。

我沒理的揶揄，也沒接他的話頭，只問我該怎麼辦。我不想聽他的廢話，我想知道解決問題的流程。他沉吟片刻，問了大概情況，說這案子不歸他管。他說事發不在他的管轄區。他要我找醫院那轄區的派出所。聽得出來，他有點遺憾。

我媽堅持要和我一起去。我們只好去了醫院所在轄區的派出所報案。警察將案情做了紀錄，然後叫我們回去等消息。我媽一路上嘮叨，責怪說當時自己不離開就好了。

我安慰她說會沒事的，王悅是個大人了。但我媽哪裡放心得下啊，之後天天催我去追問承辦員警，案件有什麼進展。

我沒辦法，也只好天天跑派出所，即使不跑，也打電話，甚至還打人家承辦員警的手機。搞得人家見我都煩了，只是沒明說。我得到的答覆幾乎都一樣。

綜合調查得到了一絲的線索，據調查反映，王悅是被一個男的接走的，出院手續也是他去辦的，當時王悅抱了小孩在旁邊等著。

我將情況對我媽說了，意思是讓她安心，說既然有人幫她辦出院手續，那就不會有危險了。肯定是熟悉的朋友之類的人。我媽聽了不但沒放下心來，反而變得心事重重。

她老是問，那是誰呢？是誰呢？哎，我怎麼知道是誰呢。要是我知道，我還不直接去找他們嗎？我只好對我媽說，肯定是她的朋友或熟人。

這段日子，我白天跑派出所，或打電話給人，找王悅認識的人，打聽她的行蹤。我甚至還找了錢小男，我期望他可能遇見過王悅。

錢小男聽了，大吃一驚。他給了我一拳，說你小子真會蓋啊。他說他發動大家留意。我趕緊制止了他，我不想鬧得滿城風雨。

※　　※　　※

夜晚的日子更難過。

朱顏說我憔悴了。

我就嘿嘿一笑。

朱顏追問我怎麼搞的。

我沒法子瞞了，我再堵住，就要崩潰了。我站在窗口不說話。朱顏就搖著我的身子。說吧說吧。她催我快說，說只要說出來了，心裡就會舒服很多的，什麼事都有個解決的辦法的。我給她搖晃出了心裡的隱祕。

我斷斷續續說了一個小時，拼湊成一個支離破碎的故事。朱顏聽得心潮起伏，我都聽見她內心波浪的拍岸聲了。

我本來以為，我將心裡這個祕密講出來了，她會大發雷霆，我們的關係會立刻崩潰掉。但我錯了，她整理了一下情緒，然後安慰我，接下去，還幫我做她力所能及的事。

※　※　※

有時候，我媽也會陪我跑派出所探消息。她蹣跚的腳步讓我擔心。但她堅持，我也只好隨她了。跑了一段時間，依然是沒有消息。我們都有點絕望了。我說這樣找不行的。

後來，朱顏提了個建議，她說借助於媒體，效果可能更好些。

我們又跑去電視臺，也去了報社，登尋人啟事。我只留了個姓和手機號碼，我不想別人知道我丟了什麼。接下來的一段日子，有關王悅的文字和相片，就出現在各大媒體上，而我們就只有守株待兔了。

我的手機一天二十四小時開機，也接過無數通電話，總之是謠言漫天飛，也有人想從我這弄點錢花，因為我說了，找到就有重酬的。有用的消息沒一個，倒是害得我東奔西跑地去核實。

我媽也頻頻來電話，追問我查問的進展。但我總讓她失望。我安慰她說，要是出事了，也會有消息的。我是說者無心，但我媽是聽者有意，她天天留意媒體上的這類消息。那些類似是而非的認人認屍通告，總將她和我搞得心驚肉跳的。

※　※　※

這天是週末。我睡醒了，但還沒起床。我不想起來，我害怕白天。有朱顏在身邊，我還不至於太孤獨。我一睜開眼，就看見朱顏正看著我。

我撫摩她的臉，小聲說我很抱歉。

朱顏說她會沒事的。

我點點頭。我說謝謝她。

朱顏那天聽完我講的故事，沒有當場就跑掉。這些天我焦頭爛額的。朱顏給我不少的安慰，也提了不少的建議。她心情複雜，但心態還好，幫我處理了不少棘手的事。

我也盡量用「她」來指代王悅。倒是朱顏顯得大方，有時還會開開玩笑。王悅也許該挨揍，也許該讓人憐愛。這是朱顏平靜下來對我說的話。

見我睜大眼看她，朱顏又說起了王悅。

她追問我，王悅該揍還是該憐愛。

我想了想，說，對我來說，兩者都不是。我怕她。我說完這話有點不好意思地笑了。

朱顏問我怕不怕她。

我想了想，說，是女人我都有點怕吧。

朱顏擰了我一把，說，你怕個屁！然後就咯咯地笑了。

我們還在打鬧，這時我的手機響了。又是馬由由，他問我幾時回來。

我說我病了。

他哦了聲，說要過來看看我。

我說我想靜養。

馬由由只好作罷。他說，兄弟，那就自己照顧好自己吧。

朱顏說該起來了，她穿上衣服去浴室。我還賴在床上，後來我聽到有人按門鈴。我只好爬起來開門。是我媽，她氣喘吁吁進來，劈頭就問有沒有消息。

我說，妳幹嘛不多睡點？

我媽嘆氣說，人老了就睡不著了。

我打了個哈欠。我媽對我睡懶覺很不滿，說，都幾點了？

我說，我晚上睡不好。

朱顏洗好出來，就看見我媽了。我媽一愣，我想她肯定心情複雜，但她沒說出來，她看朱顏的眼神，帶點困惑，帶點敵意。我說朱顏是我的朋友。

我還說，是朱顏提議登尋人啟事的。朱顏的臉是紅的，和我媽打了個招呼。我媽又問我進展。我說的還是讓她失望。

又說了一會話，我媽看了眼朱顏，然後說她回去了。我看時間是中午了，就說吃了再走。朱顏也是這樣附和我的。我以為我媽肯定會推辭的，沒想到我媽看了眼朱顏，猶豫了一下，竟然答應了不走了。

對這個意外，我有點無措，但朱顏表現還好，她叫我去洗臉，自己去廚房，昨天她已經買了不少的菜。我問她，週末要陪她媽嗎？她說，剛上火車回去了。

我盥洗後出來，見我媽不時走到廚房門口查看。後來，還進去一起動手。朱顏將她擋了出去，說有她就可以了。我媽就不做了。我也明白她的意思。我說我媽習慣手上有事做。朱顏只好作罷。

我留在客廳裡，一會坐沙發，一會站起來，轉到窗口張望。我心裡挺煩的，也轉到廚房門口，側耳聽了聽，沒吵起來就好，我也就多少放心。

在飯桌上，我對我媽說，多吃點。朱顏也替她夾菜。她的臉色比進來時好多了。她伸碗過去接菜，還說自己來得了。朱顏問她菜的味道怎麼樣。我媽嘗了幾口，說還可以的。朱顏希望她多指點。我媽就不好意思地笑了。

飯吃好了，朱顏動手收拾，我媽閒不住，也過去幫忙。我一個人坐在沙發上發呆。都弄好了，我媽說她要回去了。我說幫老爸帶點吧。我媽說她早做好了，熱熱就行了。

我送她到門口，但她拉了拉我的手，還朝我使眼色，說有事要跟我說。我只好跟她下樓。

我站在大門口，問她有什麼事。

我媽遲疑了一會，說，她的手。

我沒馬上明白她的意思，就問她說誰的手。

我媽說是朱顏的手。她還指了指手腕處，然後問，她是幹嘛的？我明白她的意思，她指的是朱顏手腕上的紋身，那朵妖豔的紅玫瑰花。

我媽是個傳統的人，她肯定對此有她的看法的。我想這跟她也解釋不清楚的，說了也白說的。我沉默了一下，最後只回答她最後一個問題。

我說，朱顏啊，她是警察！

我媽愣了一下，用眼盯著我看了好幾秒，大概是被我的話嚇住了，或者是我的話讓她感到困惑。她想了一下，說那她就回去了。我呆呆地望著她漸漸走遠的背影。

※　※　※

我轉身回去，上樓前路過信箱，我取出裡面的信件。其中一封是國外來的信。這信讓我的心都跳出來。我看字跡是王悅的。也許是勒索信，也許是別的什麼。拆開前我一陣胡思亂想。

等拆開看了，我長長出了一口氣。王悅沒被綁架，也沒失蹤，她這些都在信中說了，她是平安無事，正在享受幸福生活。她說這就是她一直想要的，她忍耐了那麼久，就是等這麼一天的。

我不知道該不該說這是私奔。因為從信裡的文字，我似乎嗅到了另一個男人的氣息。總之，我看完就呆了，我一時緩不過神來。後來是暈乎乎地上樓。

我有點搖晃地進來。朱顏迎了上來。她抱住我。我差點摔跤了。朱顏扶住我。她擔心地問我怎麼了。她想我媽可能剛才和我說了點什麼。我看得出她眼神裡焦慮。我沒說什麼。她扶我走到沙發坐下。朱顏也坐在我身邊。我將信箋給她。

朱顏看了，然後握住我的手。

過了很久，我才說話，終於結束了。我說我想睡覺。

第 38 章　花朵與果實

一連幾天，我對著那封信研究。我分析字體、郵戳、信封樣式、印刷地點等等。腦子裡，不斷對各種可能性進行猜測。裡面沒有透露更多的資訊。就是酒店用的那種，很普通的信封。

這天早上，我媽又來找我。她是先打了電話給我，說她要過來。她的話帶有徵詢的語氣。也許那天她無意中撞見了朱顏，有點尷尬，有點不好意思。我說來吧。我也想將事情做個了結，省得她整天心都懸著。

我媽來後，下意識地瞥了眼臥室。我說朱顏上班了。她臉色鬆下來。她挪到沙發上坐下。我給她倒了杯熱水。她沒喝，就放在了茶几上，看著杯子冒出的熱氣發呆。

我媽憂心地說，都一個多月了。她又問我有什麼進展。我想這也許是個適當的時機，我有點吞吐，向媽談了王悅的情況。我媽聽完，呆了半天。後來她說，沒事就好。

我媽是十分疲憊地走的。我看得出，經歷這麼一連串的事變，我媽人明顯老了，臉色憔悴。我擔心她。她一出門，我就打電話給我爸，說了個大概的意思。

我爸很是惱火，罵我搞什麼搞的。我沒敢多說，只是讓他開導我媽。我爸沒說什麼，啪地將電話掛上了。

朱顏回來後，我將事情告訴了她。

朱顏說，你就不會晚點說嗎？

我說我怕她弄出病來。

朱顏說，這樣也有可能弄出病來。

一連幾天，我都提心吊膽的。我不時偷偷向我爸套消息。我爸向我報告說還好。我媽能做能吃能喝的。表面看，似乎一切正常。這更讓我心裡打鼓。過了幾天，我媽打電話來給我，叫我過去吃飯。她特意說，帶上朱顏。

我和朱顏說了，說一起去我媽那吃飯。朱顏聽了，高興地說，那你媽沒事了。她對這顯得很肯定，似乎有絕對的把握。

※　　　　※　　　　※

晚飯時分我帶朱顏過去。我媽開門後，顯得很高興，招呼朱顏先坐，她又進廚房忙去了。朱顏和我爸打過招呼後，就有點拘謹地坐在沙發上。

我趕緊將電視打開，讓她有個解悶的方法。後來她站起身子，說幫忙我媽，兩個人推辭一番，然後並肩作戰。

我就坐在沙發上看電視，偶爾和我爸聊幾句話。忙了一陣，我媽和朱顏就端菜出來。吃飯的當中，我媽替朱顏夾菜。朱顏也反過來幫我媽夾菜。我懸起的心暫時放下了。

我們離開時，我媽也是將我送到站牌下。她陪我們等車。我讓她先回去。她猶豫著不走。我就問她，還有事嗎？我媽欲言又止。這時車子來了，我媽才說，以後說吧。

我上了公車，看到我媽還站那裡張望。

※　　　　※　　　　※

一路上，朱顏的心情很好。她用手摟住我的腰，靠著我肩膀搖晃。

回到家後，我問她，怎麼一路上沒話？

朱顏說，在想心事。

我問她，想什麼？

她說我媽挺有意思的。

我問她，幹嘛這麼說。

朱顏說，她挺細心的。

我說我沒注意到。

朱顏說，你媽做的菜，就是上次我做的那幾樣。

我說我真沒留意呢。也許吧，她對朱顏的口味還了解不多，所以只能照上次朱顏做的菜，依葫蘆畫瓢了，這也不失為保守卻萬無一失的做法。

※　※　※

果然，沒過幾天，我媽又找我了。她的臉色好多了，這讓我放心點。她和我聊一會我爸，然後找了個時機，和我談了她關心的話題。

我媽她很認真地問我，對我和王悅的事情的看法。

我說，結束了！本來早就結束了。

我媽問我，是否真想和朱顏好。

我說是的。

我媽就說，那你們結婚吧！

我想想說，等等再說吧。

我媽也沒說什麼，只是盯住牆角的那張嬰兒床，她說她想抱孫子了。這也許就是我們的區別吧。上一代總希望在晚輩那裡寄託未來，而我們只想著揮霍和享受眼前的一切。

我和朱顏說了，說我媽是帶著期待離開的。

朱顏就笑了，還問我以後的打算。

的確，我是得考慮這個問題了。經過一番驚濤駭浪後，我想尋找一處安寧的港灣停靠。現在我吃的飯菜，都是朱顏買的。我是不想回「蚊子」了。我和朱顏說了我的這個意思。

朱顏說，那就自己做吧！

我說，我沒本錢啊。

朱顏安慰我，說她還有點積蓄。

※　※　※

接下來的日子，我和朱顏泡在一起，商量開紋身店的事宜。先是做了個可行性方案，將裝修，店租，器械購置，水電費用等等都算好，然後忙著申請執照，衛生許可證，稅務登記證等，接著又是店面的選址問題。

我考慮後，決定選東門的九龍城大廈，因為行業集中，也有了規模和名氣了，客源也集中。當然，我也有過猶豫的。馬由由和艾末末他們也在那裡。我也憂慮過可能會遇見馬由由他們的尷尬，但朱顏說了，你又不虧欠他們什麼。

選好店址後，朱顏還和我去了一趟「蚊子」。馬由由和艾末末看見我們都有點意外。我們說了自己的打算。他們的表情有點複雜。

後來還是朱顏先開口，請他們吃了個飯，說是多謝他們關照過我。飯局剛開始，大家都有點拘謹，酒喝到一半，大家都釋然了，還說以後要互相照應。

馬由由逗我說，我們比試著誰最前衛。

接下來就是忙裝修，然後我又和朱顏結伴去買工具。朱顏撫摩那些靈巧的工具，發出陣陣驚嘆聲，兩眼都發亮了。等都裝修好了，工具也買齊了，我就累倒了。朱顏就幫我做好吃的。我在床上睡了幾天才恢復過來。

天氣又開始熱起來了。我這才想起，這是又一個夏天了。

我是在上一個夏天認識朱顏的。認識她，就是重新認識了另一個世界，走進了一個新世界，或者說，重新創造了一個新世界。生活就是顯得如此神奇。讓我感慨不已。

※　※　※

楊羽為自己的紋身店取名「紋字」。朱顏也很喜歡這個店名。楊羽特意選了個週末的晚上開張，他的第一個顧客就是朱顏。

楊羽將店門關了，拉亮電燈，還在裡面點上蠟燭，兩人喝了點香檳酒，就只一點點。他們好像在舉行一個慶典儀式。

然後，楊羽穿上白色的大褂，將朱顏安頓在潔白的美容床上。他要給她紋一朵紅玫瑰，就在她的手腕上。

朱顏躺下了，伸出她的左手，發出一聲長長地嘆息。她的眼睛含情脈脈的。混雜著期待，迷離。楊羽也含情脈脈看她一眼，拿了藥棉，蘸了酒精，細心地擦拭消毒。接著，楊羽畫好了草圖，一朵妖豔的玫瑰花，帶了三片綠葉。朱顏的手在微微抖動。

楊羽安慰她說，不痛的。

朱顏流眼淚了，淚眼婆娑的。她說她是激動。

紋身槍的嗡嗡聲拍打著空氣。但楊羽聽不見。朱顏也聽不見。他們丟失了自己的呼吸。楊羽的眼睛穩穩地鎖住那些線條。

他的手下去了，一走動，那些線條就游動起來，活起來了。他的眼睛在移動，手也在移動。他一路走過，看到無數奇幻的景象。

過了多久了，楊羽說，好了！

一朵玫瑰就綻放了！

朱顏哭了起來。她說，怎麼不痛的？

楊羽知道她要什麼。他猶豫了一下，讓她等等。他打開抽屜，從一個盒子裡拿了幾支鋼針，給朱顏手腕上的玫瑰花修整。

他的手在點動，就想在播種什麼一樣。他點一下點一下，他看見，一朵一朵的血珠子，就冒出來，就像開出一朵一朵的小紅花。

他也感到她輕微的抖動，一抖一抖的。但她的眼睛是放光的。他的心也是一抖一抖的疼痛，他感到自己想要飛起來了。

後來，楊羽說，好了！

朱顏也說她好了！

玫瑰花開了！玫瑰花開了！

他和她，掀翻了自己，也掀翻了對方，又找回了各自的呼吸，越來越粗重起來，後來還重疊在一起，翻滾在一起，聲音就更大了，他和她感到房子都要掀翻了，呼吸又重新丟失掉了。他和她都感到自己丟失掉了，過了很久，他們才從對方的身上，找回了丟失的自己。

第 39 章　飛起來了

日子就這麼一天一天地過下去。我的手藝越來越精湛，有口皆碑，使我的生意越來越好，找我的人越來越多了，常常需要預約。深圳喜愛紋身的人知道我，香港的也知道我。

我後來是越做越挑剔，客人要挑，作品也挑剔，做出的作品越來越少，但品質越來越高。我還做了創新，我畫了許多草圖給朱顏看，問她的觀感。她也將創意告訴我。我們互相探討。

最近，我翻了幾張她給我的新作品，我有點吃驚，指了問，這是什麼呀？我有點不解。她說，你沒見過嗎？我說，圖案都見過的，但這些都變形了，我不敢確認。

這是青龍，這個白虎，那是一隻紅狐。朱顏指指點點，叫著這些野獸的名字。這些野獸的造型，都被她卡通化了，沒了凶猛的氣勢，倒變得淘氣可愛了。

妳這是野獸嗎？我不禁笑出聲來。

前衛，你懂不懂，這就是前衛！

朱顏卻不笑，她很嚴肅地解釋她的創意，她說，現在的紋身不是要用來嚇人壯膽的，而是帶有紀念的意義，她希望這些圖畫顯得更人性化點，給人親切感，讓更多的人喜歡紋身藝術。她說，這叫我有別人沒有。我的確沒看到別的紋身店做過這類東西。

朱顏得意地說，沒想到我也可以前衛吧？

我饒有興趣地繼續看，還用手指，在桌子上比劃。我說，還真有點異樣的味道。我說，沒想到朱顏還有點鬼才呢！她就笑嘻嘻說，沒想到的多呢。

後來，這些作品一經推廣，很受客人的歡迎，而且還吸引了不少的卡通迷。這樣一來，我的生意就更好了。這裡我要說一個情況，那就是，馬由由他們的店關了。他們說要到另一個城市去發展。我聽了這話，有點傷感，心情有點複雜呢。

馬由由說了，他要前衛到死的。

臨走，我和朱顏請他們吃了頓飯，祝願他們發展順利。

※　　　　※　　　　※

我照舊幫朱顏紋身，我用了古老的方法來做的。這種方法是手工的，速度很慢，但很精細，也很痛。但朱顏說她喜歡。她的乳房、臀部、手臂、手腕等處，都有了我貨真價實的作品。

我一看到那些作品，就會激情澎湃。為了學習更好的紋身技藝，我還抽空到歐美，特別是紐西蘭，觀摩毛利人的紋身技法，使自己的手藝又有了很大的進步。

後來，我甚至在她的腳趾上，也紋上一隻美麗的蝴蝶。夏天到了，她穿上白色的高跟涼鞋，她的腳顯得秀氣精緻。

某天，我們坐在街邊的椅子上休息，我低頭欣賞她腳趾上的蝴蝶。突然，旁邊跑來一個小孩，伸手去抓那隻蝴蝶，將朱顏嚇了一跳。

小孩沒抓到，就哭起來。弄清楚原因後，竟然引得旁觀者的嘖嘖稱奇和驚呼，說真沒看出是假的。這讓我非常得意。

當然，她後來受到上司的訓斥，說一個人民保母，怎麼能打扮得如此花枝招展呢，讓她趕快將過於顯眼的紋身洗掉。

她當然不肯，上司就和她談了魚和熊掌不能兼得這個道理，所以她得做出選擇，最後只好遞交了辭職報告。她雖然有點難過，但她也想通了，對她來說，什麼是最重要的。

她帶著遺憾脫下制服之後，她要不到店裡幫我，要不就替我做好吃的飯菜，總之她很快就適應了這種生活。

日子就這麼過下來了，沒有什麼驚濤駭浪，生活就如靜靜的流水，朝前流去。朱顏的心情平和，她偶爾會拿王悅的事和我打趣。我沒想到的是，她竟然還替王悅說好話，說王悅懷孕，也許是想挽救失敗的婚姻。

我說女人真是不可理喻，她們有時是敵人，有時是朋友，有時甚至是姐妹。當然，也常常將這幾個身分混淆。

時間過去了這麼久後，我也漸漸平靜下來，偶爾想起一些往事，會理性些了。王悅的那封信上，也沒說孩子是誰的。她只說男朋友從美國回來帶她出去了。所以我也不知道，她的孩子，到底是他的還是我的。我心裡始終有個陰影。

我對朱顏的推測不置可否。我說都結束了。一般來說，結束了，就是代表有了新開始。

朱顏看到那張嬰兒床，也會問我怎麼處理。我說，我們用啊。我媽老追問我，何時讓她抱上孫子。我總是說，再等等吧。我想多享受和朱顏疼痛過後的甜蜜。

有一天，朱顏神祕地告訴我，她說一看到這些紋身，竟然會有種疼痛，人就飛了起來！

我也心照不宣說，我也能飛起來了！

後記

這部描寫虐戀的作品，是我最具有想像力的一部作品。具有超前性。在中國文壇上，它有獨特的價值。我相信時間會證明的。當然，人們更多的將它當作是一部驚世駭俗的愛情小說來讀的。但除此之外，我寫作它還有一個野心，就是挑戰「難度」，人性的難度。我想看看一個人，所能達到的「難度」。這包括我自己的寫作，也包括男女主角。能注意到我這個野心的人大概不會多的。

起初只想寫一個短篇的，真正動筆寫了沒多久，覺得可以寫成一個中篇，沒想到，後來寫成了一個長篇，這有點出乎我的意料。寫作這個小說的過程十分暢快。每天早上，我只寫一個章節，之後即使再有靈感，我也控制住衝動，將它留到第二天寫。每天晚上，我去公園散步，同時設想好了第二天要寫的內容。由於有這樣的安排，整部小說寫得十分有熱情和節制。這部小說先發表在《莽原》雜誌，後再由出版社出版，獲得不錯的評價。但它獨特的價值，還沒有被充分的理解。

這部小說，現在再翻閱起來，我還是能找到當初寫作它的熱情和喜悅。但也稍稍覺得有點遺憾。當初寫得十分簡潔精當，只著力於「骨頭」，而少著力於「肌肉」，對某些情節背景的交代，我多少忽略了。我覺得它還可以更豐滿一點，還有可能加些新內容進去，使人讀起來更加暢快淋漓深入。

出於這樣的考慮，我對這部作品進行了修訂。這過程有點像是讀一部別人的作品，也像自己又在進行一次新的寫作，我順著自己走過的路，又重新走了一次，看看還有什麼遺漏的，再進行修補。

後記

增訂後，整部作品顯得更豐盈結實，情節也更血肉交融，原先稍感缺憾的地方，得到了修補，達到了更完滿的程度。我感到滿意，希望讀者也能夠喜歡它。

紋身師：

一段由愛與痛交織而成的感情路，使存在的意義無比鮮活

作　　者：謝宏
發 行 人：黃振庭
出 版 者：崧燁文化事業有限公司
發 行 者：崧燁文化事業有限公司
E-mail：sonbookservice@gmail.com
粉 絲 頁：https://www.facebook.com/sonbookss/
網　　址：https://sonbook.net/
地　　址：台北市中正區重慶南路一段六十一號八樓 815 室
Rm. 815, 8F., No.61, Sec. 1, Chongqing S. Rd., Zhongzheng Dist., Taipei City 100, Taiwan
電　　話：(02)2370-3310
傳　　真：(02)2388-1990
印　　刷：京峯數位服務有限公司
律師顧問：廣華律師事務所 張珮琦律師

版權聲明

本書版權為出版策劃人：孔寧所有授權崧博出版事業有限公司獨家發行電子書及繁體書繁體字版。若有其他相關權利及授權需求請與本公司聯繫。

未經書面許可，不可複製、發行。

定　　價：420 元
發行日期：2023 年 11 月第一版
◎本書以 POD 印製
Design Assets from Freepik.com

國家圖書館出版品預行編目資料

紋身師：一段由愛與痛交織而成的感情路，使存在的意義無比鮮活 / 謝宏 著 . -- 第一版 . -- 臺北市：崧燁文化事業有限公司 , 2023.11
面；　公分
POD 版
ISBN 978-626-357-699-5(平裝)
857.7　　112015257

電子書購買

臉書

爽讀 APP